美麗新世界

BRAVE NEW WORLD

ALDOUS HUXLEY
阿道斯・赫胥黎 著
哈拉瑞 導讀
梁永安 譯

目次

導讀

哈拉瑞[1]

二十一世紀最重要的科技革命是獲得「駭進」人類的能力（ability to hack human beings）。所謂的駭進人類，是指比他們自己更了解他們。如果政府或公司比我們更了解自己，它就可以預測我們的感受和決定，操縱我們的感受和決定，最終代表我們做出所有重大決定。

為了駭進人類，你需要三樣東西：大量的生物知識、大量的數據和大量的運算能力。今天以前，還沒有人擁有全部這些能力。即使是最極權的政權，也沒有足夠的生物學知識、足夠的數據和足夠的運算能力，來系統性地駭進數以百萬計的人。因此，即使在納粹德國或蘇聯，政府也無法真正了解和操縱每個人的想法和感受。

但很快地，一些政府和企業將擁有足夠的生物知識、足夠的數據和足夠的計算能力來隨時監

---

1 Yuval Noah Harari，一九七六年出生於以色列，二〇〇二年獲得牛津大學博士學位，現為以色列耶路撒冷希伯來大學歷史學教授。專研世界史及宏觀歷史進程，公認是目前影響力數一數二的公共知識分子，代表作為《人類大歷史》。

控所有人，知道我們每個人每時每刻的想法和感受。他們會比我們更了解自己。那將會有什麼後果？

如果駭進人類的能力落入一個二十一世紀的史達林手中，結果將是出現歷史上最暴虐的極權政權。這將比曾發生在二十世紀的任何情況都糟糕得多。已經有好幾個人在申請「二十一世紀史達林」的職位。但即使我們有幸不致落入一個數位獨裁政權統治，駭進人類的能力仍然可能以多種多樣的方式毀壞人類自由。

隨著人們愈來愈依賴演算法進行個人決策和集體決策，權威將逐漸從人類手中轉移到演算法手中。這種轉變已經在進行中：數十億人信任臉書演算法告訴我們什麼是新的，谷歌演算法告訴我們什麼是真的，谷歌地圖告訴我們往哪裡去，網飛告訴我們什麼好看，亞馬遜演算法告訴我們什麼值得買。

人類習慣了將人生視為一齣由下決定主導的大戲。自由民主制度和自由市場資本主義，將個人視為不斷在世界裡進行選擇的自主主體。藝術作品——無論是莎士比亞的戲劇、托爾斯泰的小說，還是俗氣的好萊塢喜劇——通常都是圍繞著主角必須做出的重大決定做文章，例如：生存還是死亡？是繼續和卡列寧先生生活在一起，還是和瀟灑的渥倫斯基伯爵[2]私奔？基督教神學和伊斯蘭教同樣強調下決定的重要性，主張獲得永恆的救贖或天譴，取決於選擇是否正確。一旦演算法可以告訴我們該做些什麼，甚至可以重塑我們的身體和大腦，將會有什麼後果？

如果這種情況發生，人類的生活將不再是一場由下決定主導的大戲。民主選舉和自由市場將會變得不具多少意義。大多數宗教和藝術作品亦復如此。想像一下你最喜歡的莎士比亞戲劇所涉及的重大決定，都由谷歌演算法來取決會如何。那樣的話，哈姆雷特將會有舒適得多的人生，但那將是什麼樣的人生？我們是否有哲學模型和精神模型可以理解這種人生？

我們正在享受前所未有的科技繁榮，但同時也面臨著哲學破產。哲學家和政治家之間通常的爭執是，哲學家有很多異想天開的想法，但政治家卻指出這些想法由於缺乏手段而無法實施。現在我們面臨的情況正好相反。新科技為政治家提供了創造天堂和地獄的手段，但哲學家卻構想不出來新的天堂和地獄會是什麼樣子。

歷史厭惡真空。歷史不會等人。如果我們無法夠快地構想出新天堂的樣子，可能很容易就被天真的烏托邦所誤導。如果我們無法夠快地構想出新地獄的樣子，可能就會發現自己被困在其中，沒有出路。所以我們需要一幅新天堂和新地獄的地圖，而且急迫需要。我們需要一本為未來指路的指南。

就我所知，最好的指南大概是一本老書：赫胥黎的《美麗新世界》。這本書探討了當政府可以駭進人民，並透過操縱我們身體的內部，而非靠著外在的安排來控制社會時，將會有什麼後果。

2 這兩人為托爾斯泰小說《安娜・卡列尼娜》中的人物。

赫胥黎於一九三一年寫下他的這本傑作，當時他對遺傳學、人工智慧或網路一無所知。因此，他對未來的科技展望已經過時了，讀者將不得不忍受這一點。然而，儘管其科技展望已經過時，《美麗新世界》仍然是二十世紀最具預言性的書，也是現代哲學中對科技最深刻的討論之一。事實上，隨著時間的推移，《美麗新世界》變得愈來愈重要。

當赫胥黎寫下《美麗新世界》時，蘇聯共產主義的殘暴正在上升到新的高度，法西斯主義正深入義大利，納粹主義行將占奪德國，軍國主義的日本著手對中國進行侵略，世界亦被經濟大蕭條所籠罩。然而，赫胥黎並沒有被這一切烏雲所蔽，反而設想出一個沒有戰爭、饑荒和瘟疫的未來社會，其人民享有不間斷的和平、富足和健康。那是一個消費主義世界，在其中，性愛、毒品和搖滾樂完全不受拘束，最高價值是快樂。這本書的基本假設是，人類是生化演算法，科學可以駭進人類演算法，然後科技不僅可以用來操縱個人，還可以操縱整個社會。

在赫胥黎的美麗新世界中，世界政府利用先進的生物技術和社會工程，來確保每個人總是感到滿足，沒有人有任何理由要造反。因此，它用不著祕密警察、集中營或歐威爾式的「友愛部」。事實上，赫胥黎的天才之處在於指出，透過愛、快樂和消費，比透過暴力、恐懼和節儉，更能牢牢把人控制在手掌心裡。

在《一九八四》中，歐威爾明顯是描述了一個令人恐懼、噩夢般的世界，剩下的唯一問題是：我們要如何避免淪落至如此可怕的狀態？閱讀《美麗新世界》是一種更令人不安和更有挑戰性的經驗，因為你很難確切指出到底是什麼讓它變得反烏托邦。它描寫的世界是個太平盛世，每個人時時刻刻無比心滿意足。其中怎麼可能會有不妥？

當《美麗新世界》於一九三二年出版時，赫胥黎和他的讀者都清楚地知道他是在描述一個危險的反烏托邦。然而，當今的許多讀者很容易將「美麗新世界」誤認為是一個烏托邦，認為我們的消費主義社會實際上是為實現赫胥黎的願景而準備的。今天，快樂是最高的價值，我們愈來愈多地使用生物技術和社會工程，來確保所有公民—顧客（citizen-customer）感受到最大的滿意度。你想知道這可能會出什麼問題嗎？讀讀《美麗新世界》吧。穆斯塔法・蒙德與野人約翰的高潮部分的對話，是現代西方哲學中對科技、快樂和生命意義最深刻的討論之一。

哈拉瑞（Yuval Noah Harari）

二〇一九年九月

（本文轉載自英國企鵝藍燈書屋Vintage出版社《美麗新世界》，二〇二〇年版）

前言[1]

阿道斯・赫胥黎無比厭惡大眾文化與通俗娛樂，在許多篇難啃的評論文章和好些高張力的小說段落裡，都對淺薄的電影文化和庸俗的商業化音樂有過冷嘲熱諷。一九六三年十一月，因為剛好跟甘迺迪總統遇刺同一天逝世（同日去世的還有《納尼亞傳奇》的作者C.S.路易斯），讓他無緣得見「地球村」之說被這電視新聞事件一次過證實，也讓他得到的訃文規格與他的名聲不相稱。但若是赫胥黎死而復生，用他一貫的孤高冷眼打量今日的享樂主義社會，十之八九不會對世界的變化太驚訝。這些變化包括：性與生育的嚴重脫鉤（其程度甚至連一九六三年時亦難想像）；無性生殖和幹細胞應用的道德意涵成了激烈爭論的議題；全世界（又以美國為最）對歷史的興趣大大下滑；對「真淳」的隱約嚮往驅使許多人前往世界邊緣探索萎縮中的「原住民」世界。這一切都在《美麗新世界》有所預示。某個意義下，共產中國目前的「一胎化」政策多少也印證了赫胥黎對生育控制的預言（到這政策成功之日，我們將不只看到一個原來的氏族社會變得

1 這〈前言〉及接著的〈一九六四年版序〉有許多處都須先讀過小說正文方能理解。

每個人皆是獨子，還會看到一個原來的馬克思主義社會再無「兄弟（同志）」可言）。可供跨大洲旅行的火箭雖然未如赫胥黎預言那樣成真，但它的等值體（可為千百萬旅客大大縮短旅程的巨無霸噴射客機）卻成了家常便飯，哪怕民航機的發展曾出現過一個奇怪的轉折（即世人樂於捨超音速的「協和式」客機不用，回歸至音速以下的舒服航程）。

真正會讓寡言老赫胥黎嚇一跳的大概是他發現自己的照片上了專輯《胡椒士官》（*Sergeant Peppers'*）[2]的封面，並發現莫里森（Jim Morrision）[3]的樂團名稱（「門」）是典出他晚期的謳歌毒品之作《眾妙之門》（*The Doors of Perception*）。蒂蒂安（Joan Didion）說過，現今美國人引用「沒有人是孤島」一語時都以為他們是在引用海明威[4]，類似地，仍把莫里森巴黎墳墓奉為聖地的粉絲八成不知道《眾妙之門》的書名是典出布萊克（William Blake）[5]。但沒差，因為文學名句往往是有賴微微而持久的誤解而不朽。不管怎樣，「美麗新世界」幾個字（它們本身又是源出莎劇《暴風雨》劇中人米蘭達之口），如今就像「第二十二條軍規」（Catch-22）和「一九八四」一樣，儼然已成了象徵符號，會自自然然在聽者腦海裡喚起一整批意象和聯想。

二十世紀的英國文壇是個小池塘，加上英國社會的階級性格，為數有限的同一批文學人難免會老是碰在一起（包威爾的出色小說系列[6]就是靠這一點做為黏合劑）。然而，赫胥黎和歐威爾會老碰在一起卻更不偶然：前者是後者在伊頓公學念書時的老師（包威爾也是畢業於同一所學校）。赫胥黎自小立志當醫生，但少年時期感染的嚴重眼疾讓他視力大損，後來不得不妥協，當個怯生生和不情不願的法文老師。朗西曼（Staphen Runciman）和布萊爾（Eric Blair）同是他班上學生，前者後來成了專研拜占庭和十字軍的大史家，後者成了作家，取筆名為「喬治．歐威爾」。據朗西曼回憶，布萊爾非常佩服赫胥黎對法國文化的精通，又非常討厭其他同學利用老師的大近視眼作怪。

就我所知，當《美麗新世界》在一九三一年出版和成了社交場合不可少的談資之後，歐威爾從未在作品裡提過他和赫胥黎的私人淵源。他一度暗示《美麗新世界》的內容「抄襲自」一部更早的反烏托邦小說：札米亞京（Evgeny Zamyatin）的《我們》（*We*）。但由於他承認《我們》也是《一九八四》的靈感來源之一，所以這抄襲說也許不算是侮辱。要直到一九四〇年七月，他才回過頭評論《美麗新世界》，而當時的英國正面臨比性自由夢魘和毒品氾濫夢魘更迫切的問題：

> 書中社會把享樂主義原則推到了極致，而整個世界儼然成了一家蔚藍海岸的飯店。《美麗新世界》雖對現況（一九三〇年的現況）有出色諷刺，但對未來的洞燭卻大概不是太多。

2《胡椒士官》，全名《胡椒士官寂寞芳心俱樂部》（*Sergeant Peppers' Lonely Hearts Club Band*），為披頭四發行於一九六七年的專輯，其封面有一幅由一兩百位知名人士照片整合而成的大合照。
3 知名美國搖滾樂歌星，二十七歲時因服食過量海洛因死於巴黎。
4「沒有人是孤島」這話最早出於十六世紀英國詩人多恩（John Donne）。
5 十八世紀英國詩人。
6 指包威爾（Anthony Powell）的《合著時代的音樂起舞》（*A Dance to the Music of the Time*）。

沒有任何類似書中的社會可以存活超過兩代人，因為如果統治階級念茲在茲的只是「快樂時光」，它將很快失去活力。想要長治久安，統治階級必須標舉一套嚴格道德規範，一套準宗教性信仰，換言之是一套神話。

大概，在這篇書評寫成之後的數十年間，許多人都會認同歐威爾之所言，認為自由世界的「真正」威脅在於軍靴、坦克、炸彈和強凌弱。儘管如此，赫胥黎從沒有過時。他書中有什麼東西看來始終徘徊在我們的意識角落。

同時應該指出的是，當穆斯塔法．蒙德（Mustapha Mond）這個角色在開篇不久上場時，代表的事實上是一個相當有主見的統治階級。最起碼，蒙德並不是為自己而追求「快樂時光」。他是個不受情緒左右的客觀理論家，深信社會工程（social engineering）和大量供應價廉的享樂可以保持社會安定。還有兩件事情是赫胥黎從《美麗新世界》一開始便攤開來，而兩者對歐威爾的影響也許都大過他本人了解的程度。首先，根據蒙德對一群畢恭畢敬的學生憶述，美麗新紀元是始於所謂的「九年戰爭」之後，而「九年戰爭」動用了大規模殺傷性武器（包括現代感十足的「炭疽炸彈」）。然後，赫胥黎又借蒙德之口指出，製造「健忘症」對維持當權者的權力有莫大重要性。蒙德引用大資本家福特（Henry Ford）的一句格言展開說明：

他慢吞吞重說了一遍：「歷史是一堆破銅爛鐵。」

他揮動一隻手，樣子像是手持一支看不見的雞毛撢子，正在打掃塵埃。被他掃掉的是一些微塵，包括哈拉帕和迦勒底的吾珥。被他掃掉的還有一些蜘蛛網，包括底比斯、巴比倫、諾索斯和邁錫尼。掃，掃——奧德修斯不見了，約伯不見了，朱庇特、釋迦牟尼和耶穌不見了。掃，掃——叫雅典、羅馬、耶路撒冷和中國的遠古灰塵都消失了。掃——原來叫義大利的地方空了。掃，大教堂沒了；掃，掃，《李爾王》和帕斯卡的《思想錄》沒了；掃，掃，掃，受難曲、安魂曲，交響曲……

這個結合（毀滅性戰爭加上文化與歷史記憶的擦拭）後來幾乎被歐威爾照搬，用作《一九八四》的舞台背景。不過，兩人有一根本不同：歐威爾要寫的是讓人髮指和覺得有些陌生的納粹主義和史達林主義，而赫胥黎則是把威脅和穢物設定在一些我們每日追求的東西（包括汽車到避孕藥這些物質主義的新玩具）。這大概就是《美麗新世界》仍會在我們的潛意識作用的原因。

但《美麗新世界》會風行不墜仍然需要一個解釋，因為上面引用的那段優美文字絕非書中典型。赫胥黎被認為自視頗高（連他的同輩亦有此感覺），常常會對讀者擺出一副居高臨下的姿態，書中許多對話也有這種調調。《美麗新世界》的調子專橫而好為人師，微微有點高高在上的味道：你大可以說那是一個伊頓公學老師的說話調調。書中也包含若干自相矛盾和弄巧成拙之處。例如，赫胥黎明明看不起社會主義和人人平等的觀念，卻偏偏給書中的唯一異議分子取名伯納・馬克斯（Bernard Marx），又把書中難得略有個性的一個女孩取名列寧娜（Lenina）。這是為什麼呢？這種做法不但談不上有奇趣，反而讓人覺得生硬牽強。更讓人傻眼的是第二章竟然給一個性感小女孩取名寶莉・托洛斯基（書中別的地方提到，世界國所有公民都是從官方訂定的一批姓氏中取姓。這種政策也許是為了斷絕人們對歷史的興趣，又也許不是，但不管是或不是，讓數以億計人民採用革命分子姓氏對當局都有害無益）。

赫胥黎本人也帶有革命分子（另一種革命分子）血緣。他祖父T.H. 赫胥黎是知名博物學家，也是達爾文的好友和支持者。「不可知論」（agnostic）一詞正是老赫胥黎所造，他又曾在牛津大學一場著名辯論（演化論與創造論孰是孰非）辯贏過威伯福斯主教（Bishop Wilberforce）。在母系一邊，赫胥黎的部分文化血緣則可說是來自舅公阿諾德（Matthew Arnold）[7]——《文化與無政府狀態》（*Culture and Anarchy*）的作者。終其一生，他的立場都是擺盪於強調菁英文化（high culture）的重要性和懷疑主義的必要性之間。他最鍾愛的哲學家是希臘化時代思想家皮浪（Pyrrho）。皮浪力主：人應該在真理的問題上懸擱判斷，因為任何立場都可以是既對又錯。

知道了這點，我們才會明白赫胥黎何以常常會同時秉持截然不同的兩種立場，以及他何以會在《美麗新世界》二十週年紀念版的序裡自稱為「怡然自得的皮浪派唯美主義者」（amused Pyrrhonic aesthete）。在這小說本身，我們又常常會察覺到，他嘲笑某種見解時其實是暗藏讚許。一個例子見於穆斯塔法・蒙德要求一群學醫的學生「試想像一下『與家人同住』是什麼光景」之後所說的話：

家也者，就是幾個小房間，大氣喘不過地擠著一個男人、一個生不停的女人和一群各種年齡的男女屁孩。空氣短缺，空間短缺，形同消毒不足的牢房；又暗，又臭，又病菌多多。

赫胥黎兒時一點都不貧苦，但十四歲便喪母（死於癌症），而他哥哥也在兩年後自殺身亡。這讓他曉得，即便上層階級的家庭生活一樣可以充滿愁苦。所以，上述的段落可說是結合了他的自身體驗與他對芸芸大眾的藐視。

在維多利亞時代乃至更後來，優生學在英國統治階層和知識階層蔚為流行（它事實上是所謂的「社會達爾文主義」的一個面向），而赫胥黎的作傳者莫里（Nicholas Murray）告訴我們，赫氏對「育種」（兼含貴族意義和科學意義的育種）深感興趣。我從赫胥黎自己的文章得知，他信服早期智商理論家主張的，智商高低是由遺傳決定。基於此，他主張應鼓勵「人口中的一般成員和超一般成員（supernormal members）生養眾多」，並盡力阻止智商低於一般者生兒育女。知道了他個人的愛憎之後，我們便會發現他在《美麗新世界》用大量生養低下階層來諷刺計畫經濟之舉非常聰明，也非常皮浪主義。我們無須反對他這種兩面通吃手法，只需要知道他在玩什麼把戲便足夠。

7 阿諾德為維多利亞時代著名英國詩人，但更為後世記得的是他的社會批評著作《文化與無政府狀態》。書中阿諾德力主深化菁英文化教育為對治維多利亞時代社會亂象的良方。

相似地，他認為性自由和婚姻不忠對像他這一類高等人來說完全無可厚非〔他和第一任妻子不只維持著一段開放式婚姻，還分享同一個女情人瑪麗·哈金森（Mary Hutchinson）〕，但在描寫「美麗新世界」裡男女間那種有欲無愛和濫交的性生活時，態度卻顯得很不苟同。更早前，他寫過一篇文章介紹二〇年代晚期加州「爵士樂年代」，文中回味過妙齡女郎如雲可任君選擇的盛況後，這樣指出：「豐滿肥腴而漂亮得要命，她們（借艾略特的詩句來說）『應許著肉彈彈的銷魂（pneumatic bliss）』。」我們知道，艾略特是傾其詩才和批評長才於復興阿諾德式價值觀（只是比阿諾德更基督教取向和更保守），所以，當我們看見「肉彈彈」這個粗俗字眼（在艾略特的用法裡具有貶意）竟被《美麗新世界》裡的男男女女當成「美好性事」（good sex）的同義詞，難免會感到莞爾。

艾略特的影響力還可以從穆斯塔法·蒙德一角身上感受到。《美麗新世界》描述，蒙德「長著鷹勾鼻，雙唇豐滿紅潤，眼睛幽黑而非常有穿透力」，而格林（Martin Green）即指出過，這長相跟二、三〇年代的風雲人物凱末爾（Mustapha Kemal）[8]極為相似。但穆斯塔法·蒙德還有另一個所本：跨國化學巨頭「帝國化工」（ICI）的創辦人蒙德爵士（Sir Alfred Mond）——艾略特常拿來他來充當世界主義猶太人的原型（赫胥黎不常談到猶太人，但談到時通常沒好話，例如怪他們應為好萊塢的商業化和淺薄化負責之類。就像是為了重申劣感，《美麗新世界》裡有個讓人有點討厭的角色被取名摩爾娜·羅斯柴爾德[9]）。穆斯塔法·蒙德這個角色對《一九八四》不無影響。《美麗新世界》有一段描述，當倫敦孵育中心主任聽著穆斯塔法·蒙德說話時，心下惴惴不安，因為他記起了「一些奇怪的謠言，說是大都督書房的保險箱裡藏著一些古老的禁書——《聖經》、詩集之類，還有些什麼別的只有福特爺曉得」。歐威爾創作歐布朗（O'Brien）這個陰森角色和「核心黨員」（Inner Party）私藏禁書的情節時，會不會心裡多少就是想到了這段話？如果是，那他那篇《美麗新世界》書評便再一次不盡公道。

我認為追溯這些同時代人的影響力是有價值的，因為方赫胥黎創作《美麗新世界》之時，也正是所謂的「現代性」（modernity）剛全面上場的時代。他後來責怪自己沒有提核分裂科技（他有頗豐的相關知識），但這個缺漏幾乎是不相干的，因為讀者（不管是當時乃至今日的讀者）總是能夠自行填補空白。他們知道赫胥黎真正想探索的是什麼：讓人類從生到死都是處於被擺布狀態（哪怕此舉「是為了他們好」）是應該的嗎？這樣一種「超級功利主義」（super-utilitarianism）[10]構想可以帶來真正的快樂嗎？

赫胥黎自承他筆下的角色都是些牽線木偶，只為供他鋪陳論點而設。在他較早期或較後期的小說裡，角色缺乏個性確實是一大弱點——這在他最後一本也是最賣力建構烏托邦的小說《島》（*Island*）裡尤其明顯。但弔詭的是，角色平板對《美麗新世界》卻起了加分效果。牽線木偶把工

8 土耳其現代國家的創建者，被尊為國父。
9「羅斯柴爾德」是著名猶太姓氏，許多富商巨賈皆是出自羅斯柴爾德家族。
10「功利主義」主張任何能帶給「最大多數人最大快樂」的行為便為正當。

作做得很好：他們用很短時間便讓我們了然他們的快樂有多麼空虛，以及這種快樂對當權者多麼有用。然後他們開始經驗到一些模糊但確定的不滿足情緒。他們開始問自己：這就是人生的全部嗎？他們生命裡少掉了三樣東西（他們自己當然不一定叫得出名字）：大自然、宗教和文學。因為獲大量供應化學性質、機械性質和性愛層面的舒適，他們生活缺乏挑戰性和戲劇性，成了無聊沉悶（ennui）的犧牲品。因為沒有一個高出於人類世界的宇宙觀念，他們沒有機會去感受敬畏或渺小。又因為除感官娛樂之外別無其他，他們不懂得欣賞文字（赫胥黎的近盲視力也許讓他當不成影評家，但這缺陷卻讓他想像出比「有聲電影」[tellies]和「視覺電影」（movies）更高一籌的「觸感電影」（feelies））。

赫胥黎陳述這個兩難式及其解決之道的方法再一次非常專斷。他允許其中一些角色感受到男女醋意和它的兩種衍生物：渴望一夫一妻和生育自己的小孩。他允許他們興起一探荒野之念（哪怕只是去一個印地安人保留地），冒一點點險。然後他丟出一本破破爛爛的莎士比亞全集，讓莎翁的劇作片段不時露露臉（抱歉，我忍不住又要拿《一九八四》來對照：當書中主角史密斯夢迴過舊日的田園英格蘭醒來後，赫然發現自己「嘴巴喃喃唸著莎士比亞的字句」）。

莎士比亞全集的擁有者是「野蠻人」，也正是這個「野蠻人」對闖入他生命那些受到過度保護和過度絕緣的文明人發起報復。這報復部分起因於偶然，但又有其必然性：因為光是他對真淳情感的需要，便足以讓他對那個視他如珍禽異獸或怪胎的社會感到憤怒。赫胥黎後來表示，如果真要重寫《美麗新世界》，他會多給「野蠻人」一些警告，使其對文明世界的光景有所心理準備。這顯示出，小說家真的應該讓筆下角色獨立發揮，不需要動輒瞻前顧後：因為正是「野蠻人」之怒掀起了戲劇性高潮，也正是他的單純心性讓他在全書最後一章表現出「準基督受難」（quasi-Calvary）行為。赫胥黎對基督教的宗教面興趣缺缺（他在書中對英國國教和「坎特伯雷大司樂」的諷刺，很快便被現實教會表現的愚蠢腐敗超越），卻無法對基督教的隱喻免疫——「孤身前往曠野尋覓真理」這個隱喻只是其中之一。「野蠻人」的下場是必然的下場：不願和光同塵和自甘犧牲的人總會被不惜代價安於現狀的人砸石頭。這是個不待《聖經》來說的道理。

某個意義下，我一直都在暗示，《美麗新世界》既領先於其時代又落後於其時代。換言之，赫胥黎是個反動的現代主義者（reactionary modernist）——假定這個自相矛盾的稱呼說得通的話。相同氣質也見於伊夫林．沃（Evelyn Waugh）[11]：他的調子同樣來自艾略特的《荒原》，也同樣對優生學和安樂死十分入迷（但與此同時又背負著揮之不去的宗教罪疚感）。我們在《美麗新世界》裡也看到一種「原罪」在作祟。從此書最讓人傻眼的其中一個段落，我們得知小小孩睡眠時會受到催眠式洗腦，鼓勵他們貪新厭舊，盡情消費。這讓人禁不住要問一個問題：除出身悠閒階級或「不可知論」階級的人，誰又會認為人需要經過洗腦方會變得貪求？物欲本能（有一種詮釋認為這種本能最初是由撒旦安裝在人身上）實在太容易誘發了。馬克思即指出過，資本家

11 英國作家。

「總是千方百計刺激他們的受害者消費，方法包括把商品弄得更有吸引力，和在他們耳邊不斷喃喃灌輸他們以新的需要」。不過，馬克思又認為（這是一貫被遺忘或忽略的），消費衝動可以促進創新和實驗，由是又導致他有時稱之為「創造性破壞」的解放過程。換言之，那是喚起對現狀不滿的一種方法，而不是麻木大眾的手段。我們自己的當代社會顯示，資本的能量不是輕易可以和靜滯（stasis）共存。

因為從不是物質匱乏的人，赫胥黎很快便棄這個本來值得他深究的課題於不顧。另外，因為他的皮浪主義作祟，他也比大多數人更快屈服於「涅槃」（表現為消費者—資本家形式的「涅槃」）的誘惑。這正是《重訪美麗新世界》一個讓人失望之處。對於他為什麼會有這種態度，線索再次是來自他與歐威爾的一次意見交流。話說歐威爾在《一九八四》出版前曾給赫胥黎寄去一本預印本。他在一九四九年的回信中稱讚此書「傑出和深具重要性」，但又表示他深信未來的統治者會發現：

> 做為控制人民的工具，嬰兒的條件制約和麻醉品的催眠會比警棍和監獄更有效率，而透過暗示作用誘使人民甘於被奴役，效果也不輸給以拳打腳踢方式逼他們順服，一樣可以讓當權者的權力欲獲得完全滿足。《一九八四》呈現的夢魘注定會蛻變為更像我在《美麗新世界》裡想像的那一種。這種轉變將會是由統治者對提高效率的迫切需要所導致。

赫胥黎對《一九八四》會有此理解，部分大概要怪歐威爾自己：誰叫他把「思想警察」和「一〇一室」描寫得那麼陰森恐怖，叫人過目難忘？但在歐威爾的構想裡，極權主並不是光靠暴力和恐懼暴力心理支撐。書中的人民固然沒有唆麻可吃，但卻有大量價格便宜的琴酒可喝。有樂透彩提供他們消遣和刺激，而所有無產者都可獲得免費色情書刊。就像羅馬鬥獸場那樣，那兒的電影院是為滿足聲色之娛和進行政治宣傳而設，不是為提供精緻的感官感受。《一九八四》裡的政權並不富裕，但它並未忽視物質主義的傳統籠絡人心手段，甚至沒有低估條件制約的重要性。

但在近十年後出版的《重訪美麗新世界》裡，赫胥黎又是一開始便頗詳細地比較了他和歐威爾未來見解的不同（跟一九四九年那封信中所勾勒者非常相似）。文中他正確指出，在蘇聯，出於經濟理性化的需要，極權主義系統已出現若干鬆動。然而，對優生學（廣義優生學）的鍾情讓他再一次把強調重點置於別處：

美國目前不是人口過剩國家。然而，其人口若是繼續保持目前的成長速率（這速率比印度高，但讓人愉快地遠低於墨西哥或瓜地馬拉），那資源不夠分配的問題到二十一世紀初也許就會變得棘手。就目前，人口過剩對美國的個人自由尚未構成直接威脅。儘管如此，它仍是一種間接威脅，是個只潛伏於一街角之遙的危險。因為若有許多開發中國家迫於人口壓力而選擇極權主義，又若這些新的獨裁政權選擇與俄國結盟，那美國的軍事地位將較不牢固，有必要大大加強防禦與報復能力。但我們知道，當一個國家老處於戰爭立足點（甚或只是老處於準戰爭立足點），個人自由便不可能繁榮昌盛。長期危機會使中央政府有正當口實把一切長期置於其控制之下。而在一個人口過剩的世界，會出現長期危機乃屬勢所必然，亦幾乎勢所必然會出現受共產主義者羽翼之獨裁政權。

這段文字無一處有先見之明。它那些涉及地緣政治的句子要麼失諸太具體，要麼失諸太模糊。另外，在二〇〇三年的美國，主要的人口問題乃是人口老化（但老化過程又多少受到合法和非法移民湧入而沖淡或延緩）。諸如阿馬蒂亞・庫馬爾・森（Amartya Kumar Sen）等學者已再三否證過馬爾薩斯的學說，而「人口炸彈」理論家——以埃爾利希（Paul Ehrlich）為佼佼者——則老看到他們憑過往數據推論出的預測沒能應驗。最後，從赫胥黎提到墨西哥和瓜地馬拉的口氣，也讓人意識到他其實不是那麼喜愛土磚屋、仙人掌和原住民——至少是不若《美麗新世界》所表現那麼喜愛。

但古老文化有一個元素讓《美麗新世界》和《重訪美麗新世界》之間階段的赫胥黎相當著迷。這個時期，出於編輯勞倫斯書信集的需要，他經常往加州和墨西哥跑，從而有大量機會接觸到佩奧特鹼（peyote）和墨斯卡靈（mescaline）等致幻劑和它們的衍生物——例如LSD（《胡椒士官》裡的單曲〈鑽石天空上的露西〉大紅大紫[12]）。我提這個不是為了責備：赫胥黎近乎全盲，要選擇享受麻醉品的五光十色幻覺是他的權利。但他在《重訪美麗新世界》裡對迷幻藥的推崇卻近乎不分青紅皂白和欠缺批判性：

藥理學家最近發明的「迷幻藥」體現出「嗘麻」的另一個方面，即它可以優化感官和創造幻覺，而幾乎用不著服食者付出生理代價。這種非凡藥物只消極小劑量（少至二萬分之一克甚至四萬分之一克）便可把人帶到另一個國度，效果一如佩奥特鹼。在大多數個案，服食者會被帶到一個天堂般的極樂境界，另外的少數人則會像是去了煉獄甚至地獄。但無論是上述兩種情狀的哪一種，幾乎每個服食者都會得到深刻的體悟與啟蒙。光是這種藥物能徹底改變心靈又不太需要身體付出代價的事實便十足叫人驚異。

赫胥黎後來和哈佛科學家利里（Timothy Leary）博士成為好友。「不務正業」的利里魅力十足而機智風趣（這一點我親身見識過），而他對迷幻藥的大力鼓吹讓他成了「六〇」[13]的象徵。正是赫胥黎與利里的深厚交誼吸引到披頭四和摩里斯對他的注意。但這裡有另一個矛盾值得注意。利里相信，迷幻藥本質上具有顛覆性，可以幫助個人逃避和侵蝕「體制」。當局顯然同意這個看法，不然不會緊追不捨地追捕他並把他關起來（他的囚室一度與曼森[14]毗鄰），又把他鼓吹

12 LSD 即迷幻藥。作者提〈露西在鑽石天空上〉這首單曲是因其英文名稱 Lucy in the Sky with Diamonds 正是由 LSD 三個字母衍化而成。
13「六〇」指六〇年代，但這個詞帶有嬉皮文化的聯想。
14 曼森（Charles Manson）：美國著名重罪犯。

的東西列為嚴重非法（因此遭禁的不只迷幻藥，還有古柯鹼和大麻）。但赫胥黎卻相信致幻劑、止痛劑和興奮劑是國家遂行控制目的的理想工具。是耶非耶？如今，由國家發起的「抗麻醉品戰爭」已把打擊面擴大至菸草、酒精和止痛藥——如果說統治階層真想讓人民醉生夢死，這真是一種夠奇怪的反其道而行。在我們時代，國家侵入個人私生活最具體而微的象徵是強制性驗尿。

王爾德嘗言，一幅不包含烏托邦的世界地圖不值一瞧。在《美麗新世界》和他的封筆小說《島》裡，赫胥黎都設法把一幅烏托邦地圖銘刻在我們的腦海裡。前者把雜交、麻醉品和條件制約說成是不自由的徵候和異化之源，但後者卻把這種種寫成解放手段和快樂要訣。「美麗新世界」的居民沒有外敵，用不著害怕什麼和繃緊神經，但帕拉島（Pala）[15]的島民卻得面對一個野心勃勃的鄰國——其領袖笛帕上校（Colonel Dipo）是個海珊類型的獨裁者，把傳統的統治手段（刀槍棍棒）奉為圭臬。這固然又是一種矛盾，但我認為我們應該感激赫胥黎表現出一大堆內在矛盾，因為這讓他不只體現出現代性（modernity）的輝煌和蕭瑟，還體現出人類處境（human condition）的輝煌和蕭瑟。在一九二八年為《浮華世界》雜誌所寫的〈大鴉與寫字桌〉（Ravens and Writing Desks）一文中，他說：

> 上帝存在又同時不存在。宇宙是由盲目的偶然性管轄，又同時受充滿道德關懷的神旨管轄。人類苦難既是武斷和無意義，但同時又是寶貴和必要。宇宙是個智障的施虐狂，同時又是最仁慈的父母。一切都是嚴格事先注定，但人的意志又是完全自由。這份矛盾清單可以繼

續開列下去，乃至把所有曾讓哲學家和神學家苦惱的問題全包含進來。

大概意識到這番話已幾近同義反覆，皮浪主義者赫胥黎才會在另一篇文章（談史賓諾莎的）裡又說：

以弗所的赫拉克利特（Heracleitus of Ephesus）[16]指出：「荷馬（Homer）錯矣，因為他說過：『但願神與神和人與人的衝突會有止息的一天！』他不知道他等於是祈求宇宙毀滅。因為若是他之所求獲得垂聽，萬事萬物將不復存焉。」

追求「涅槃」就像追求「烏托邦」或「歷史的終結」或「無階級社會」一樣，是徒勞和危險之舉。這種追求會催促（雖不必然導致）理性昏睡。人是無所逃於焦慮和掙扎的，而赫胥黎之所以能夠幫助我們一窺這個顯然之理，正是因為它在很多方面都不是他本人歡迎的結論。

希欽斯（Christopher Hitchens）

二〇〇三年十一月二十八日

---

15 小說《島》裡的烏托邦世界。

16 古希臘哲學家。

看來，烏托邦比我們過去想像的更容易達到。事實上，我們發現自己面對的是一個更頭痛的問題：怎樣避免讓烏托邦實現……烏托邦是會實現的，我們的生活正向著烏托邦邁進。說不定將會出現這麼樣的一個新紀元：其知識分子和有教養階層設法以種種方式逃避烏托邦，夢想返回非烏托邦的社會——那裡少些「完美」而多些自由。

別爾佳耶夫（Nicolas Berdiaeff）

一九四六年版作者序

道德學家一致認為，無了期地追悔是最要不得的情緒。如果有什麼行差踏錯，你應該做的是懺悔，力圖改過，避免再犯。絕對不要沉湎在已發生的過錯裡。在爛泥巴裡打滾不是最佳的自新之道。

藝術同樣有它的道德規範，而這規範即便跟一般倫理學不全一樣，至少是雷同。例如，創作出差勁藝術作品後老是自怨自艾，就像行差踏錯後老是自怨自艾一樣要不得。該做的是把缺點挑出來，老實承認，並盡可能避免再犯。若老是對二十年前所表現的文學缺失耿耿於懷，妄想透過修補讓作品臻於當初完稿時未能達到的完美無瑕，意圖到了中年才來彌補年輕時代犯下的藝術罪愆——這一切將斷然是白費心機。正是有鑑於此，這部新版的《美麗新世界》才會隻字未改，內容跟舊版一模一樣。用藝術作品的標準衡量，它的缺失相當可觀，要全部糾正，勢必需要整本重寫。但在重寫的過程中，它已老去不少的作者（相當於另一個人）雖可望糾正原作的一些缺點，卻極可能同時搞丟原作的一些優點。所以，我力拒沉溺在藝術追悔的誘惑，寧可讓當初的優缺點各如其貌，把時間省下來思考別的事情。

不過，藉這個機會把《美麗新世界》最嚴重的缺陷指出來，還是應該的。書中的「野蠻人」只得到兩個選項：要麼是在烏托邦裡過著渾渾噩噩的生活，要麼是在印地安村子裡過著原始生活。後一種生活雖然某些方面更接近人性，但在另一些方面卻同樣怪異和不正常。我之所以只給他這兩個選項，是因為當時有一個想法：人會被賦予自由意志，只是為了讓他可以在神智昏昧（insanity）狀態與瘋狂狀態二擇其一。當時我頗為這想法洋洋得意，認為它很可能是事實。不過，為了戲劇效果，我讓「野蠻人」說起話來頭頭是道。其實，以他的成長環境（一個半是生殖崇拜半是強調激烈懺罪的宗教環境），他是不可能說得出他說過的那些話——即便他熟讀莎士比亞也照樣辦不到。當然，到了最後，他還是被安排走向瘋狂：從原生環境耳濡目染的懺罪意識重又攫住了他，驅使他以瘋狂的自我凌虐和絕望的自殺收場。「從此以後，他們悲悲慘慘地死掉了[1]」——這種寫法完全符合作者（一位怡然自得的懷疑論唯美主義者）的一貫態度。

時至今日，我已不想證明人不可能活得心智清明（sanity）。正相反，我現在相信這是可辦到的，也樂於看到多一些人是這樣。由於我在幾本近作中說過同樣的話，還編過一本心智清明者經驗談的選集，便聽說有位知名學院人士批評我是危機時代思想力失敗的可悲典範。其言下之意（我猜）就是，教授本人和他的同儕是思想力強勁的可喜典範。真是這樣的話，這些人類造福者合該得到他們配得的尊榮和紀念。讓咱們為教授們建一座先賢祠吧。最適當的選址是歐洲或日本的一座廢墟城市[2]。落成後我將會在骨灰廳入口上方用六、七英尺高的字體銘刻上一句話：SI MONUMENTUM REQUIRIS CIRCUMSPICE（敬獻給世界的偉大教育家們）。

還是回過頭談未來吧……如果我竟會重寫《美麗新世界》，我會給「野蠻人」第三個選項。在烏托邦和原始生活的兩難式裡，他會得到心智清明的可能性。其實，這種可能性在《美麗新世界》裡已見端倪：我指的是那些位於保留地邊緣地區，由放逐者組成的共同體。在這樣的共同體裡，經濟結構會是去中心式和亨利—喬治式（Henry-Georgian），政治結構會是克魯泡特金式（Kropotkinesque）的公社[3]。其科技會像「安息日」那樣是為服從人類而設[4]，而非要人類（今日和「美麗新世界」裡的情形便是如此）削足適履去遷就它們，為其所奴役。至於這共同體的宗教，則會是自覺和睿智地追求人的「最終目的」（Final End），追求把內在（immanent）的「道」或「邏各斯」（Logos）[5]與超在（transcendental）的「上帝」或「梵」統合在一起。這共同體的主導生命哲學會是更高層次的功利主義（即把「最終目的」原則置於「最大數目快樂」原則之前），任何時候會問的第一個問題總是：「這思想或行為會對我和其他最大多數人類在追求『最終目的』過程中帶來多大裨益或干擾？」

---

1 這是諧擬童話故事常見的結尾筆法：「從此以後，他們（王子公主）快快樂樂地生活在一起。」
2 赫胥黎寫這篇序的當時，第二次世界結束未久，歐洲和日本還是一片殘破。
3 克魯泡特金：俄國無政府主義理論家。
4 這裡用了基督教的典故。《馬太福音》十二章記載，有一天安息日，耶穌門徒因為餓了，摘了路邊田裡的麥穗吃。這事被一些法利賽人瞧見，拿來向耶穌興師問罪（安息日禁止從事農事）。但耶穌嗤之以鼻，指出安息日的規定應該以人的需要為優先考量，不是不分青紅皂白硬套。
5「邏各斯」是古希臘的哲學觀念，意義跟道家的「道」類似。

在那本改寫過的《美麗新世界》裡，「野蠻人」雖然仍然是在原始人中間長大，卻不會直接被帶到烏托邦，而是會先有機會認識一個由自由個人組成和致力追求神智清明的社會。這樣改寫之後，《美麗新世界》說不定就會擁有一種它原先明顯欠缺的藝術完整性，和（假定一本虛構作品有資格以這麼堂皇的字眼形容的話）哲學完整性。

但《美麗新世界》畢竟是一部預言未來之書，所以，不管它有哪些值得一觀的藝術和哲學品質，它的預言都必須看起來有準頭才會引起讀者興趣。站在十五年後的今日回顧，書中的預言有多少是看似可以落實的呢？這慘痛十五年裡[6]發生的事，有哪些是可以印證或否定我在一九三一年的預測？

在預言未來方面，《美麗新世界》一個巨大而顯眼的缺失是它漏了提核分裂科技。這實在是相當可怪的缺失，因為原子能量的應用可能性早在《美麗新世界》寫成多年以前便已是熱門話題。故友尼科爾斯（Robert Nichols）甚至寫過一齣以此為題材的成功戲劇，而我記得自己也曾在二〇年代晚期出版的一部小說約略觸及過同一話題。所以，福元七世紀的火箭和直升機竟不是以核子動力驅動，可說是十足奇怪。這種粗心大意也許不能原諒，但至少是輕易解釋得了。《美麗新世界》的著眼點不在科技進步本身，而在科技進步對個人的影響。物理學、化學和工程學的勝利在書中被視為理所當然，所以，它就只專談那些可能在未來被應用於人類身上的科學進步，即生物學、生理學和心理學上的進步。唯有透過生命科學（sciences of life）[7]的方法，生命的品質才可能被徹底被改變。物質科學（sciences of matter）[8]固然可以被用來摧毀生命，或是使得生活變成複雜得難以忍受和不舒適，但除非它們被生物學家和心理學家用作工具，否則無由改變生命本身的自然形式和表現方式。原子能量的釋放固然標誌著人類歷史的一大革命，但它不是最終和最徹底的革命（除非是來了一場原子大戰讓歷史終結另當別論）。

真正的革命性革命不會是在外在世界達成，而只會在人的心靈和肉體裡達成。薩德侯爵（Marquis de Sade）[9]既然是生活在一個革命時期[10]，他很自然會用這革命的理論去合理化他獨家品牌的神智昏昧[11]。羅伯斯庇爾（Robespierre）[12]達成的是一種最膚淺的革命：政治革命。巴貝夫（Babeuf）[13]要比他深入一點點：設法搞一場經濟革命。但薩德侯爵自視為真正革命性革命的使徒，因為他設法推動的是超越政治和經濟層面的革命，是要革掉個別男男女女的命——若是成功，他們的身體將變成全體的公共財產，而他們的心靈將失去一切天生的廉恥之心，也不再受後天花了好大功夫才內化到他們心裡的種種傳統禁忌左右。當然，施虐癖和真正的革命性革命之間

6 這十五年間發生的事包括法西斯主義和納粹主義的崛起，以及第二次世界大戰。
7 指生物學、生理學和心理學等學科。
8 指物理學、化學和工程學等學科。
9 薩德侯爵（1740-1814）：法國作家，作品充斥性暴力描寫，「施虐癖」（Sadism）一詞就是源自他的名字。
10 指法國大革命。
11 指施虐癖。
12 羅伯斯庇爾：法國大革命的領袖之一，革命政府的最高領導。
13 巴貝夫：法國大革命時期的政治活動家和記者，鼓吹政治和經濟的平等。

並不存在必然或不可免的關連：薩德侯爵是個瘋子，其革命的目的（部分自覺，部分不自覺）是全球性的混亂和毀滅；反觀「美麗新世界」的統治者雖然也許不是絕對心智清明的人，但卻不是瘋子，因為他們的目的不在製造混亂，而在創造社會穩定。為了達成目的，他們用科學方法發起了終極的、深入個人的革命性革命。

我們目前可能正身處倒數第二場革命性革命的第一階段。下一階段也許就是原子戰爭。果真如此，我們就用不著費心去預言未來了。但以下的情形並非不能想像：人類還有足夠的理智（哪怕未多得足以全面廢除戰爭），知道應該以我們十八世紀的祖先為榜樣，凡事適可而止。「三十年戰爭」[14]確實給世人上了一課，因為此後一百多年，歐洲的王侯將相有自覺地抗拒誘惑，不再窮兵黷武至毀滅的程度，也不再（在大多數衝突裡）非要把敵人全數殲滅方肯罷休。他們固然仍然是些侵略者，仍然貪圖財富和榮耀，但他們同時也是保守主義者，決心不惜一切代價保持他們世界的完整。反觀過去三十年來卻看不到一個保守主義者，有的只是極右派和極左派的民族主義激進分子。我們時代最後一位保守主義政治家是蘭斯當侯爵（Marquess of Lansdowne）。他曾向《泰晤士報》投書，呼籲第一次世界大戰應該（就像十八世紀大部分戰爭一樣）以各退一步收場。但一度是保守派報章的《泰晤士報》拒絕刊登。民族主義的極端分子因而得勢，而其結果眾所周知：布爾什維克主義、法西斯主義，通貨膨脹，經濟大蕭條，第二次世界大戰，歐洲的滿目瘡痍和餓殍遍野。

我們的祖先懂得從馬德堡（Magdeburg）[15]吸取教訓，設若我們也懂得從廣島吸取教訓，那世界容或可望出現一段（不，不是和平時期）戰爭規模較不慘烈的時期。在這期間，核子能源將會被馴化，移用於工業用途。其後果（相當顯而易見地）將會是出現一連串快速和全面得史無前例的經濟變遷與社會變遷。所有既有的人類生活模式將會被打亂，而新的模式將會被急就章地發展出來，以配合原子威力的非人事實。穿著現代服裝的普克拉提斯（Procrustes）[16]——換言之是核子科學家們——將會備好一張床，供人類躺下。如果人類的身長與床不符，那人類只好自認倒楣，接受拉長截短手術。自實用科學一飛衝天以來，這類手術便屢見不鮮，只不過這次要比從前任何時候都激烈許多。這些手術（絕非無痛手術）將會是由高度中央集權的極權政府主導。這是無可避免的，因為不久的將來極有可能跟不久的過去非常類似。揆諸不久的過去，急速的科技變遷總是容易催生出經濟混亂和社會混亂（在那些實施大量生產和有大量人口為無產者的社會尤然）。為了對付混亂，權力會被集中起來，而政府的控制面也會擴大。所以，全世界的政府大有可能在原子能量被馴化之前便多多少少完全極權化，但不管是否如此，有一點幾乎可以肯定：它們在這種馴化的進行期間和之後必然會極權化。只有一個追求去中心化和自助（self-help）的大

14 三十年戰爭：十七世紀一場前後歷時三十年的戰爭，戰事起初只限於德意志各邦國之間，後演變為全歐洲參與的大規模戰爭。
15 馬德堡：德意志城市，「三十年戰爭」時曾經歷大屠殺，城市遭焚毀。
16 普克拉提斯：古希臘神話裡的強盜，自稱擁有一張誰都合身的床。為證明所言不假，他把一些抓來的人放到床上，腳長於床者便把腳截去部分，腳短於床者便把腳硬拉長。

規模民眾運動有可能抑制現有的國家主義（statism）勢頭。就目前，毫無跡象顯示會有那樣的運動發生。

我們當然沒理由認為新的極權政體會跟舊的一些面目相似。棍棒、行刑隊、人為饑荒、集體囚禁和集體放逐——這些控制手段的主要問題不在不人道（現在誰還會管人道不人道的問題），而在效率缺缺（在一個科技進步的時代，無效率是滔天大罪）。在一個真正有效率的極權國家，大權在握的政治大老闆和他的一票經理將不需要用強制手段使人民就範：因為人民會對自己的被奴役狀態甘之如飴。在目前的極權國家，讓人民甘於被奴役的工作是由宣傳部、報紙編輯和學校老師負責。但他們的方法仍然粗糙和不科學。可愛的耶穌會教士從前喜歡吹噓，只要是他們教育出來的孩子，宗教思想都一定不會走偏。此說固然是一廂情願，但跟這些曾教育出伏爾泰（Voltaire）[17]的尊貴教士相比，現代的教育方法只怕更沒有效率。迄今，最成功的政治宣傳靠的不是做些什麼，而是無為。真理固然很棒，但從實用的觀點看去，對真理絕口不談還要更棒。透過在人民群眾與政治大老闆不欲人民知道的事實之間落下一道「鐵幕」（這個新字眼是借自邱吉爾先生），極權國家的宣傳師更成功地左右了民意（即比他們使用最雄辯的指責和最有力的邏輯反駁還要成功）。但光是讓人民住嘴是不夠的。如果想要讓迫害、清算和其他社會摩擦的徵候不出現，那政治宣傳的積極面效果必須要不亞於其消極面。在未來，最重要的「曼哈頓計畫」[18]將是由政府斥資對「快樂問題」（Problem of happiness）所做的調查研究，即研究如何才能讓人民愛上他們的被奴役狀態。當然，沒有經濟安全，「甘於被奴役」現象便不可能出現；不過，為縮短篇幅起見，我這裡姑且假定未來的的政治大老闆和他一票經理將會成功創造出永久的經濟安全。但經濟安全通常很快便會被人民視為理所當然，所以，它達成的只是一種浮面的、外在的革命。要確立堅固的「甘於被奴役」心理只有一種辦法：對人們的心靈與身體發動一場深入個人的革命。而這樣一種革命又絕對少不了至少以下四種發明或發現。首先是需要經過大大改善的誘導暗示技術（technique of suggestion），方法是透過對兒童進行條件反射制約，繼之以用東莨菪鹼（scopolamine）之類的藥物輔助。其次是需要一套非常發達的人類等級科學（science of human difference），讓政府的經理階層據之以把每個個人放在最恰如其分的社經位置（與所處位置格格不入的人最容易對社會產生不滿，和用他們的不滿情緒感染別人）。第三是必須開發出一種可取代酒精和其他麻醉品的代替品，而這東西要能夠比琴酒或海洛因少些副作用又多些快感（有此需要是因為「現實」這東西——不管它有多完美——就本質來說總會讓人常常想要度假去[19]）。第四是設計出一個可預防蠢才誕生的優生學系統和發明一種批量生產人類的方法，讓一票經理階層的工作可以更加順暢（這將是一件長期工程，需要幾代極權統治者的努力方可望取得圓滿成功）。在《美麗新世界》裡，我把「批量生產人類」的構想推到了天馬行空的極致（但技術上不

17 伏爾泰為啟蒙運動泰斗，終生為反對盲信和個人自由而戰。作者這裡是取笑耶穌會教士「教育有方」，因為伏爾泰正是畢業於耶穌會辦的學校。

18 曼哈頓計畫：美國政府在第二次世界大戰期間研發原子彈的計畫。

19 這裡的「度假」是指藉麻醉品逃避現實生活。

是絕對不可能）。就今日科技發展和意識形態發展的程度而言，我們距瓶養胎兒和「半白癡波坎諾夫斯基群組」[20]可能出現的時間為時甚遠。但誰又曉得到了福元六百年[21]，什麼是可能而什麼是不可能？另一方面，「美麗新世界」（一個更快樂和更穩定的世界）的某些特徵（如類似「唆麻」、「睡眠學習法」和科學性階級制度之類的物事）卻大有可能會出現在距今不超過三、四代人之後。見於《美麗新世界》的性雜交風尚看來也為時不遠矣。在美國某些城市，離婚的人口已跟結婚的人口不相上下。毫無疑問，不出多少年，婚姻證書的性質將會跟養狗執照差不多（養狗執照的有效期是十二個月，也沒有法律限制你不能換狗養或養一頭以上的狗）。隨著政治自由和經濟自由的減少，性自由通常會增加，以資補償。任何獨裁者都會樂於鼓勵這種自由（除非他們需要炮灰及其眷屬移民實邊或戍守占領的土地）。這種自由加上透過藥物、電影、收音機做白日夢的自由，將有助於他的人民更安於接受他們被奴役的宿命。

各種跡象都顯示，烏托邦要遠比十五年前任何人所能想像的更加逼近。十五年前，我設想烏托邦會出現在六百年後，但如今看來也許用不著一個世紀便會噩夢成真（這當然是假定在那之前我們沒有先用原子彈把自己轟得粉身碎骨）。事實上，除非我們選擇去中心化和明智地使用實用科學（即不再把科學看成目的而把人看成手段，改為把科學看成是就造全人類個人自由的手段），那擺在我們面前的選擇便只剩下兩種：要麼是一大批民族主義、軍國主義的極權政權，它們靠著原子彈的恐怖威脅崛起，也會隨著文明被原子彈摧毀而告終（要是戰爭規模有限則會形成長期的軍國主義）；要麼是單一個超國家的極權政權，其出現是由科技急速發展（特別是原子革命）所引起的社會混亂導致，並在效率和穩定的需求下發展成為「福利專制」烏托邦。挑一種吧，後果自負。

20 書中的一些科學奇想。

21 「美麗新世界」以「福元」紀年（類似「西元」）。「福元」一年是「汽車大王」亨利・福特生產出T型車的一年（一九〇八年）。如此，「福元」六百年是二五〇〇年前後。

1

一棟只有三十四層高的灰色粗矮大樓。主入口上方大書著：**中倫敦孵育暨設定中心**。盾形徽裡是「世界國」的格言：**共同體，身分認同，穩定**。

一樓的巨大工作間面朝北。儘管窗外是盛暑溽夏，又儘管室內的空調溫度燠熱如熱帶，但工作間本身卻予人以冷冰冰的感覺。一片稀薄的冷硬日光從窗戶透進來，巴望找著個披布的木頭人和起雞皮疙瘩的蒼白學院人士[1]，卻只找到實驗室常見的玻璃皿、鎳器和冷光森森瓷器。陰冷以陰冷回應陰冷。工作人員一律穿白色罩服，手戴死屍色橡膠手套。那片光凍住了，凍死了，成了幽靈。只有在顯微鏡黃色的鏡頭底下，它才找到某種豐腴而有生命的物質。工作台上一排又一排不斷延伸的鋥亮試管裡淨是放著這種物質，濃郁得像奶油。

「這裡是受精室。」主任推開門時介紹說。

---

1 作者這句話非常費解。網上有些意見猜測，「學院人士」是指主持大學實驗室的教授，「披布的木頭人」指他們的學生助手。

孵化暨設定中心主任進屋時，三百個受精員身子全彎身在儀器上，有些一聲不響，幾乎大氣不出，有些則心不在焉地自言自語或吹著口哨。一群學生緊張得近乎卑微地跟在中心主任後頭，全都非常年輕，臉蛋粉嫩而稚氣未脫。每人手上都拿著筆記本，只要那大人物說一句，他們就拚命記一句——直接從大人物獲得口授親傳是一種難得殊榮。中心主任非常看重學生參觀的事，每次都親自帶隊。

「我只是給你們一概觀。」他解釋說。對，概觀，因為如果這些學生將來要把工作幹得出色，便必須對全局有個概觀——但這個概觀又是愈籠統愈好，因為知道太多反而無法成為善良而快樂的社會一員。就像每個人都知道的，只懂局部才是通向快樂和美德之門，而了解梗概只是知性上的必要之惡。構成社會骨幹的畢竟是細木工和集郵者，不是哲學家。

「不多久之後，」主任微笑著補充說，親切中略帶點威脅味道。「你們便必須全心投入工作，不會有時間去了解梗概。但就目前……。」

就目前，他們正享受著殊榮——由大人物口授親傳的殊榮。他們發狂似的奮筆疾書。

中心主任向前走。他個高而頗瘦，但身體直挺，有一個長下巴，雙唇豐滿紅潤，弧線分明，不說話時只勉強能把兩排頗突出的大牙齒蓋住。他是上了年紀還是正值盛年？他是三十歲、五十歲還是五十五歲？難說。但在繁榮安定的福元六三二年[2]，誰都不會想到這問題值得一問。

「我會從頭講起。」主任說。特別積極的學生把他的方法記進筆記本：**從頭講起**。他的手向前一比：「這些是孵育器。」說著打開一絕溫門，讓學生看孵育器裡一台台試管架。架子上一排排的試管全編了號。「試管裡的卵子都是本週取得，以人體血液的正常溫度保存。至於精子——」說著打開另一扇絕溫門。「則必須保存在三十五度而不是三十七度。十足的血液溫度會讓精子不育。」裹著電毯的公羊是生不出小羊的。

他繼續挨在孵育器上，扼要講解現代的受精過程（學生們運筆如飛，字跡潦草）。當然是從摘除手術講起（「卵巢捐贈者都是為造福社會而出於自願，不是圖那筆相當於半年薪資的獎勵。」）接著稍微講解了保持剝離卵巢和使之活躍發育的技術。再轉而論及最適溫度、鹽度和黏度。講過是用什麼液體保存剝離的成熟卵子之後，他把學生領到工作桌前，實際展示這種液體是怎樣從試管裡抽取，是怎樣一滴一滴注入特別加溫的顯微鏡玻璃片上。繼而展示了檢查卵子是否有異常的方法、給卵子記數的方法和把它們移入一個多孔容器的方法。接著，容器被浸入一種有精子自由游動的溫暖營養液裡——他強調營養液的精子濃度至少是每立方釐米十萬（同時領著他們觀看操作）。容器會在十分鐘後從營養液取出，而工作人員會一一檢查其中的卵子。若是有卵子尚未受精，便須再浸泡一次，有必要時還須浸泡第三次。然後受精卵會重新放回孵育器。「甲人」和「乙人」階級[3]的受精卵會在孵育器待到裝瓶為止，而「丙人」、「丁人」和「戊人」的

2 福元，即「福特紀元」，為「世界國」的紀年法。「世界國」廢除「西元」，改以「福元」紀年。福元六三二年相當於西元二五三二年。

3 世界國採取嚴格階級制度，分為「甲人」、「乙人」、「丙人」、「丁人」和「戊人」五等人。但作者在別處又提到「乙下」、「丙上」、「甲上」甚至「甲上上」階級，所以五大階級之內看來還有細分。

受精卵會在三十六小時後重新取出，施以波坎諾夫斯基程序。

「波坎諾夫斯基程序。」中心主任重說一遍以資強調。學生們連忙給小筆記本裡的這個詞底下畫上橫線。

按照大自然的常理，一顆受精卵只會發育為一個胚胎，再發育為一個成人，但波坎諾夫斯基程序卻可以讓受精卵發芽、增生和分裂。長出的胚芽從八至九十六個不等，每個胚芽會成長為一個完整的胚胎，而每個胚胎可以發育為一個五臟俱全的成人。過去一顆受精卵只能生出一個人，但現在卻是生出九十六個。這是一大進步。

「基本上，波坎諾夫斯基程序是一系列抑制受精卵生長的過程，但神奇的是，它會引起受精卵反抗，以發芽來回應。」

以發芽來回應——鉛筆忙個不停。

中心主任指了一指。順著他的手指，你會看到一架放滿試管的架子被一條輸送帶非常緩慢地送進一個巨大的金屬櫃裡，另一架試管架隨之出現在輸送帶的另一頭。馬達不間斷地微微嗡鳴。主任指出，試管通過金屬櫃需時八分鐘，期間會接受強烈的X光照射。八分鐘是受精卵所能抵受的最大極限。有些受精卵會死掉，對X光最不敏感的那些會分裂為二，但其他大部分受精卵經照射後會長出四個胚芽，有的還會長出八個。它們會被送回孵育器，讓胚芽成長，兩天後再給予急凍，用低溫抑制受精卵成長。但這樣一來，胚芽本身又會長出胚芽——兩個、四個或八個。再來是把受精卵浸泡在濃得幾乎可以殺死它們的酒精裡，而結果就像上次一樣，新胚芽又會長出新胚芽。之後便不再動它們，任它們自然發育，因為如果再予以抑制，通常都會導致死亡。到了這時候，原始受精卵一般都已分裂為八至九十六個胚胎——這不能不說是對大自然的一種了不起改進。這個過程可以製造出大量同卵多胞胎，不像從前的胎生時代，只能靠受精卵的偶然分裂才產生出可憐巴巴的雙胞胎或三胞胎。現在的同卵多胞胎動輒數以十計。

「數以十計，數以十計。」中心主任重複說，兩隻手不斷向前撥，像是發放施捨。

但有個學生卻傻乎乎問他，製造那麼多多胞胎好處何在。

「我的好孩子！」中心主任猛地轉過身看著他。「你還看不出好處？你真看不出來？」然後他舉起一隻手，表情肅穆地說：「波坎諾夫斯基程序是帶來社會穩定的一大利器！」

帶來社會穩定的一大利器。

一批批標準化的男男女女。一整家小工廠的工人完全來自單一顆接受過波坎諾夫斯基程序的受精卵。

「由九十六個同卵多胞胎操作九十六台一模一樣的機器，多麼了不起！」主任說，聲音激動得幾乎顫抖。「這種事還是有史以來第一次。你們現在才算真正明白自己處於什麼樣的歷史階段。」他接著引用世界國的格言：「『共同體，身分認同，穩定。』說得多麼好！如果能夠對同一顆受精卵施以無限次波坎諾夫斯基程序，則所有問題都可以迎刃而解。」

由標準化的「丙人」解決，由一模一樣的「丁人」解決，由千篇一律的「戊人」解決。由來自單一顆受精卵的數百萬多胞胎解決。那樣的話便是大規模生產原則真正應用在生物學了。

「只是，可惜啊，」中心主任搖搖頭說，「波坎諾夫斯基程序無法無限次地使用。」

從單一顆受精卵產生出九十六個胚胎看來已是極限，平均值是七十二。這是憑同一個男性的精子和同一個卵巢所能造出來的最佳成績（遺憾的是只能算是次佳成績）。但就連要做到這點也頗不容易。

「因為在自然狀態下，要讓兩百顆卵子成熟需時三十年。但我們的任務是要把人口穩定在此時此刻的水平。若是要花四分之一世紀才能生產出一丁點多胞胎，那還有什麼搞頭？」

顯然毫無搞頭。幸而波多斯納普技術大大加速了卵巢的成熟過程。它確保每個卵巢兩年內至少產生出二百五十顆成熟的卵子。給它們受精和施以波坎諾夫斯基程序的話（換言之是乘以七十二），你就可以得到一萬一千個兄弟姐妹，全是在同兩年之內出生。

「在極難得的情況下，我們可以用單一個卵巢產出一萬五千多個個體。」

這時有個臉色紅潤的金髮年輕人打旁邊經過，中心主任招了招手，把他叫住：「福斯特先生！」年輕人走了過來。「福斯特先生，可以請你告訴我們，單一個卵巢的最高產出紀錄嗎？」

「在本中心是一萬六千零一十二人。」福斯特先生不假思索地回答。他說話很快，有著一雙生氣勃勃的碧眼，而且明顯以引用數據為樂。「對，一萬六千零一十二人，分別屬於一百八十九批同卵多胞胎。但有些熱帶的孵育中心成績還要好得多。例如，新加坡常常可以單憑一個卵巢生產出一萬六千五百人以上，而蒙巴薩[4]甚至已締造出一萬七千人的紀錄。但這種比較有點不公道，他們擁有一些我們沒有的優勢。你們不知道黑人的卵巢對腦下垂體素多有反應！習慣使用歐洲材料的人看了準會大吃一驚。不過嘛——」說到這裡他笑了笑，眼裡閃著戰鬥光芒，下巴也帶有挑戰意味地向上一翹。「我們還是有可能打敗他們的。目前我正在培養一個神奇的『丁下人』卵巢，雖然才十八個月大，卻已經產生出超過一萬二千七百個孩子——有的已經脫瓶，有的還處於胚胎狀態，但全都健康強壯。所以我們總有一天可以打敗蒙巴薩中心。」

「我就是喜歡這種幹勁。」中心主任說，拍了拍福斯特先生的肩膀以示嘉許。「陪我們走走吧，用你的專業知識嘉惠這些學子。」

福斯特先生謙遜一笑：「樂意之至。」便一起走了。

裝瓶室裡忙碌不堪又整然有序。一片片切成適當大小的新鮮母豬腹膜從二樓地下層的器官庫用小電梯陸續快速送上來——「颼」！然後是「啪噠」一聲，電梯門打開。流水線上的工作人員一伸手，抓起腹膜片，塞進瓶裡，撫平。不等這個墊上襯墊的瓶子在看不見盡頭的流水線走出多遠，便又是「颼」和「啪噠」的一聲，從地下深處送來了另一片腹膜，等著被塞進源源不絕的另一個瓶子裡。

繼墊瓶員之後的是置入員。隨著流水線前進，一顆顆受精卵被從試管轉移到瓶子裡。只見置入員手法俐落地在腹膜片上劃開一道細縫，把桑椹胚放入縫內，再注入鹽溶液……瓶子轉眼就遠

4 肯亞第二大城。

去了。接下來輪到標籤員上場。受精卵的資料細節（遺傳成分、受精日期、所屬的波坎諾夫斯基群組等）全從試管轉移到瓶子上。至此，瓶子不再是無名無姓，而是標明了正身。流水線繼續緩緩前進，通過牆壁上一個入口進入社會身分預定室。

走入社會身分預定室之後，福斯特先生津津有味地告訴大家：「這裡的索引卡片加起體積有八十八立方公尺。」

「卡片裡包含一切必要資料。」中心主任補充。

「每天早上都會更新。」

「每天下午都會調整。」

「根據計算結果加以調整。」

「要計算的包括一共需要多少人手和需要哪些方面的人手。」

「以及每個方面各需要多少人手。」

「務使脫瓶率在任何時候都恰恰符合需要。」

「務使任何始料未及的耗損可以得到迅速補充。」

「對，迅速補充。」福斯特先生附和說。「你們不知道上次日本大地震之後我加了多少班！」

他搖搖頭，心情大好地笑了幾聲。

「社會身分預定員會把算出的數字交給孵育員。」

「孵育員會按要求的數量送來胚胎。」

「所有瓶子都會在這裡預定社會身分細節。」

「之後會送到樓下的胚胎庫。」

「就是我們現在要去的地方。」

福斯特先生推開一扇門，帶頭走下一條通向地下室的樓梯。

溫度仍然高得像是熱帶。愈往下走光線愈是模糊濃稠。兩扇門和一條有兩個拐彎的甬道確保日光不會透進胚胎庫。

「胚胎就像底片，」福斯特先生以開玩笑的口吻說，推開了第二扇門。「只受得了紅光。」

一行人走進一個悶熱幽暗的空間，一切籠罩在紫紅色裡（就像夏天午後閉上眼瞼後所看到那種紫紅），但輪廓仍大致分明。放眼望去是一排又一排、一層又一層泛著幽光的大肚瓶，就像是無數的紅寶石。紅寶石之間行走著些幽靈似的男男女女，身影模糊，兩眼發出紫光，身體像是布滿紅斑狼瘡。機器運行的微弱嗡嗡聲和噠噠聲不絕於耳。

「告訴他們一些數字吧，福斯特先生。」說累了話的主任吩咐。

福斯特求之不得。

胚胎庫長兩百二十公尺，寬兩百公尺，高十公尺。說著指了指頭頂上方。一眾學生像小雞喝水那樣伸長脖子仰望遙遠的天花板。

胚胎庫分三層：地面層，二樓廊道層，三樓廊道層。

兩層蛛網狀的鋼架長廊向左右不斷延伸，最後沒入黑暗中。在離他們不遠處，有三個紅幽靈正忙著從一道移動的樓梯卸下大肚瓶。

那是從社會身分預定室通下來的電扶梯。

每個瓶子會被放上一組十五個瓶架的其中之一，而每個瓶架（雖然肉眼看不出來）都是以三十三點三釐米的時速在一條輸送帶上向前移動，每天移動八公尺，共走二百六十七天，換言之總行程是兩千一百三十六公尺。先是在地面層繞行一圈，再在二樓廊道層繞行一圈，再在三樓廊道層繞行半圈，最後在第二百六十七天早上進入日光照耀的脫瓶室。所謂的「獨立生命」就此誕生。

「不過在那之前，」福斯特先生說，「我們得對它們下很多功夫。哈，真是很多哪。」他的笑聲裡充滿知多識廣的自豪感。

「我就是喜歡這種幹勁。」中心主任再次稱讚說。「大家走一圈吧。你來介紹一切，福斯特先生。」

福斯特的介紹毫無遺漏。

他介紹了在腹膜片上生長的胚胎，讓學生嚐了嚐用來餵養胚胎的濃稠人造血，解釋了為什麼必須使用胎盤素和甲狀腺素刺激胚胎。他介紹了黃體素，給學生看了從零公尺點至二〇四〇公尺點之間每隔十二公尺就會自動噴射一次的黃體素噴射口；介紹了在最後九十六公尺過程裡份量逐漸增加的黏液；描述了在一一二公尺點安裝進每個瓶子裡的人工母體循環；讓學生看了人造血貯存庫，看了離心幫浦（這幫浦可以讓人造血在胎盤裡保持運行，再把人造血逼過人工合成肺和廢物過濾器）。他又提了提麻煩的胚胎貧血傾向——碰到這種情形必須給胚胎注入大劑量的豬胃萃取物和胚胎馬肝臟萃取物。

他又帶學生看一種簡單的裝置：它會讓每個瓶子在每前進四公尺之後便搖晃兩公尺，此舉是讓胚胎習慣晃動。福斯特先生約略談到了「脫瓶創傷」的嚴重性，闡述了種種預防措施，指出只要對瓶裡的胚胎施以適當訓練，就可以把脫瓶的震撼減到最低。他帶學生到二十公尺點附近參觀性別檢驗，給他們說明標籤識別系統：T表示男性，O表示女性，而預定不孕的女性會打上一個問號。標籤一律白底黑字。

「之所以有需要讓一些胚胎成為不孕女，」福斯特先生說，「當然是因為在絕大部分情況下，女性具有生殖能力只會添亂。每一千二百個卵巢中只需一個具有生殖力便盡可滿足我們的需要。但因為希望有更大的選擇範圍，加上必須保有夠大的安全係數，我們任其卵巢自然發育的女性胚胎多至總數的百分之三十，剩下的便在以後的過程裡每隔二十四公尺給予一劑男性荷爾蒙。這樣，她們到脫瓶時便會成為不孕女——除不能生殖以外其他一切生理結構完全正常。」（但他不得不承認不孕女會「有一點點長鬍子的傾向」）「透過選擇性生育讓我們最終走出了對大自然的奴性模仿，得以進入以進入有趣得多的人為創造的世界。」說到這裡他搓搓雙手。

對，進入人為創造的世界。因為他們並沒有以孵化出胚胎為滿足：孵化胚胎是任何母牛都辦得到的事。

「我們還會預定社會身分，設定條件反射。所以，當嬰兒脫瓶，便，有些是『甲人』階級，有些是『戊人』階級，有些注定負責掏陰溝，有些注定擔當……（他原想說「世界大都督」[5]，但及時改口）未來的孵育中心主任。」

中心主任以微笑接受這個恭維。

一行人經過位於三二〇公尺點的十一號瓶架時，看見一個年輕的「乙下」階級技工正忙著用螺絲起子和扳手處理一台瓶架的血泵。電動馬達的嗡嗡聲隨著他擰緊螺絲帽而一點點變低。往下，往下……再一擰——技工看了一眼轉速計——成了。他往前走出兩步，對下一個血泵重複同樣動作。

「此舉是為了減低馬達每分鐘的轉數，」福斯特先生解釋說，「轉速減低，人造血的循環就會變慢，流到肺部的時間會變長，而胚胎得到的氧氣也會減少。沒有方法比減少供氧更能降低胚胎的健全性。」說著又搓了搓手。

「但為什麼要降低胚胎的健全性呢？」一個單純的學生問道。

「笨孩子！」好久沒說話的中心主任搶著回答。「你就沒有想到過造就一個『戊人』除了需要有『戊人』的遺傳成分，還得有『戊人』的胚胎環境嗎？」

那學生顯然沒有想到過，顯得一臉茫然。

「愈低階層的胚胎得到的供氧量愈低。」福斯特先生說。最先受影響的器官是腦部，然後是骨骼。只得到正常供氧量七成的胚胎會長成侏儒。但不能低於七成，否則胚胎就會發育成沒眼睛的怪胎。」

「那就是毫無用處了。」福斯特先生總結說。

然後，他談到（口氣變得殷切和像是談心事），要是能找到一種縮短成熟期的技術，對社會會是多大的貢獻呀！

「想想看馬的情況。」

學生們想了想。

馬六年成熟，象十年成熟，但人卻到了十三歲還沒有性成熟，得等到二十歲才充分成長。當然，發育遲緩的好處是讓智力可以充分發育。

「可『戍人』並不需要擁有智力。」福斯特先生合情合理地指出。

是不需要，而且也不會得到。問題是，雖然「戍人」的大腦到十歲便發育成熟，身體卻非得十八歲方成熟得足以幹粗重活。讓非成熟期占去那麼多年時間真是一大浪費。如果身體的發育能夠加速（比方說像母牛一樣快），那社會將可省去多大的開支啊！

「可省去多大的開支啊！」學生們受到福斯特先生的熱情感染，紛紛低聲附和。

他接下來談到的事情轉趨專門化。他說，人體的成熟緩慢顯然是內分泌協調的不正常所造成，而我們有理由假定，這是因為生殖細胞的某種突變而引起。然則，這種突變的影響是否可能

---

5 「世界國」由十個大都督共同統治。

解除呢？可不可能經由一種適當的技術讓「戊人」的胚胎發生逆轉，回到年和狗一樣的常態去呢？問題的癥結就在這裡，解決方法尚無著落。

沒錯，蒙巴薩中心的皮金頓已經培育出四歲就性成熟、六歲半就充分成長的個體。這是科學的一大成就，但對社會卻毫無用處。六歲的男人和女人都太愚蠢，連「戊人」可勝任的工作都幹不來。這是個兩難式：要麼完全變得像牛和狗，要麼完全不變。他們至今還在二十歲的成人和六歲的成人之間尋求理想的折中，但迄未成功。說到這裡福斯特先生搖了搖頭，嘆了口氣。

他們在紫紅色暗光裡漫步到一七〇公尺點附近的九號架。自此而下，九號架就會進入一個隧道般的密閉空間走一段旅程（隧道每隔一段距離就會出現一個兩、三公尺寬的開口）。

「這是進行不畏熱設定的設施。」福斯特先生說。

熱隧道與冷隧道交替出現。透過以強X光照射可以讓胚胎把冷和不舒適之感牢固地連結在一起。這樣，到了脫瓶之時，嬰兒便已學會害怕冷。這批胚胎是預定前往熱帶地區從事採礦、紡人造絲和煉鋼的工作。除了接受身體的灌輸，他們稍後還要接受心靈的灌輸。「我們把他們的體質設定成可以忍耐酷熱，而我們樓上的同事會教他們愛上酷熱。」

「這就是快樂和美德的訣竅：喜歡做你不得不做的事。」中心主任說，口吻像是引用格言。「所有反射條件設定的目的不外是讓人喜歡上他們逃不掉的社會身分宿命。」

在一個隧道間的開口處，一個護士正小心翼翼把一根細長針管探入經過瓶子裡的膠狀物質。一行人默默看著她工作。

待護士抽回針管，站直身子後，福斯特先生才喊說：「嗨，列寧娜。」

那女孩吃了一驚，轉過身來。儘管光線讓她滿身紅斑狼瘡，眼睛也發著紫光，仍看得出來美麗非凡。

「亨利！」她嫣然一笑，露出一排珊瑚色牙齒。

「迷人，真迷人。」主任喃喃說，走上前輕拍了她兩三下。列寧娜報以畢恭畢敬的微笑。

「妳在給他們注射什麼？」福斯特先生問，用的是談公事的語氣。

「普通的傷寒疫苗和昏睡症疫苗。」

「熱帶工人從一五〇公尺點起就會接受疫苗注射，」福斯特先生向學生解釋。「這時胚胎還長著鰓。在『魚』的階段給他們打針可以讓他們將來對人類的疾病免疫。」說完轉身面向列寧娜：「照舊，下午四點五十分樓頂上見。」

「迷人。」中心主任再稱讚了一次，又輕拍她一下才跟著大家走開。

在十號架上，一排排化學工人胚胎正接受忍耐鉛毒、苛性蘇打、瀝青和氯氣的訓練。放著火箭飛機技師胚胎（總數兩百五十個的第一批）的三號架正從一一〇〇公尺點通過，一種特別的裝置使他們的瓶子旋轉個不停。「是為了提高他們的平衡感——」福斯特先生解釋說，「當火箭進入了太空，要到火箭外進行修理很不容易。為此，當他們的瓶子直立時，我們便減緩血泵馬達的轉速，讓他們處於半饑餓狀態，待瓶子倒立時卻加倍供應人造血。這樣，他們就學會把舒適跟倒立狀態聯繫在一起。事實上，他們只有在頭下腳上時才會感到真正快樂。」

「接著，」福斯特先生說下去，「我要帶你們參觀『甲上』階級知識分子的胚胎，給他們設定條件反射的方式非常趣。五號架有一大批這樣的知識分子。不是那邊——」他叫住兩個已經舉步往一樓走的學生。「是在二樓廊道層。」

「在大約九〇公尺點附近，」他解釋說，「因為不等到胚胎的尾巴消失，你很難進行任何有用的知識條件反射設定。跟我來。」

但中心主任已經看過錶。「再十分鐘便三點，」他說，「恐怕沒時間看知識分子胚胎了。我們必須趕在小朋友午睡醒來前參觀育嬰站。」

福斯特先生備感失望。「但至少該看一眼脫瓶室吧。」他說，語帶請求。

「那好，」中心主任溺愛地笑了笑，「就看一眼吧。」

2

福斯特先生留在脫瓶室。中心主任帶著學生踏入最就近一部電梯，上到六樓。

牌匾上寫著：**育嬰站：新巴甫洛夫[1]條件反射設定室**。

中心主任推開一扇門，一行人隨之走進一個空曠的大房間。室內陽光充足，異常明亮，因為整面朝南牆壁都打通為一扇大窗。只見六個護士穿著人造亞麻長褲和夾克制服，頭髮（為防散播髒污）罩在白帽子下面，正忙著把一盆盆玫瑰花在地板上排成一列。花盆很大，密麻麻擠滿花朵。成千上萬盛放的花瓣光滑如緞，猶似無數小天使的臉——但不是只有粉紅色和雅利安種的小天使。在耀目的陽光下，我們還看見光燦燦的中國種小天使，還看見墨西哥種小天使。有些小天使大概是天國號角吹多了，臉色猶如中風病人，有些臉如死灰，有些蒼白得像是大理石石棺。

一見到中心主任，護士們馬上立正，繃緊神經。

1 巴甫洛夫：俄國生理學家暨心理學家，第一個發現「條件反射」現象的人。他以狗進行實驗，每次餵狗前先搖鈴，久而久之，他發現無須餵食而光是搖鈴便足以讓狗分泌唾液。

「把書擺出來。」他簡單地交代。

護士們一聲不響執行命令，在每兩個花盆之間放上一本攤開的四開本童書。五彩繽紛的蟲魚鳥獸圖畫一字排開，十分誘人。

「現在把孩子們帶進來。」

護士們急忙照辦，一兩分鐘之後每人推進來一台送餐車模樣的高高手推車，車上四個鋼絲網架裡各放著一個八個月大的嬰兒。嬰兒全長得一模一樣（顯然是同一梯次波坎諾夫斯基程序的產品），也全穿著（因為是「丁人」階級的關係）土黃色衣服。

「把他們放到地板。」

嬰兒一一被卸下車。

「現在把他們轉過身，讓他們面向花和書本。」

嬰兒們一被轉過身立刻安靜下來，開始爬向鮮豔的花叢和白色不出聲了，和白色書頁上花花綠綠的圖畫爬去。他們靠近時，太陽突然從雲朵後面露出：玫瑰花頓時彷彿燃燒著激情，而童書上的圖畫也像是浮現出什麼嶄新的深意。爬行的嬰兒隊伍裡發出了興奮的小叫聲，愉快地吱吱喳喳不停。

中心主任搓搓手說：「好極了，簡直像是安排好的！」

爬最快的嬰兒已經抵達目標。他們的小手猶豫地伸出去，又是摸又是抓。一些玫瑰被抓得變了形，花瓣掉落，一些明亮的書頁也被抓皺了。主任耐心等待，直到所有嬰兒都快樂地忙碌著才說：「看好了。」說著舉起一隻手，發出信號。

站在房間另一頭的護士長朝身邊的配電盤按下一根一根小小的控制杆。馬上響起陣陣猛烈爆炸聲。一個警報器也響了起來，一聲比一聲尖銳。同時響起的還有一個鬼叫似的警鈴。

嬰兒們嚇了一大跳，尖叫起來，臉龐因為驚恐而扭曲。

「現在，」主任吼著說（四周吵得震耳欲聾），「我們要用輕微電擊來給他們加深印象。」

他再次揮了揮手，護士長按下第二根控制杆。嬰兒們的尖叫驀地變了調子。新一波的抽搐嚎叫裡帶有走投無路甚至近於癲狂的味道。一個個小身軀歪扭而發僵，四肢抖動著，像是被看不見的線繩拉扯著。

「想要的話我們還可以給整片地板通電，」主任大聲解釋說，「不過，目前這就夠了。」說完向護士長比了個手勢。

爆炸聲停止了，鈴聲停止了，警報器也一聲低於一聲地歸於止息。發僵歪扭的小身軀放鬆了，嬰兒們癲狂的啜泣和尖叫變回普通的受驚啼哭。

「再給他們花和書本。」

護士們照辦。但這一次，嬰兒們才一接近玫瑰花，或是才一瞧見那些色彩歡快的小貓、咕咕叫小雞和咩咩叫黑羊，便嚇得縮攏起來，號哭音量也瞬間提高。

「看吧，」主任得意洋洋地說，「看吧。」

透過這方法，書本和轟鳴聲（還有花朵和電擊）便會在嬰兒的心靈裡暫時連結起來。等同樣或類似的過程重複兩百次之後，這連結更是會焊接得牢不可分。這種人為製造的聯繫乃是大自然所無力拆散。

「自此以後，他們在長大過程中將會對花和書本懷有心理學家所謂的『本能性』仇恨情緒。條件反射已無可逆轉地形成了。他們終生都不會有愛上書本和愛上植物的危險。」主任轉身對幾個護士說：「把他們帶走。」

穿土黃色衣服的嬰兒（仍然哭哭啼啼）被裝回手推餐車推走，房間裡頓時只剩下發酸的奶味和最怡人的寧靜。

一個學生舉手發問。他固然明白不能讓低階級成員把共同體的時間浪費在書本上的道理，也知道閱讀會有破壞某種條件反射設定之虞，但卻想不通……為什麼要費事去讓「丁人」階級打心底厭惡花朵？

主任耐心解釋：把小孩設定成一看見玫瑰就尖叫，是基於最高經濟政策的考量。要知道，在不算太久以前（大約一個世紀左右以前），「丙人」、「丁人」甚至「戊人」都是被設定為喜愛花朵——更精確地說是喜愛大自然的一切。其目的是讓他們一有機會便會想要到野外走走，以此增加他們在交通方面的消費。

「那交通消費有增加嗎？」那學生問說。

「增加了許多，」主任回答，「但其他方面反而減少了。」

櫻草花和風景有一個嚴重缺點：它們是免費的。愛大自然之心無法使工廠忙碌。所以最高當局決定取消愛大自然之心——至少對低等階級如此。但注意，要取消的只是愛大自然之心，不是多消費交通工具的傾向。他們必須繼續往鄉村跑，即便討厭也得去。問題變成是要找出一個愛櫻草花和風景之外的理由，讓他們甘之如飴多消費交通工具。理由後來找到了。

「我們把群眾設定成討厭鄉村但又喜愛一切鄉村運動。與此同時，我們又務使一切鄉村運動都會用上精巧複雜的器材。這樣，他們不但會多消費交通工具，還會多消費工業製品。這就是我們要電擊嬰兒的由來。」

「我懂了。」那學生說完便不言語，沉醉在五體投地的佩服心情裡。

一陣寂靜後，主任清了清喉嚨又說：「從前，當福特爺尚在人世那年代，有個叫魯本．拉賓納維奇的小孩。他雙親操波蘭語。」說到這裡，主任岔開話題。「你們應該知道什麼是波蘭語吧？」

「一種死掉的語言。」

「就像法語和德語一樣。」另一個學生插嘴補充，炫耀學識。

「你們也知道什麼叫『雙親』吧？」主任又問。

出現了一陣不自在的沉默。好幾個學生漲紅了臉。他們還沒有學會「髒」和科學的界線何在——這界線不易掌握但意義重大。最後，有個學生鼓起勇氣舉手發言。

「人類從前是……」他猶豫了一下，血往面頰上湧。「從前是胎生的。」

「很對。」中心主任點頭表示嘉許。

「那時，當嬰兒脫瓶……」

「當嬰兒出生。」中心主任糾正說。

「唔……他們就是雙親……我當然不是說嬰兒是雙親，而是說另外兩個。」這可憐的男孩緊張得語無倫次。

「簡言之，」中心主任總結說，「『雙親』就是爸爸和媽媽。」聽到這兩個髒字眼（實際上是科學名詞）向他們兜頭砸來，學生紛紛低下頭，鴉雀無聲。「媽媽。」主任往椅背一靠，大聲把這個科學名詞重說一遍，要把它揉進學生的腦子裡。「我知道這是令人不舒服的事實，但大部分歷史事實本來都會令人不舒服。」

中心主任回頭又說起了小魯本：有天晚上，小魯本的爸爸（砸[2]！）和媽媽（砸！）忘了關掉兒子房間裡的收音機。

（「你們必須記住，在骯髒的胎生繁殖時代，小孩都是和雙親同住，不是住在國家設立的孵育中心。」）

那孩子正在睡覺的時候，倫敦一個廣播節目突然開始。第二天早上，小魯本的表現讓他的「砸」和「砸」嚇了一大跳（較為膽大的學生已開始對彼此竊笑），因為他竟能一字不漏地背出一個怪老頭作家的一篇演講。（「這老作家不是別人，正是少數作品被准許保留到今日的作家之一：蕭伯納。演講內容完全是他的老套，也就是講述自己多麼天才橫溢。」）小魯本背誦時擠眉弄眼又格格笑，但對於演講內容當然是一竅不通。他雙親以為孩子發了瘋，急忙請來醫生。這醫生剛好懂英語，而且認出來孩子那番怪話是蕭伯納前晚在廣播中發表的演說。他了解這現象有多麼意義重大，便投書醫學刊物報告此事。

「睡眠教育法，或者說『**睡眠學習法**』（hypnopædia），就此被發現了。」說到這裡，中心主任故意停頓一下以加強效果。

發現是發現了，但把睡眠學習法原理付諸真正應用卻是許多許多年後的事。

「小魯本的個案不過是發生在福特爺的T型車問世後的第二十三年[3]，」說到這裡主任在胸前畫了個T字，所有學生馬上恭敬跟進。「可是……」

學生們拚命做筆記：「**可是睡眠學習法的第一次正式應用卻是在福元二一四年。為什麼不更早應用呢？理由有二。首先……**」

「早期的實驗者都走錯了路，誤把睡眠學習法看成培養智力的手段……」

（一個熟睡小孩右臂斜伸，右手軟趴趴垂在床外。有聲音從一個盒子的圓格柵裡輕輕傳出：

---

2 指學生感覺「爸爸」這個字眼像是向他們兜頭砸來的髒東西。

3 「汽車大王」亨利．福特生產的T型車標誌著轎車普及化甚至汽車時代的開始。「世界國」的開創者因為非常敬仰福特的世界觀、價值觀和方法論，所以把T型車面世的一年（一九〇八年）定為「福元」一年。所以，「福元」一年並不等於實際上的「世界國」元年，而是後來「追封」。根據下文，「世界國」是經過一場血腥革命後成立於「福元」一四一年前後。

「尼羅河是非洲最長河流暨世界次長河流，長度雖不及密西西比—密蘇里河，但流域面積居世界首位，南北涵蓋三十五度緯度……」

第二天吃早餐時，研究人員問他：「湯米，你知道非洲最長河流是哪一條嗎？」小孩搖搖頭。「難道你不記得有句話是這麼開頭的嗎：尼羅河是……」

「尼羅河……是非洲……最長河流……暨世界……次長……河流……長度……雖不及……」小湯米不假思索地說，「長度雖不及……」

「很好，那現在來告訴我，非洲最長河流是哪一條？」

湯米兩眼發直。「我不知道。」

「但你剛才不是提到尼羅河嗎，湯米？」

「尼羅河……是非洲……最長河流……暨世界……次長……」

「那非洲最長河流是哪一條呢，湯米？」

湯米急得大哭，尖叫著說：「我不知道。」

中心主任指出，這尖叫聲讓最早期的研究人員洩了氣。不再有人從事這方面的實驗，不再有人嘗試趁兒童熟睡時灌輸他們尼羅河的長度。這是明智的做法，因為不明白一門科學的用途，你就別想掌握得了該門科學。

「然而，要是他們從一開始便拿睡眠學習法來進行**道德**教育，情形便會大不相當。」中心主任說，邊說邊領著大家朝門口而去。在通往電梯的路上，學生繼續拚命做筆記。「道德教育在任何情況下都不應該是講道理的。」

「安靜，安靜。」第十五樓的電梯外有一個擴音器低聲說。他們每走過一條長廊，都會聽見有擴音器不知疲倦地間歇性重複說著同樣的話：「安靜，安靜。」從學生到中心主任都不自覺地踮起腳尖走路。他們當然全都是「甲人」階級，但就連「甲人」階級一樣是完全受到條件反射制約。「安靜，安靜。」——這斷然的命令讓十五樓的空氣充滿「噝噝噝」的聲音[4]。

他們這樣躡腳走了五十碼，去到一扇門前。主任小心翼翼把門推開。室內一片幽暗，是一間百葉窗緊閉的宿舍房間。沿牆壁擺放著成一圈的八十張兒童床。房間裡除了規則的淺呼吸聲外，還聽得見一種連續不斷的喃喃聲，彷彿有什麼人在遠處竊竊私語。

護士一看見他們進來便站起身，走到中心主任面前立正。

「下午是什麼課？」他問。

「剛剛上了四十分鐘『基本性知識課程』，」她回答說，「現在上的是『基本階級意識課程』。」

中心主任沿著一張張兒童床慢慢走過。八十個小男生、小女生舒坦地躺著，臉色紅潤，呼吸輕柔。每個枕頭下面都傳出輕聲細語。主任在其中一張小床前停住腳步，彎腰傾聽。

---

4 英文「安靜」一詞的尾音類似「噝」聲。

「妳是說『基本階級意識課程』嗎？讓我們把聲音開大一點點。」

房間盡頭的牆壁上突出著一個擴音器，中心主任走到它前面摁下按鈕。

隨即響起一個說話說到一半的聲音，其語音輕柔但非常清晰：「……全是穿綠衣服，而『丁人』階級小孩是穿土黃衣服。啊，不，我不要跟『丁人』階級小孩玩。『戊人』階級小孩穿得還要醜。他們笨得學不會讀寫。另外他們穿的是黑衣服，醜死了。我好慶幸自己是個『乙人』。」

那聲音停頓片刻，然後重頭播起。

「『甲人』階級小孩穿灰色。他們的工作要比我們辛苦得多，因為他們聰明得嚇人。我好慶幸自己是個『乙人』，因為這樣我便用不著那麼辛苦工作。何況我們比『丙人』和『丁人』都強多了。『丙人』蠢得要命。他們全是穿綠衣服，而『丁人』階級小孩是穿土黃衣服。啊，不，我不要跟『丁人』階級小孩玩。『戊人』階級小孩穿得還要醜。他們笨得學不會……」

中心主任摁回了按鈕。聲音沒有了，只有它的稀薄幽靈還在八十個枕頭底下繼續絮叨。

「他們醒來之前還要聽四十到五十遍。然後每星期四、星期六還要聽一回。每星期聽三回，每回一百二十遍。三十個月後改上更高階的課程。」

一些最初步連結（如玫瑰花與電擊的連結，穿土黃衣服「丁人」與芫荽氣味的連結）固然是可以在小孩還沒學會說話前便牢不可分地焊接在他們的心靈裡，但不透過語言進行的條件反射設定粗糙而籠統，無法灌輸更精微的區別和更複雜的行為模式。想做到這個必須靠語言，而且是不講道理的語言——簡言之是得靠睡眠學習法。

「那是有史以來最了不起的道德教化手段和社會化手段。」

學生們照抄在小本子裡。大人物口裡說出的話準沒錯。

中心主任再度摁響擴音器。

那個輕柔、善誘和不知疲倦的聲音再次響起：「……聰明得嚇人。我好慶幸自己是個『乙人』，因為……」

雖說滴水可以穿石，但這些諄諄教誨聲不太像是水滴。它們更像是一滴滴融蠟，滴在哪裡就會黏附和固結在哪裡，直至把整塊岩石變成猩紅色一團為止。

「到最後，孩子的大腦裡有的就**只是**這些暗示，而暗示的總和就是孩子的大腦。還不只是兒童時期的大腦，還是成年後的大腦——終身的大腦。這大腦所有的判斷、欲望和決定都會是來自被灌輸過的暗示。但這一切暗示都是由我們所給予！是由國家所給予！」中心主任得意得幾乎高叫起來，又猛捶了旁邊的桌子一下。「而隨之而來的結果便是……」

一陣哭聲嚇得他急轉過身。

「啊，**福特爺**[5]！」他的語氣不再得意。「我頭昏了，把孩子給吵醒了。」

---

5 這等於說「啊，老天爺」。「世界國」把亨利・福特奉若上帝。

3

大樓外頭的花園此時是遊戲時間。在溫暖六月陽光的沐浴下，六七百個小男生和小女生全都光著身體——有些尖叫著在草地上奔跑，有些在玩球，又或是成兩成三地蹲在開花的灌木叢裡，一聲不響。玫瑰盛開著，兩隻夜鶯各自在密林裡呢喃，一隻布穀鳥在菩提樹間唱著走調的歌。空氣中充滿蜜蜂和直升機[1]的嗡嗡聲，催人欲睡。

中心主任和學生們駐足看了一會兒「離心蹦蹦球」遊戲。只見二十個小孩在一座鉻鋼合金的圓塔圍成一圈，一個球扔到塔頂的平台上。球滾進塔裡，落在一個飛速旋轉的圓盤上，再從圓筒狀外殼無數洞孔的其中一個甩出來，孩子們搶著去接。

「真怪，」中心主任轉身走開時喃喃自語說，「哪怕是到了福特爺的時代，大部分遊戲的器材仍不外乎是一兩個球、幾根棍子，頂多是再加上一張網子。想想看，費煞苦心去設計各種複雜

1 直升機在《美麗新世界》的成書年代尚處於開發階段。

的遊戲卻不能促進消費，這是何其愚蠢啊。簡直是發瘋。現在任何新遊戲都必須至少採用與既有最複雜遊戲一樣多的器材，否則絕不會得到大都督們批准。」這時他的心思被別的事情吸引去。

「好感人的一對小傢伙。」他說，指了一指。

只見在兩叢高大地中海石楠間的一小片草地上，坐著兩個孩子。小男孩大約七歲，小女孩可能大他一歲，兩個人正玩著初期的性遊戲，嚴肅和聚精會神的程度不下於正在研究什麼的科學家。

「感人，真感人！」主任語氣感傷地讚嘆。

「真感人。」學生們禮貌性地加以附和，但笑容有點勉強。他們是前不久才擺脫這種孩子氣的娛樂，所以現在看到同樣的行為難免有幾分輕蔑。哪裡有什麼感人的，只不過是兩個小鬼在玩家家酒吧了。

「我一向認為……」中心主任繼續以近乎感傷的語氣說下去，卻被一陣哇哇大哭打斷。從附近的灌木叢裡走出來一個護士，手裡挽著個邊走邊號哭的小男孩。一個神色焦慮的小女孩小跑步跟在兩人後面。

「怎麼回事？」主任問道。

護士聳聳肩。「沒什麼，不過是這小傢伙不大願意參加正常的性愛遊戲。我以前就發現過一兩次，今天他又犯了，被我逮到就開始哭……」

「是真的，」那神色焦慮的小女孩插嘴說，「我沒有傷害他的意思或別的意思，是真的。」

「親愛的，妳當然沒有那個意思，」護士安慰她說，然後轉身重新面向中心主任，繼續說下去：「所以我要帶他到心理副督導那兒去，看看他有沒有不正常。」

「做得很對，」中心主任說，「把他帶去吧。小姑娘，妳留在這兒。」等護士帶著那仍在嚎叫的男孩走掉了，他問小女孩：「妳叫什麼名字？」

「寶莉・托洛斯基。」

「很棒的名字。」中心主任說，「好吧，去吧，看看能不能找到另一個小男孩陪妳玩。」

小女孩跑進了灌木叢，消失不見。

「小尤物！」中心主任目送她的背影，然後才轉過身重新面對一群學生。「我接著要說的事你們也許會覺得匪夷所思。但這是因為你們對歷史不熟的緣故，大部分歷史事實**本就是**匪夷所思的。」

接著他講出一個驚人事實：在福特爺那時代之前很久，甚至那以後好多代，孩子之間的性遊戲都被看成是不正常的（爆發出一陣哈哈大笑）；不只不正常，還是不道德，所以會受到嚴厲的壓制（「不會吧！」）。

聽眾的臉上全是匪夷所思的表情。難道讓可憐的小鬼快活一下都不行嗎？他們難以置信。

「就連少年人，」主任繼續說，「就連像你們這樣的少年人……」

「不會吧！」

「除了一點偷偷摸摸的手淫和同性戀行為之外，什麼都不允許。」

「什麼都不允許？」

「對，直到滿二十歲才解禁。」

「二十歲！」學生們齊聲驚嘆，不敢相信。

「對，二十歲。」中心主任說，「我早說過你們會覺得匪夷所思。」

「可後來發生了什麼事？」學生們問道，「結果是怎樣？」

「結果很可怕。」一個深沉響亮的聲音突然插嘴，讓大夥嚇了一跳。

他們轉過身，看見人群邊緣多了個陌生人——中等身高，黑髮，長著鷹勾鼻，雙唇豐滿紅潤，眼睛幽黑而非常有穿透力。

「很可怕。」陌生人重申。

中心主任原先已坐到一張花園裡隨處可見的鋼架橡膠長凳上，但一見到那陌生人便馬上跳起來，伸出雙臂跑上前去，滿臉堆笑地露出兩排牙齒。

「大都督！多麼意想不到的殊榮啊！孩子們，發什麼呆啊，還不向穆斯塔法．蒙德福座[2]敬禮。」

孵育中心四千房間的四千座電鐘此時同時敲響四點。各處的擴音器發出並非出自血肉喉嚨的聲音：「大日班下班，小日班接班。大日班下班……」

在通往更衣室樓層的電梯裡，亨利．福斯特和身分預定處副處長一起刻意側過身，以避免與伯納．馬克斯四目相接：這個在心理處工作的高幹名聲欠佳。

紫紅色的胚胎庫裡繼續響著微弱的嗡嗡聲和噠噠聲。輪班的人會來來去去，一批紅斑狼瘡色臉孔會被另一批取代，但攜帶著未來男女的輸送帶卻永不歇息，會莊嚴地持續移動下去。

列寧娜．克朗快步離開胚胎庫。

穆斯塔法．蒙德福座！學生們敬著禮，眼睛幾乎要從眼眶跳出來。穆斯塔法．蒙德——世界的十大大都督之一，歐洲的常駐大都督！這麼了不起的大人物竟然就近在咫尺！……這還不止，他還跟中心主任在長凳上坐了下來，表示要待一會兒，對他們說說話。另一個大人物的口授親傳！幾乎是直接來自福特爺的口授親傳！

兩個蝦褐膚色小孩從旁邊的灌木叢冒了出來，用驚訝的大眼睛瞪著他們看了一會兒，然後再縮回葉子下面快活去。

「我想，」大都督用渾厚低沉的聲音說，「大家一定都記得福特爺那句漂亮而深具啟發性的名言：歷史是一堆破銅爛鐵。」他慢吞吞重說了一遍：「歷史是一堆破銅爛鐵。」

他揮動一隻手，樣子像是手持一支看不見的雞毛撢子，正在打掃塵埃。被他掃掉的是一些

2「福座」是對大都督的敬稱，作用類似「督座」。「福」的原文指「福特」。

微塵，包括哈拉帕和迦勒底的吾珥[3]。被他掃掉的還有一些蜘蛛網，包括底比斯、巴比倫、諾索斯和邁錫尼。掃，掃——奧德修斯不見了，約伯不見了，朱庇特、釋迦牟尼和耶穌不見了。掃，掃——叫雅典、羅馬、耶路撒冷和中國的遠古灰塵都消失了。掃——原來叫義大利的地方空了。掃，大教堂沒了；掃，掃，《李爾王》和帕斯卡的《思想錄》沒了；掃，掃，掃，受難曲、安魂曲，交響曲……

「今晚會去看觸感電影嗎，亨利？」身分預定處副處長問道。「我聽說阿罕布拉宮正在演的新片是一流的。在熊皮毯上做愛那一幕據說精彩無比。每根熊毛都毫不含糊，製造出最驚人的觸覺效果。」

「這就是不給你們上歷史課的原因。」大都督說，「不過，現在是時候該讓你們知道一點點歷史了……」

中心主任看著大都督，心裡惴惴不安，因為他想起了一些奇怪的謠言，說是大都督書房的保險箱裡藏著一些古老的禁書——《聖經》、詩集之類，還有些什麼別的只有福特爺曉得[4]。」

迎著主任著急的目光，穆斯塔法·蒙德紅紅的嘴唇譏諷地一癟。

「放心，主任，我不會教壞他們的。」大都督說，口氣略帶嘲諷。

中心主任不勝惶恐，不知該如何自處。

那些自覺受人藐視的人很知道該怎樣還以顏色，所以伯納・馬克斯掛在臉上的笑容是充滿不屑。果真是「每根熊毛都毫不含糊」。

「我會記住你的推薦。」亨利・福斯特說。

穆斯塔法・蒙德向前探身，對學生們晃動一根指頭。「不妨試想像一下——」他說，渾厚的聲音把一種奇怪的震顫送進了聽眾的橫膈膜。「想像一下有個媽媽會是什麼感覺。」

又是那個髒字眼，但這次沒有人敢笑。

「想像一下『與家人同住』是什麼光景。」

他們試了，卻沒取得最小的成功。

「你們可知道『家』是什麼嗎？」

紛紛搖頭。

列寧娜・克朗從幽暗的紫紅色地窖直上至十八樓，出電梯後右轉，走過一條長廊後打開「女

3 哈拉帕（Harappa）為西元前第三至前第二紀之間的印度古城，迦勒底的吾珥（Ur of the Chaldees）為米索不達美亞古城。

4 意思相當於「只有天曉得」。

更衣室」的門，鑽進了一片震耳欲聾和橫陳著亂七八糟胳臂、胸脯和內衣褲的環境。熱水像瀑流一樣嘩啦啦地往一百個浴缸傾注，或是汩汩地從去水孔流走。八十個真空振盪按摩器正在嗡嗡或隆隆作響，搓揉著或吮吸著八十個曬黑了的結實肉體（每個女體都是極盡完美的上品）。所有女人都在扯著嗓子說話。合成音樂機啼囀著超級短號獨奏。

「嗨，范妮。」列寧娜跟使用隔壁掛衣釘和貯物櫃的年輕女孩打招呼。

范妮在脫瓶室工作，也是姓克朗。這種巧合不足為奇，因為全地球雖然有二十億人口，卻只有一萬個姓氏，

列寧娜一一拉下身上的拉鍊——先是夾克的拉鍊，然後雙手同時拉下長褲的兩條拉鍊，再拉下內衣的拉鍊[5]。脫到只剩下鞋襪之後，她便往浴室走去。

「家」也者，就是幾個小房間，大氣喘不過地擠著一個男人、一個生不停的女人和一群各種年齡的男女屁孩。空氣短缺，空間短缺，形同消毒不足的牢房；又暗，又臭，又病菌多多。（因為大都督的描述非常生動，害一個特別敏感的學生聽了之後臉色發白，幾乎要嘔吐。）

列寧娜出了浴缸，用毛巾擦乾身體，拿起一根插在牆上的長軟管，把管口對準自己胸口，像自殺似的扣動了扳機。一陣熱氣隨即從管口噴出，把最細的爽身粉灑滿她全身。洗手台上有八種不同香水（包括古龍水）的小龍頭。她打開左邊第三個龍頭，給自己撲上些許西普香水，然後拎

起鞋襪去看看有沒有空出來的真空振動按摩器。

「家」不但在物質層面骯髒，還在心理層面骯髒。它在物質上是個兔子洞，是糞堆，好多人緊緊擠在一起，摩擦生熱，動著感情，發著臭氣。那親密的關係多叫人窒息！家庭成員之間的關係又是多麼危險，多麼瘋狂，多麼猥褻！媽媽把她的孩子瘋也似的摟在懷裡，像母貓護著小貓，不同只在於這隻母貓會說話，會一遍又一遍地說：「我的乖寶寶，我的乖寶寶……」說個不停。「我的乖寶寶，啊，啊，小手手在我的胸口抓呢，餓了，餓得不好過了！啊，乖寶寶終於睡著了，嘴角掛著奶水泡沫睡著了。我的乖寶寶睡著了……」

「沒錯，」穆斯塔法．蒙德點點頭說，「真的會讓人起雞皮疙瘩！」

「妳今晚跟誰約會？」列寧娜問道。她已經用過真空振動按摩器，現在通體就像是泛著粉紅幽光的珍珠。

「不跟誰約會。」

列寧娜驚訝得揚起雙眉。

---

5 拉鍊在一九三〇年代還是非常新鮮和不普遍的事物，故作者多所著墨。

「我最近覺得很不舒服，」范妮解釋說，「威爾斯醫生建議我接受『模擬妊娠療法』[6]。」

「但親愛的，妳才十九歲。根據規定，二十一歲以前不會強制性施加。」

「我知道，親愛的，但有些人早些開始比較好。威爾斯醫生說，像我這種骨盆較大的棕髮女人，十七歲就應該接受『模擬妊娠療法』。因此我不但不是早了兩年，反倒是晚了兩年呢。」她打開貯物櫃，指指上層擱板上一排貼有標籤的匣子和藥瓶。

列寧娜大聲讀出標籤上的文字：「『黃體素糖漿』、『卵巢素：保證新鮮，有效期至福元六三二年八月』、『乳腺萃取物：每日三次，飯前和著少量水送服』、『胎盤素：每三日靜脈注射五西西』……嘔！」列寧娜聳了聳肩。「我最討厭靜脈注射！妳不討厭嗎？」

「討厭。但既然對身體有好處……」范妮是個非常理智的女孩。

福特爺或說佛洛伊德爺（出於讓人想不透的理由，福特爺在談到心理學問題時喜歡自稱為佛洛伊德）是第一個揭露家庭生活的荼毒性有多駭人的人。他指出，世界正是因為充滿爸爸才會充滿悲慘，正是因為充滿媽媽才會充滿各種倒錯（從施虐狂到守貞），正是因為充滿兄弟姐妹和叔伯姑嬸才會充滿瘋狂和自殺。

「另一方面，在薩摩亞島的野蠻人之間，或是在新幾內亞外海的某些群島……」

熱帶陽光像溫暖蜜糖般照耀在木槿花叢裡淫樂嬉戲的裸體孩子身上。對他們來說，村子裡二十間鋪棕櫚葉屋頂房子的任何一間都是他們的「家」。在超卜連群島島民的觀念裡，懷孕是古代鬼魂作祟，他們誰都沒聽說過爸爸這種人。

「這是另一個極端。」大都督說，「但出於很好的理由，兩個極端最終被折衷了起來。」

「威爾斯醫生說現在服用三個月代妊娠素對我未來三、四年會有說不完的好處。」

「希望他是對的。」列寧娜說，「可是，范妮，妳不會真的打算今後三個月都……」

「不，親愛的，我只打算服用一兩個禮拜，如此而已。期間我晚上會到俱樂部打音樂橋牌消磨時間。妳是要去約會吧？」

列寧娜點點頭。

「跟誰？」

「亨利．福斯特。」

「又是他？」范妮頗像滿月的臉上露出一種又是受傷又是不以為然的神情。「妳是說妳仍然在跟亨利．福斯特約會？」

媽媽和爸爸，兄弟和姐妹。除此之外還有丈夫、妻子、情人。還有一夫一妻制和談情說愛。

6 其目的應是讓當事人產生假的懷孕生理反應。

「不過你們大概不知道這些是什麼東東。」穆斯塔法·蒙德說。

學生們點點頭。

家庭、一夫一妻制、談情說愛。一切都有排他性，所有衝動和精力全靠一條窄窄的管道宣洩。

「但每個人應該都是屬於所有人的。」大都督引用「睡眠學習法」的格言指出。

學生們忙不迭點頭。對他們來說，這句他們在睡夢中聽過不下六萬兩千次的格言不但是真理，還是自明和不容置疑。

「可是，」列寧娜抗議說，「我跟亨利在一起才四個月左右。」

「才四個月！妳這話真可愛。」范妮伸出一根指責的指頭。「更離譜的是，這麼長的時間妳只跟亨利一個在一起，沒有別的男人。我可有說錯？」

列寧娜滿臉通紅，但她的眼神和聲調仍舊桀驁不馴。「對，沒有別的男人。」她回答說，態度近乎粗野。「我倒是樂於知道為什麼我非得跟別的男人約會不可。」

「哈，她樂於知道為什麼她非得跟別的男人約會不可。」范妮取笑說，就像是對列寧娜背後什麼人在說話，然後又突然收斂起笑臉。「說正經的，我認為妳真的應該多加小心。老是跟同一個男人約會太不像話。要是妳已經四十歲或三十五歲還說得過去。但妳才多大，列寧娜！那絕對不行！妳明知中心主任對任何熱烈或拖拖拉拉的關係有多反感。要是他知道妳跟亨利·福斯特一耗就是四個月，沒有別的男人，準會大發雷霆……」

「想想看一根水管要承受多大的壓力。」學生們立即想像起來。「我要是扎它一個洞，」大都督說，「會噴濺得多厲害！」

他在水管上扎了二十個洞，二十根水柱隨即像撒尿一樣噴濺而出。

「我的乖寶寶，我的乖寶寶……！」

「媽媽！」胡鬧是有傳染性的。

「我的愛，我的唯一，我的親親……」

媽媽，一夫一妻，談情說愛。水柱急激噴射著，噴得高高，水沫四濺。衝動只有一個宣洩口的話就會是這種結果。無怪乎前現代期的人類會那麼瘋狂、邪惡而悲慘。他們的世界就不容許他們從容不迫，不容許他們神智清醒、有德和快樂。他們受到母親和情人身分預定的規範，被迫在未經條件設定的狀態下去遵守種種禁制，老是遇到誘惑和為跌倒而懊悔，飽受各種疾病和無盡孤單痛苦的煎熬，生活貧窮而充滿不確定性——在這種情況下，他們的情緒會多洶湧可想而知。個人的情緒既然洶湧，他們的社會怎麼可能穩定！

「我當然不是叫妳跟他斷絕來往。妳只要偶爾跟別人約會一下就行。他也跟別的女生約會，不是嗎？」

列寧娜點點頭。

「我就知道。亨利・福斯特是個十足的紳士——永遠不會行差踏錯。再來妳也不能不考慮主任的感覺。妳知道他這個人有多麼食古……」

列寧娜點點頭。「他今天下午還拍我的屁股呢。」

「看，我說得沒錯吧！」范妮得意地說，「那就顯示出他堅持的是什麼：最嚴格的遵守傳統。」

「穩定，」大都督說，「穩定。沒有社會穩定就不會有文明，沒有社會穩定就不會有個人穩定。」他的聲音是一支號角，聽著這號角聲讓四周的人覺得自己更高大，更溫暖。

必須讓機器保持運轉，永遠運轉下去。它的停息意味著死亡。地球上原有亂糟糟的十億人，後來，隨著齒輪開始運轉，世界人口在一百五十年間增加為二十億。但若是停住所有齒輪，那只消一百五十個禮拜就會只剩十億人——另十億人餓死了。

齒輪必須穩定運轉，又必須有人照管方能穩定運轉。照管它們的人必須穩定（像樞軸上的齒輪一樣穩定）、理智、馴服而知足。

有些人開口閉口「我的乖寶寶」「我的媽媽」；有些人老是嚷嚷「我的罪孽」「我的上帝」；有些人老是因為痛苦而尖叫，因為發燒而囈語；有些人老是因為衰老和貧窮而呻吟——這些人能照管好齒輪嗎？而如果他們照管不好齒輪，那唯一下場只能是……唉，十億男男女女的屍體可是很難埋葬或火化的。

「再說，」范妮連哄帶勸地說，「除了亨利之外再多那麼一、兩個男人並不是什麼痛苦或不愉快的事。何況，多雜交一點也是妳的**責任**……」

「穩定，」大都督重申，「穩定。這是最初始也是終極的需要。沒有穩定就不會有眼前這一切。」

他大手一揮，把花園、孵育中心大樓、躲在灌木叢裡玩耍和在草地上奔跑的赤裸小孩全含括進來。

列寧娜搖搖頭，若有所思地說：「不知道為什麼，我近來對雜交不大感興趣。人看來有時會不想雜交。妳可曾有過類似感覺，范妮？」

范妮點頭表示理解。「但做人應該盡力而為，」她以引用格言的口吻說，「當一天和尚就該敲一天鐘。每個人畢竟是屬於所有人的。」

「不錯，每個人都屬於所有人。」列寧娜應和說，嘆了口氣，沉默半晌。然後抓住范妮的手，輕輕捏了捏。「妳說得很對，一向都很對，范妮。我會盡力而為。」

衝動遇到障礙就會氾濫。這氾濫或表現為情緒，或表現為激情，甚或表現為瘋狂：至於是哪一種則視乎水流的力量和障礙的高度與強度。反觀不受障礙的水流則會順著指定的渠道平靜地流進靜謐的幸福（正因為這樣，我們讓人造血泵每分鐘轉八百轉，日夜不停，好叫胚胎不會覺得餓；脫瓶的嬰兒一哭，就會有個帶著外分泌物瓶子的護士出現。情緒都是潛伏在欲望及其滿足的間歇之間，只要把間歇縮短，便能粉碎各種不必要的舊「障礙」）。

「孩子們，你們是幸運的一群！」大都督說，「因為我們會不辭一切辛勞減輕你們的情緒衝撞，甚至在可能的範圍內消除你們全部的情緒衝動。」

「有福特爺在他的T型車裡，」中心主任喃喃自語說，「天下就大吉了[7]。」

「列寧娜．克朗嗎？」亨利．福斯特一面拉上長褲拉鍊，一面回應身分預定處副處長的問題。「唔，她是個非常棒的姑娘。十足的肉彈彈。可你居然沒有享用過她，我真意外。」

「我也搞不懂為什麼會這樣，」副處長說，「但總有一天會享用到的。我會抓住第一個機會。」

伯納．馬克斯從更衣室走道的另一頭偷聽到兩人說話，臉色變得煞白。

「說實話，」列寧娜說，「每天都跟亨利在一起，我也開始有點膩了。」她拉上了左腳的襪子。「妳知道伯納．馬克斯這個人嗎？」她那只是順口提到的語氣顯然是裝出來的。

范妮露出吃驚神色。「妳不會是想……」

「為什麼不可以？伯納是個『甲上』階級，而且他約我陪他一起到野蠻人保留地度假。那地方我早就想去了。」

「但他名聲不好。」

「我管他的名聲做什麼？」

「據說他不喜歡打障礙高爾夫。」

「據說，據說，老是據說。」列寧娜嘲笑說。

「而且他大部分時間都一個人過——孤單過日子。」范妮說，口氣裡透著驚恐。

「他跟我在一起就不孤單。而且，大家對他為什麼那麼惡劣？我倒覺得他挺可愛的。」想到他那種荒謬的靦腆神情，她悄悄地笑了。他的樣子幾乎像是害怕她——就好像她是世界大都督而他只是個管理機器的「丙人」。

「想想你們自己的生活吧，」穆斯塔法．蒙德說，「你們中間誰遇到過無法克服的困難沒有？」

回答是沉默，表示否定。

「你們有誰曾經產生欲望卻無法滿足，必須忍很久的嗎？」

---

7 這話脫胎自英國維多利亞時代詩人白朗寧的詩句：「有上帝在祂的天堂裡，天下就大吉了。」

「嗯。」一個孩子開了口，卻欲言又止。

「說出來啊，」中心主任催促說，「別讓福座久等。」

「有一次我等了四星期才得到一個我想要的女孩。」

「期間你感到一種很強烈的情緒吧？」

「強烈得可怕！」

「正是，強烈得可怕。」大都督說，「我們的祖先愚昧又短視，以致第一批改革家挺身而出，表示可以提供對治強烈情緒的方法時，竟然不被理會。」

「他們簡直把她當成一塊肉。左一句『享用她』，右一句『享用她』。」伯納咬牙切齒地心想。「就像她只是一塊羊肉，甚至羊肉都不如。她說過會考慮我的度假邀請，這星期會答覆。福特爺啊，她會怎樣答覆呢？福特爺啊，福特爺啊！」他恨不得跑過去賞另外兩個男人幾記耳光——狠狠地摑，摑了又摑。

「對，我衷心推薦你嚐嚐她。」亨利．福斯特正在說。

「就以人工生殖為例。菲茨納和川口早解決了全部技術問題，卻沒有一個政府願意採納。那是一種叫『基督教』的東西在作祟，它繼續強迫婦女懷孕生子。」

「他長得好醜！」范妮說。

「可我滿喜歡他的長相。」

「他又好矮小。」范妮說，做了個鬼臉。矮小是低等階層的典型可怕特徵。

「我倒覺得他矮小得可愛，」列寧娜說，「會叫人想像摸小貓那樣摸摸他。」

范妮大吃一驚。「我聽說他還在胚胎階段時，工作人員誤以為他是『丙人』，給他的人造血加入酒精，因此阻礙了他的發育。」

「胡說八道！」列寧娜氣憤地說。

「事實上，睡眠學習法在英格蘭曾經遭禁。那是一種叫『自由主義』的東西在作梗。當時，『議會』（但願你們知道那是什麼）通過了一條法律，禁止睡眠學習法實施。當時的紀錄還在，裡面一堆有關『國民自由』的言論。國民自由？哈，說得好聽！倒不如說是無效率的自由、受苦的自由、不知變通的自由。」

「好哥兒，你是受歡迎的，我向你保證。你是受歡迎的。」亨利．福斯特拍了拍副處長的肩膀。「畢竟每個人都屬於所有人。」

伯納．馬克斯嗤之以鼻。四年間每星期要聽三回，每回一百遍（他是睡眠學習法的專家，所以知道這個）。六萬二千四百遍重複便造就了一個真理。好一對白癡！

「再以階級制度為例。不斷有人提出建立階級制度又不斷遭到否決。那是一種叫『民主』的東西在作梗。它把人說得好像除了生化層面的平等還有別種平等似的。」

「不管怎樣，我都打算接受伯納的邀請……」

伯納恨他們。但他們是兩個人，而且比他高大強壯。

「最終，在福元一四一年，爆發了九年戰爭。」

「關於他的謠言我根本就不信。」列寧娜說。

「為了打勝仗，所有毒氣全派上了用場，包括光氣、三氯硝基甲烷、碘乙酸乙酯、二苯代胂氰、三氯甲基、氯甲酸酯，硫代氯乙烷——更不用說氫氰酸。」

「但就算他的人造血裡**真是**誤加了酒精我也會接受邀請……」

「一萬四千架轟炸機的轟鳴聲固然驚天動地，但炭疽炸彈落在選帝侯大街[8]和巴黎第八區的爆炸聲卻不比拍破一個吹氣紙袋更大聲。」

「因為我**好想好想**參觀野蠻人保留地。」

「$Ch_8C_6H_2(NO_2)8+HC(CNO)^2=$[9]……說說看等於什麼？等於地上的一個大窟窿，一大堆破磚碎瓦，幾片肉和一些黏膜，還有一條飛到天上再『噗』一聲掉落在天竺葵叢裡的腿（還穿著靴子的）——總之是猩紅一片。那年夏天的表演就是這麼精彩。」

「列寧娜，妳簡直無可救藥，我放棄了。」

「俄羅斯人污染水源的技術特別有一套，所以也用上了。」

范妮和列寧娜背對著背穿衣服，因為嘔氣而默不作聲。

---

8 柏林最著名的大道之一。
9 製造炸彈的方程式。

「九年戰爭帶來了經濟大崩潰。但這是必要代價，因為我們只能在全面控制世界和大肆摧毀之間二擇其一……」

「范妮．克朗也是個可愛姑娘。」身分預定處副處長說。

在育嬰站裡，「基本階級意識課程」已經上完，那諄諄善誘的聲音正改為為未來的工業生產創造需求：「我好喜歡好喜歡坐飛機，我好喜歡好喜歡坐飛機。我好喜歡好喜歡穿新衣，我好喜歡好喜歡……」

「自由主義固然是被炭疽炸彈殺死了，但接下來你無法光靠武力辦事。」

「但說到肉彈彈，她比列寧娜差多了。天差地遠。」

「舊衣服真噁心，」不知疲倦的聲音繼續低語，「我們毫不眷戀舊衣服。扔掉要比縫補好，扔掉要比縫補好，扔掉要比……」

「政府是一種坐著搞的東西，動輒揍人並不管用。統治世界靠的是頭腦和屁股，不是拳頭。比方說你得想辦法促進消費。」

「總之我是決定了。咱倆講和吧，范妮，親愛的。」列寧娜說，但范妮仍然一言不發，身子扭到一邊。

「為了工業的利益考量，當局給男女老小各編派一個每年必須達到的消費額度，但結果卻是……」

「扔掉要比縫補好。愈縫愈窮，愈縫愈窮，愈縫……」

「妳會有苦頭吃的，」范妮難過地強調，「過不了幾天就會後悔。」

「結果遭到大規模的反對。許多人乾脆什麼都不消費，高呼回歸自然。」

「我好喜歡好喜歡坐飛機，我好喜歡好喜歡坐飛機。」

「對，高呼回歸自然。還有高呼回歸文化。因為多看書便可減少消費。」

「妳看我這身打扮還行嗎？」列寧娜問。這時她已穿上一件瓶綠色醋酸纖維夾克，袖口和領口都鑲著人造絲毛皮。

「為了鎮壓這波反對運動，有八百個簡單生活主義者在高爾德草場被機關槍撂倒。」

「扔掉要比縫補好，扔掉要比縫補好。」

綠色的燈心絨短褲，白色的人造絲長襪（拉到膝蓋下面之後再翻摺過來）。

「後來又發生了著名的大英博物館大清洗，共兩千個文化粉絲被施放的硫化二氯甲基毒死。」

一頂綠白兩色的騎手帽虛遮住列寧娜眼睛，她的鞋子是大綠色，擦得鋥亮。

「最後，」穆斯塔法・蒙德說，「眾位世界大都督斷定，使用武力並不是辦法，於是改採緩慢但絕對可靠的方法：人工繁殖、新巴甫洛夫條件反射設定和睡眠學習法……」

她腰上繫一條嵌銀絲的綠色人造小山羊皮彈藥囊皮帶。每個彈藥囊都因為裝著定時配給的避孕藥而微微鼓脹（列寧娜不是不孕女）。

「菲茨納和川口的發現終於獲得採納，為此，當局展開一場徹底的反對懷孕生育宣傳……」

「無懈可擊！」范妮激動地叫了起來。她對列寧娜的魅力從來無法抵擋太久。「妳這條馬爾薩斯腰帶[10]更是漂亮得沒話說！」

「同時發起的還有一場反歷史運動：關閉所有博物館，炸毀所有歷史性建築（這不花多少功夫，因為大部分歷史性建築都已毀於九年戰爭），查禁掉福元一五〇年以前的一切書籍。」

「我非得弄一條一樣的腰帶不可。」范妮說。

---

10 馬爾薩斯：最早提出警告指放任人口漫無節制增長會後患無窮的人口學家。

「被炸毀的包括一種叫金字塔的建築。」

「與妳這條腰帶相比……」

「被查禁的包括莎士比亞作品——這個人的名字你們當然不會聽過。」

「我那條黑色皮帶真是丟人現眼。」

「這就是真正科學教育的益處。」

「愈縫愈窮，愈縫愈……」

「當局又把福特爺第一批T型車的出廠年份定為新紀元的元年。」

「我用這腰帶快三個月了……」列寧娜說。

「扔掉要比縫補好，扔掉要比……。」

「就像我剛才說過，那時還有一種叫『基督教』的東西。」

「扔掉要比縫補好。」

「基督教的倫理學和哲學強調低消費……」

「我好喜歡好喜歡穿新衣，我好喜歡好喜歡穿新衣，我好喜歡好喜歡……」

「在生產力低落的時代，基督教非常有用，但在機器化和氮合成的時代，它就斷然是一種反社會意識形態。」

「是亨利・福斯特送我的……」

「所以，所有十字架都被砍了頭，成了T字架。那時還有一種叫『上帝』的玩意兒。」

「材料是真真正正的人造小羊皮。」

「我們現在是住在世界國裡，有福特紀念日，有共同體頌歌，還有團結禮拜。」

「福特爺啊，我恨死他們了！」伯納．馬克斯心裡想。

「那時還有一種叫『天國』的東西，但人們照樣酗酒。」

「他們只把她當成一塊肉，眾多肉塊的其中之一。」

「那時有個東西叫做『靈魂』，還有個叫東西叫『永恆』……」

「妳一定要幫我問問亨利，他是從哪兒買來的。」

「但人們照樣需要嗎啡和古柯鹼。」

「更可悲的是她也自視為一塊肉。」

「為了解決這問題，政府在福元一七八年資助兩千個藥理學家和生化學家進行研究……」

「看看他，一副愁眉苦臉的樣子。」運命預定處副處長指指伯納．馬克斯說。

「六年之後，那一種十全十美的藥品[11]便研究成功，投入量產……」

「我們來逗他一下。」亨利．福斯特說。

「這藥品能叫人飄飄欲仙，產生醉意朦朧的美妙幻覺。」

「幹嘛愁眉苦臉啊，馬克斯。」因為肩膀突然被人一拍，伯納．馬克斯嚇了一跳，抬頭看去。是那個粗漢子亨利．福斯特。「這種時候你需要的是一克**唆麻**。」

「這藥品兼具基督教和酒精的一切好處，卻沒有兩者的壞處。」

11 指接著會提到的迷幻藥品唆麻，其作用類似古柯鹼，但完全沒有副作用。

「福特爺啊，我恨不得殺了他！」伯納心想，但嘴裡卻說：「謝謝，我用不著。」推開遞給他的那瓶藥片。

「只要你喜歡就可以給自己放個假[12]，擺脫現實，回來時也不會有頭疼或幻覺。」大都督說。

「拿去吧，」福斯特堅持說，「拿去。」

「有了這種藥品，社會穩定從此獲得了保障。」

「『只消吞下一小片，十種煩惱都不見。』」身分預定處副處長引用睡眠學習法的格言相勸。

「然後就只剩下一樁工作：征服衰老。」

「放屁！放屁！」伯納·馬克斯吼說。

「唉呀，幹嘛這樣說。」

「靠著注射性腺荷爾蒙、輸入年輕血液和服用鎂鹽……」

「記住：『與其找罪受，不如哈唆麻。』」亨利．福斯特拋出一句，和副處長笑著走出電梯。

「生理上的老邁跡象便全都消除。當然，隨之消除的還有……」

「記得問他那條馬爾薩斯腰帶的事。」范妮說。

「還有老年的一切古怪心理特徵，讓人的個性不會隨年紀而改變。」

「……我們會在入黑前打兩局障礙高爾夫。好了，我得趕去坐直升機了，范妮。」

「老年人會照樣工作、遊戲，六十歲時候的精力、胃口都一如十七歲。在舊時的苦日子，老

12 指服食較大量唆麻後幻覺紛呈的昏睡時段。

年人會自我封閉起來，往宗教尋求慰藉，把時間花在閱讀、思考。思考——我的媽呀！」

「兩個白癡！兩個豬玀！」伯納・馬克斯自言自語說，沿著走廊往電梯走去。

「現在老年人照樣工作，照樣性交（這不叫進步叫什麼），忙於享樂，沒有一刻可以閒下來思考。即便是出於某種不幸的偶然，他們的娛樂消遣裡出現了空檔，他們也永遠有美味的唆麻可以仰仗——半克就是半天假日，一克就是一個週末，兩克就是一次輝煌的東方壯遊，三克就是一趟迷離恍惚的月亮登仙之旅。從那兒回來後他們會發現自己已越過空檔，重又踩在每日工作和娛樂的堅實地面，看完一齣觸感電影趕下一齣，享用完一個肉彈彈的女孩再享用另一個，打完電磁高爾夫再打……」

「走開，小ㄚ頭。」中心主任憤怒地趕人。「走開，小娃兒！你們沒看見福座正在忙嗎？去去去，到別的地方玩你們的性遊戲去。」

「要多寬容小孩子。」大都督說。

馬達持續發出微弱嗡嗡聲，輸送帶莊嚴而不間斷地緩緩前進，每小時走三十三公分。無數紅寶石在紫紅暗暈裡閃著微光。

4

第一節

電梯裡擠滿人，都是從「甲人」更衣室換過衣服要下班的男生。列寧娜一進電梯便迎來許多友善的點頭和微笑。這女孩人緣極佳，和電梯裡幾乎每個人都睡過一或兩次。

真是些可愛的男生！她一面點頭回禮一面心想。不只可愛，還很迷人！不過，她仍然希望喬治．艾澤爾的耳朵別那麼大雙（他的胚胎是在三百二十八公尺處被多注射了點副甲狀腺素嗎？），而看見貝尼托．胡佛時，她又不由自主回想起他脫掉衣服後體毛忒也太多了一點。

為避免貝尼托看見她回憶起他那身黑鬈毛時的心煩眼神，列寧娜把眼睛撇向一邊，卻看見角落裡站著身材瘦削和神情憂鬱的伯納．馬克斯。

「伯納！」她趨前一步，「我正在找你吶。」她清脆的聲音壓過電梯上升的嗡嗡聲。其他人轉臉朝他們望去，充滿好奇。「我想找你談談我們去新墨西哥的計畫。」列寧娜從眼角餘光瞧見貝尼托．胡佛驚訝得張大了嘴，心裡老大不高興：「他是因為我沒有再求他約我度假而驚訝！」

想到這個，她用更響亮、更熱情的聲音說下去：「我好樂意七月份跟你去玩一星期。」（這下范妮應該高興了：她對亨利以外的男人公開示好了，那對方是伯納。）「當然，這得要你還想要找我去才行。」說著露出最含情脈脈的微笑。

伯納蒼白的臉紅了起來。「幹嘛臉紅？」她心下納悶，但同時又為之感動，因為那等於是對她的魅力的一種恭維。

「我們到別的地方再談好嗎？」伯納結結巴巴，表情彆扭之極。

「好像我說了什麼嚇人的話似的，」列寧娜心想。「哪怕我開了個骯髒的玩笑——比如問他媽媽是誰之類，他也不會更生氣。」

「我的意思是，當著這麼多人的面……」他慌亂得說不出話來。

列寧娜發出爽朗和毫無惡意的笑聲。「你真好笑！」她說，也真是覺得他好笑。「請你至少提前一星期告訴我決定，好嗎？」她換了一種口氣。「我們應該是坐『藍色太平洋號』火箭去的吧？它是從查令T字塔[1]起飛還是從漢普斯泰德起飛？」

伯納還來不及回答電梯便停定。

「樓頂！」一個沙啞的聲音宣布。

電梯操作員長得像小猿，穿著「戊人」（換言之是半白癡）穿的黑色束身上衣。

「樓頂！」

他猛地拉開鐵柵。燦爛溫暖的午後豔陽讓他為之一震，不住眨眼。「啊，頂樓！」他又說了一遍，語氣充滿狂喜，彷彿猛然從不省人事的昏沉裡快活地醒了過來。「樓頂！」

乘客說說笑笑走進陽光裡。電梯操作員滿臉堆笑目送他們，像是崇拜主人的小狗。

「樓頂？」他又說了一遍，但這次變成了疑問句。

隨著一聲鈴響，電梯天花板上的擴音器用非常柔和但又非常專橫的聲音發出命令：「下樓，下樓，往十八樓去。下樓，下樓，往十八樓去。下樓……」

電梯操作員「砰」一聲拉上鐵柵，摁下按鈕，電梯隨即嗡嗡響地沉回電梯井的昏暗裡，而他也沉回慣性的頭腦混沌裡。

樓頂溫暖明亮。此起彼落的直升機嗡嗡聲讓這個夏日午後催人欲睡。看不見的火箭飛機在五六英里上方的晴空急速掠過，以更深沉的嗡鳴聲愛撫過輕柔的空氣。伯納．馬克斯深深吸入一口氣，抬頭看了看天空，再看了看四周藍色的地平線，視線最後落在列寧娜臉上。

「好美！」他說，聲音帶點顫抖。

列寧娜報以一個最善體人意的微笑。「這種天氣最適合打場障礙高爾夫不過。我得趕緊走了，伯納，亨利等久了會生氣。你決定好出發日期後記得早點通知我。」她揮揮手，然後循著平坦廣闊的頂樓朝飛機棚跑去。伯納站著目送白長襪的閃光；目送列寧娜那曬黑的膝蓋矯健地伸

1「查令T字」之名脫胎自「查令十字」。「查令十字」為倫敦三條大街的交匯路口，也是傳統公認的倫敦市中心點，當初以豎立著十二座頂上有十字架的紀念塔得名。

直，彎曲，伸直，彎曲；目送瓶綠色夾克下面的合身燈心絨短褲晃來晃去——臉上充滿痛苦表情。

「我不得不說她真是漂亮。」一個響亮快活的聲音在背後響起。

伯納吃了一驚，回頭望去，看見貝尼托．胡佛那張胖乎乎、紅撲撲的臉正俯視著他，笑容可掬——顯然是發自內心。貝尼托以開朗著稱，大家都說他大概一輩子不碰唆麻照樣可以過得快快活活。其他人得靠休假[2]才甩得掉的壞心情從來不會糾纏他。貝尼托的世界總是陽光燦爛。

「不但漂亮，還肉彈彈！」他說，然後換了一個調子。「不過你啊卻是一臉晦氣。這種時候你需要的是一克唆麻，」他右手伸進口袋，掏出一個小玻璃瓶。「『只消吞下一小片，十種煩惱都不見』……咦！怎麼搞的？」

原來伯納已經一聲不響掉頭急急走掉。

貝尼托盯著他的背影看了一會兒。「這傢伙是怎麼回事？」他心想，搖了搖頭。看來，那個有關伯納的人造血裡被誤加了酒精的傳言是真的。「恐怕是傷到腦袋了。」

他把小玻璃瓶放回口袋，另外掏出了一小包性荷爾蒙口香糖，往嘴巴裡塞了一片，然後慢慢走向停機棚，心裡繼續為伯納的奇怪態度納悶。

亨利．福斯特早命人把他的直升機推出了機庫，列寧娜到達時，他坐在駕駛艙等候著。

「晚了四分鐘。」他只說了這麼一句。列寧娜爬上直升機，在他身邊坐下。亨利發動引擎，給螺旋槳打上檔，直升機隨即垂直射向天空。亨利一踩油門，推進器螺旋槳尖叫起來，轟鳴聲從大黃蜂變成了黃蜂，再從黃蜂變成了蚊子。速度計顯示他們正以大約每分鐘兩公里的速度攀升。倫敦在他們下方快速縮小，幾秒鐘之內，各座巨大的平頂建築便只如一棵棵形狀規則的菌菇，突起於公園和花園的綠茵之上。在這些菌菇之中，有一棵特別細、特別長，向空中擎起一個亮閃閃的水泥圓盤，那就是查令T字塔。

他們頭頂上方的藍天懶洋洋漂浮著一些蓬鬆的大雲朵，猶如一眾神話力士的的模糊身軀。從其中一朵雲突然飛出一隻猩紅色小蟲子，一面下降一面嗡嗡鳴叫。

「是來自紐約的『紅火箭』。」亨利說，看了看錶，搖了搖頭。「晚了七分鐘。這些大西洋航班老是誤點，真丟臉。」

他鬆開油門，螺旋槳的嗡嗡聲降低了八度半，音量從胡蜂漸次降為大黃蜂，再降為熊蜜，再降為金龜子，再降為鍬形蟲。直升機的上升勁道逐漸減緩，不一會兒之後便一動不動懸浮在空中。亨利把一根控制杆向前推，他們前面的螺旋槳「喀嗟」一聲開始旋轉，起初很緩慢，漸漸變快，最後變成一片圓形的光霧。在靜止中，平行的風響得更形尖銳了。亨利一直盯著轉速計，一看到指針指到一千二百轉便關掉螺旋槳。這時直升機已有足夠的動量維持水平飛行。

2 這裡的「休假」也是指唆麻「假期」。

列寧娜低頭打雙腳中間的地板窗戶往下看。他們正飛過把倫敦中心區和第一圈衛星郊區分隔開來的六英里公園帶。綠茵地上到處都是人，像是萬蛆鑽動。樹木間分布著無數閃閃亮的「離心蹦蹦球」球塔，蔚然成林。在「牧羊林」附近，兩千個「乙下人」正在打黎曼曲面網球混雙。從諾丁山到維爾施登的幹道兩旁各有兩排電扶梯壁球場。伊靈體育館正在進行「丁人」體操表演和共同體頌歌大合唱。

「土黃色真有夠難看[3]。」列寧娜說，道出她從睡眠學習法得來的階級偏見。

豪恩斯洛觸感電影製片廠占地七公頃半，附近有一支穿黑色和土黃色的勞動大軍忙著為西大道重新鋪設玻璃路面。他倆飛過時，一口巨大的移動式坩堝剛好打開堝蓋，把冒著蒸汽和泛著刺目虹彩的玻璃融液傾倒在地面。石棉壓路機碾來碾去，絕緣灑水車後蒸騰起一片白霧。

位於布倫特福德的電視機工廠簡直像個小市鎮。

「他們準是在換班。」列寧娜說。

只見穿葉綠色的「丙人」階級姑娘和穿黑衣的「半白癡」像蚜蟲和螞蟻一樣在工廠門口擠來擠去；有的在排隊，等著搭乘單軌電車。在人群間走來走去維持秩序的是穿桑葚色服裝的「乙下人」。主大樓樓頂不斷有直升機升空和降落，一派忙碌景象。

「老實話，」列寧娜說，「我慶幸自己不是『丙人』。」

十分鐘後他們已人在斯托克波斯基村，開始打第一局障礙高爾夫。

第二節

伯納匆匆走過樓頂，大多數時候都是低著頭，若是偶爾抬眼瞧見別人，也是立即偷偷把頭撇開，裝作沒看見。他像是被敵人追趕卻不願意看見追趕者，就像是唯恐追趕者的樣貌比他預想的更凶惡。這害他更加內疚和徬徨無奈。

「可惡的貝尼托．胡佛！」這傢伙本來是出於好意，卻只把伯納的心情弄得更糟。那些立意良善和立意不良的人行為上往往如出一轍。就連列寧娜也叫他痛苦。他回想起這幾星期他有多麼猶豫膽怯，渴望問問她是否答應邀約卻又拿不出勇氣。他受得了遭到輕蔑拒絕的羞辱嗎？受不了。可她如果竟答應約會，他又會狂喜到什麼程度啊！好啦，她現在自己表態了，但他仍然覺得難受，因為她居然認為這個下午最好是用來打障礙高爾夫，因為她居然跟亨利．福斯特一溜煙跑掉了，也是因為她居然覺得他不願在公開場合談他倆之間最祕密的私事是好笑。總之，他會難受，是因為她的行為舉止像個健康、有德的英格蘭姑娘，毫無與眾不同的脫俗之處。

他打開自己機庫的門，叫來兩個無所事事的「丁人」機務員把他的直升機推到外頭。飛機棚的工作人員全來自同一個波坎諾夫斯基群組的多胞胎，所以長得一樣矮小、一樣黝黑和一樣面

3「丁人」階級一律穿土黃色。

目可憎。伯納對他們發號司令時口氣尖利，帶幾分傲慢甚至侮辱語氣，透露出他是個對自己優越地位不是有十足把握的人。跟低階級人打交道對伯納來說常常是最不快的經驗。因為不管理由何在（那個有關他的人造血裡被誤加了酒精的謠言大有可能不假，因為孵育過程中什麼意外都有可能發生），他的體格並沒有比一般的「丙人」強多少。他的身高比標準的「甲人」矮八公分，身體也相應較瘦削。與低階級人接觸總讓他痛苦地意識到自己的體格缺陷。「我是我，但我希望不是。」他的自我意識尖利而蕭瑟。每次他發現自己是平視而非俯視一個「丁人」的臉，他就覺得丟人。這個下等人會以尊重我所屬階級的應有方式尊重我嗎？這問題不斷困擾他。他的擔心不無道理。因為在「丙人」、「丁人」和「戊人」所接受的睡眠學習法裡，體格和社會地位多少是掛鈎在一起。事實上，睡眠學習法微微助長了一種看重大個子的普遍偏見。所以伯納常會被他追求的女人嘲笑，被同階級的男人惡整。這些遭遇讓他覺得自己是個異類，而因為自覺是個異類，他的行為舉止又更像是異類，從而更加深別人對他的偏見，加劇了體格缺陷所招引的輕蔑和敵意，他的局外感和孤獨感也因而更深。一種怕被輕視的慢性恐懼驅使他迴避同儕，又使他在面對低階級人時非常介意自己的尊嚴。他是多麼妒忌亨利．福斯特和貝尼托．胡佛啊！他們用不著對一個「戊人」大叫大喊，自然令出必行；他們把自己的優越地位視為理所當然，在階級制度裡如魚得水，幾乎意識不到自己的身分預定地位與這身分預定地位帶給他們的種種好處。

現在，他覺得兩個機務員推直升機的動作慢吞吞，一副不情不願的樣子。

「快點！」伯納暴躁地吼說。其中一個機務員瞄了他一眼。他從對方那雙茫然的灰白的眼裡覺察到的是一種畜生般的藐視嗎？「快點！」他吼得更大聲了，聲音裡夾著一種難聽的嘶啞。

最後他終於上了直升機，一分鐘後便已向南朝泰晤士河的方向飛去。

三家宣傳局和情緒工程學院都是位於艦隊街一棟六十層的大樓裡。大樓地下室和較低樓層由倫敦三大報的印刷廠和辦公室——這三大報是《整點廣播》（供高等階級閱讀）、淺綠色的《丙人公報》和土黃色的《丁人鏡報》。往上分別是電視宣傳局、觸感電影宣傳局和合成聲音暨音樂宣傳局——一共占了二十二層。再往上是研究實驗室和鑲有隔音軟墊的工作室（專供錄音教材寫作者和合成音樂作曲家精心推敲的地方）。最上面的十八層樓全是情緒工程學院的校舍。

伯納把直升機降落在宣傳大樓樓頂。

他吩咐「丙上」門衛：「給赫姆霍特·華生先生打個電話，說是伯納·馬克斯正在樓頂等他。」

他坐下來點燃一支香菸。

電話響起時赫姆霍特·華生正在寫作。

「告訴他我馬上來。」他說，說畢掛上話筒，轉身對秘書說：「我的東西就交給妳收拾了。」他用的是公事公辦的口氣，對秘書楚楚動人的微笑不予理會，說完便站起來快步往外走。

赫姆霍特·華生身體壯實，胸厚肩寬，身體沉重卻行動迅速，步履矯捷而富於彈性。脖子像一根結實的圓柱，撐起一個輪廓美麗的頭。頭髮色深而鬈，五官深邃。他的英俊是一種咄咄逼人的英俊，而正如他的女秘書不知疲倦反覆愛說的：赫姆霍特身上每寸地方都是不折不扣的「甲上人」。他是情緒工程學院寫作系的講師，課餘從事教育活動，是個兼職的情緒工程師。他定期為《整點廣播》撰稿，創作觸感電影劇本，精於設計口號和睡眠學習法的格言。

「能幹」是一票上司對他的評價。但說到這個時他們又會搖搖頭，壓低聲音補充一句：「大概是過分能幹了一點。」

不錯，他確是過分能幹了一點。智力過剩之於赫姆霍特．華生，後果猶如體格缺陷之於伯納．馬克斯。不夠強壯讓伯納受到同儕疏遠，而這疏遠（從一切標準看都是心靈所難以承受的）又反過來讓伯納更疏遠他的同儕。而讓赫姆霍特極不愉快地意識到自己的孤獨的則是他的過分能幹。雖然兩人都自覺是異類，卻有一點不同：體格缺陷已經讓伯納痛苦了一輩子，但赫姆霍特．華生卻是最近才意識到自己智力過剩。他向來活躍，既是電扶梯壁球冠軍，又是不知疲倦的情人（據說他四年不到就享用過六百四十個不同的女孩），又是備受敬重的委員，又是交際能手，可他最近才突然明白，球賽、女人和社交在他生命裡只占第二位置。他的根本興趣是在別處。在哪裡呢？這正是伯納要來跟他討論的——更精確地說是為了聽他談這個而來，因為說話的一方永遠是赫姆霍特。

赫姆霍特一出電梯便被三個在合成聲音宣傳局工作的迷人女孩攔住去路。

她們圍住他求說：「赫姆霍特，親愛的，晚上和我們一起到埃克斯穆爾國家公園野餐吧。」

他搖搖頭，擠出包圍圈。「不行，不行。」

「我們保證不邀別的男生。」

但就連這樣誘人的承諾也打動不了赫姆霍特。「不行，我沒空。」說完逕自走掉。三個女孩尾隨不捨，直到他上了伯納的直升機和「砰」一聲關上門才死心（但嘴裡繼續發著牢騷）。

「這些女人真煩！」赫姆霍特在直升機升空時說。「真煩！」他搖著頭又說了一句，眉頭皺起。「可不是，真要命！」伯納在嘴巴上附和，但心裡恨不得可以像赫姆霍特那樣，女人多多而煩惱少少。他突然有一種不可遏止的自誇衝動。「我會帶列寧娜・克朗到新墨西哥度假。」他說，盡可能裝成是隨口提到。

「是啊。」赫爾姆霍爾應說，顯得對這話題興趣缺缺。停了一會兒之後又說：「這一兩星期我謝絕了所有委員會會議和所有女孩的邀約。她們為了這個到學院來大吵大鬧，那場面你簡直難以想像。不過，倒還是值得的。其結果是……」他猶豫了一下，「總之，她們非常奇怪，非常奇怪。」

體格缺陷固然可以造成智力過剩，但這道理反過來看來一樣成立。智力過剩（出於它自身的需要）也可能帶來蓄意的自我孤立、自我作踐和自加的性無能。

短暫飛行的剩下路程都是在沉默裡度過的。直至去到伯納的公寓，在充氣沙發裡舒舒服服舒展開四肢之後，赫姆霍特才重又打開話匣子。

他把話說得非常慢吞吞。「你可曾有過一種感覺：你裡面有什麼在湧動，只等著你給它一個機會宣洩出來？它就像某種你沒有利用的額外精力，平常都是成了瀑布白白流走，沒機會湧進渦輪裡發揮用途。你有過這種感覺沒有？」說完以詢問的目光望著伯納。

「你是說人得要把所有感情都動用上才會寫出好文章？」

赫姆霍特搖搖頭。「不全然是。我談的是一種我有時會產生的奇怪感覺。我覺得到我有什麼重要的話要說，也有能耐把它說出來——可是我卻不知道那是什麼，也使不出那能耐。如果有別種寫作方式……或如果有別種東西可寫……」說到這裡忽然打住，停了半晌才重又開口。「你知道我擅於遣詞造句——我寫的東西可以讓人猛然跳起來，就像是坐到了大頭尖。就連睡眠學習法的那些老僧常談，在我筆下也可以變得新穎刺激。但現在我感覺這樣是不夠的。光是詞句好還不夠，還得內容有意思才行。」

「但你寫的東西都很好啊，赫姆霍特。」

赫姆霍特聳了聳肩。「還過得去，但僅止於過得去。它們不夠份量。我覺得我可以寫出更有份量的，對，更洶湧澎湃的。但要寫些什麼呢？以我目前所寫的那些東西，你又怎能指望它們有洶湧澎湃可言？文字就像X光，使用得當就能穿透一切。閱讀這樣的文字會讓人有被穿透的感覺。這就是我教學生寫作時的一個要點：怎樣寫得有穿透力。可是創作《共同體頌歌》或談香味管風琴的最新改進時，穿透力又有何用！而且，那些東西如何可能有穿透力？你如何可能把空洞的東西寫得擲地有聲？對，它們歸根究柢只是些空空如也。我努力又努力，但都……」

伯納突然把一根手指豎在嘴邊，發出「噓」一聲。兩人側耳傾聽。「門外好像有人。」伯納壓低聲音說。

赫姆霍特站起來，踮著腳尖走過房間，再猛地甩開門。外面沒人——當然沒人。

「對不起。」伯納說，滿臉尷尬，覺得自己直像蠢才。「我大概是精神負擔過重。當別人開始懷疑你，你難免也會開始疑神疑鬼。」

他用手擦了擦眼睛，嘆了口氣，然後用感傷的聲音為自己辯解：「你不知道我最近得忍受多少鳥氣！」說著幾乎要流下淚來，自憐情緒像突然打開的噴泉那樣急湧而出。「你要是知道就好了！」

赫姆霍特．華生聽著這番話，有點不自在。「可憐的伯納！」他心想，與此同時又覺得這位朋友丟臉。他恨不得伯納可以表現出多一點傲氣。

5

第一節

天色在八點暗下來，俱樂部大樓的擴音器以高於人類男高音的分貝宣布球場即將關閉。列寧娜和亨利結束球賽，走回俱樂部去。從「內外分泌物聯合企業」的牧場傳來數千頭牛的低沉哞哞聲——這些牛，連同牠們分泌的荷爾蒙和牛奶，是要提供給法納姆羅亞爾的大工廠充當原料。

暮色裡充滿直升機不間斷的嗡嗡聲。每兩分半鐘便會響起一下鈴聲和汽笛的尖嘯聲，宣布一列單軌輕火車開出，把低下階層的高爾夫打者從他們各自所屬的球場送回都會區。

列寧娜和亨利登上直升機，踏上歸途。亨利在八百公尺高度放慢推進器轉速，讓直升機在逐漸暗淡的地景上盤旋了一、兩分鐘。伯納姆山毛櫸林有如一片濃黑的巨大沼澤，往西天明亮的岸邊伸展。地平線上的落日餘暉一片紫紅，往上漸次轉為橙色、黃色和淡淡的水綠色。往北望去，二十層高的內外分泌物工廠佇立在一片樹林的更過去，燈火通明。其下方是高爾夫俱樂部的建築物——包括供低等階層使用的巨大營房和一牆之隔的一些較小間的獨立屋（保留給「甲人」

和「乙人」階級使用）。通往單軌火車站的道路上黑壓壓擠滿蟻群一樣的低等階級成員。一列亮著燈的火車從圓形玻璃拱頂下面急駛而出。兩人的眼睛隨著火車越過黑暗的平原，往東南方向望去，視線隨即被巍峨的「羽化火葬場」吸引去。為保障夜間飛行安全，火葬場四根高聳煙囪都有泛光燈照射著，頂上設有紫紅色警示燈，儼然是座里程碑。

「煙囪上為什麼會有好幾個陽台狀結構體？」列寧娜問。

「磷回收。」亨利說，用字節省得像是打電報。「氣體在升上煙囪時會經過四道工序。從前，火化屍體所釋出的五氧化二磷會迅速流失到空氣中，但現在已經有辦法回收百分之九十八。從每個成年人的屍體可回收到一點五千克以上的五氧化二磷。英格蘭每年回收到的四百公噸磷有大部分是來自這裡。」亨利的神情又是快樂又是自豪，彷彿正在述說自己的成就。「想到我們死後還能繼續貢獻社會，幫助植物生長，真是讓人愉快。」

此時列寧娜已經望向別處，正垂直俯瞰著單軌火車站。「沒錯，」她說，表示贊同。「但我奇怪為什麼『甲人』和『乙人』死後不會比下面這些齷齪的『丙人』、『丁人』和『戊人』更能滋養樹木呢？」

「所有人在生化層面都是平等的。」亨利引用格言回答。「況且，即便『戊人』也有貢獻，是社會少不了的。」

「即便『戊人』也……」列寧娜重複這句話，突然回想起一件往事。還是小女孩的時候，有一天她半夜裡醒來，第一次聽到那縈繞她所有睡眠的細語聲。她再次看見那天晚上的月光，看見那一排排的小白床，也再次聽見那個輕悄悄的聲音所說的話（沒有人在重複聽過近乎無數次之後會忘得了）：「每個人都是為所有其他人工作。社會少不了任何人。即便『戊人』也有貢獻。我們少不了『戊人』。每個人都是為所有其他人工作。社會少不了任何人……」列寧娜記起她第一次醒著聽到這聲音時有多麼恐懼和震驚。她輾轉反側了半小時，然後，那無休止重複的語句讓她心靈逐漸麻木，她的心情趨於緩和，睡意悄悄來襲……

「我猜想『戊人』階級的人不會介意當『戊人』。」她大聲說。

「當然不介意。他們憑什麼介意？他們根本不知道當其他階級的人是什麼感覺。我們當然會介意，但我們接受的條件反射設定本就不同於他們。何況，我們的遺傳成分也和他們根本不同。」

「我慶幸自己不是『戊人』。」列寧娜自信滿滿地說。

「但假若妳是『戊人』，」亨利說，「妳的設定就會讓妳慶幸自己不是『乙人』或『甲人』。」他給前進螺旋槳打上檔，讓直升機朝倫敦飛去。在他們背後的西天，紫紅與橘紅已然淡去，漠漠的黑雲爬上了天頂。飛過火葬場時，直升機被從煙囪升起的熱氣流衝得往上抬升，待碰到往下沉降的冷氣流又突然下墜。

「好好玩的顛簸！」列寧娜笑著說。

但亨利的語氣卻有片刻變得近乎感傷。「妳知道方才那下顛簸表示什麼嗎？表示有個人永遠消失了，屍體化作了噴出的熱氣流。他是個男的還是女的，是個『甲人』等還是『戊人』？如果可以知道一定會很有趣的……」他嘆了口氣，但又馬上換上一種堅定的快活語氣：「但有一點是我們可以肯定的：不管這個人原來是誰，他生前都是快樂的。現在每個人都快快樂樂。」

「對，現在每個人都快快樂樂。」列寧娜應和著說。他們有十二年時間每晚都得聽這話重播一百五十遍。

亨利住在西敏區一棟四十層高的公寓大樓。飛機在樓頂停定後，兩人徑直往餐廳走去。在那裡，他倆跟一群喧囂快活的夥伴享受了一頓佳肴。唆麻與咖啡同時上桌。列寧娜吃了兩顆半克的藥片，亨利吃了三顆。兩人在九點二十分穿過大馬路，去到新開幕的西敏寺夜總會。那是個幾乎無雲的晚上，也看不見月亮，只有滿天星斗，原應叫人沮喪。幸而高聳天際的燈光招牌有效地遮住了長天的黑暗，讓列寧娜和亨利不知不覺。西敏寺夜總會的立面同樣是火樹銀花，閃爍著讓人砰然心動的巨大燈光字體：「**喀爾文．斯托普斯率十六位薩克斯風手共同演出**。

有倫敦最棒的香味管風琴和顏色管風琴。所有最新出爐合成音樂一應俱全」。

兩人進了場。廣藿香和檀香的氣味讓室內空氣既熱又近乎使人透不過氣。顏色管風琴反覆在大廳的圓拱形天花板上塗抹出一幅熱帶落日景象。十六位薩克斯風手正在為一首受歡迎的老歌伴奏：「全世界就沒有一個瓶子比得上我的瓶子小親親。」四百對男女環繞著拋光過的舞池跳著五步舞。列寧娜和亨利馬上成了第四百零一對。薩克斯風嗚咽著，像是月下唱和的貓；女中音和男高音呻吟著，彷彿經歷著小小的死亡。他們富於和聲的顫抖合唱逐漸升向高潮，愈升愈高，愈升愈高——終於，指揮一揮手，放出了仙樂的最後一個粉碎性音符，而十六位薩克斯風手的伴奏也嘎然而止。那是一個降A大調的轟然雷鳴，隨即在一片黑暗和一片靜寂中逐漸下滑，以四分之一音的梯級逐漸下滑，下滑，下滑至輕柔如耳語般的主和弦。那和弦迴環往復（五四拍子的旋律仍在背後搏動），把強烈的預期心理賦予了幽暗的每一秒鐘。最終，預期心理獲得了滿足：隨著一輪耀目旭日突然打在天花板，十六把薩克斯風隨同歌聲同時爆發：

我的瓶子[1]呀，我永遠需要你！
我的瓶子呀，幹嘛要讓我脫瓶出生？
在你裡面天空總是一片蔚藍，
永遠風和日麗；
因為
全世界就沒有一個瓶子
比得上我的瓶子小親親。

跟另外四百對男女一起在西敏寺夜總會轉著圈跳五步舞的同時，列寧娜和亨利也是漫舞於另

1 指孵育胚胎的孵育瓶。

外一個世界——溫暖、絢麗和無限友好的唆麻世界。每個人都是何等和善，何等俊俏，何等有趣啊！「我的瓶子呀，我永遠需要你……」但列寧娜和亨利已經得到了他們需要的東西……他們此時此刻就是身在瓶子裡，那裡的天空總是一片蔚藍，風和日麗。當十六位筋疲力盡的薩克斯風手放下手上的樂器而合成音樂箱開始播放最新的馬爾薩斯藍調時，他倆又覺得彼此彷彿是一對孿生胚胎，正在孵育瓶的人造血海洋裡輕輕蕩漾著。

「再見，各位好朋友，晚安。再見，各位好朋友，晚安。」擴音器的聲音親切悅耳，讓人聽不出它的命令口吻。「再見，各位好朋友，晚安……」

列寧娜和亨利隨眾人乖乖地離開了夜總會。令人沮喪的星星已經繞行到遠處。儘管阻隔天空的燈光招牌泰半已經熄滅，兩個年輕人仍然高高興興，沒被黑暗長空影響心情。

這是因為他們在夜總會打烊前半小時吃下的第二劑唆麻已在他們與現實世界之間豎起了一堵穿不透的厚牆。兩人在瓶子裡穿過馬路，在瓶子裡搭乘電梯去到亨利位於二十九樓的房間。雖然人在瓶子裡，而且吃過第二克唆麻，列寧娜並沒有忘記按規定做足一切避孕步驟。多年密集的睡眠學習法灌輸，加上十二到十七歲間每週三次的馬爾薩斯操，避孕步驟之於她幾乎就像眨眼一樣自動自發和不能自已。

「我想起來了，」她從浴室出來時說，「范妮・克朗要我問你，你送我那條綠色小羊皮彈藥囊帶是哪兒買來的。」

第二節

每兩週的星期四是伯納的團結禮拜日。這一天，他在愛神會堂提前吃過午飯之後，便告別朋友（最近赫姆霍特按照第二條款被選為會堂委員），在樓頂招了一架計程直升機，吩咐駕駛往福特共同體歌詠堂飛去。直升機先是上升到大約兩百公尺再向東飛，不多久，巍峨壯麗的歌詠堂大樓便映現眼前。這座三百二十公尺高的人造卡拉拉大理石大樓由白色泛光映照著，雪白白熾，高聳於路德門山之上。大樓直升機平台的四角各有一個碩大無朋的T字架，在夜色襯托下閃著紅光。二十四支巨大金喇叭「嗚嗚」地演奏著莊嚴的合成音樂。

「該死，遲到了。」伯納一眼看見歌詠堂大鐘「大亨利」就自言自語說。他毫無疑問是遲到了，因為當他付機資時，「大亨利」已經敲響整點。所有金喇叭齊聲用洪亮低音歌唱起來：「福特，福特，福特……」連唱了九聲。伯納直奔電梯而去。

一樓的大禮堂是舉行福特紀念日和其他共同體頌歌大合唱的禮堂。往上是七千間房間（每層一百間），供各團結小組進行雙週禮拜之用。伯納下到三十四樓，匆忙跑過走廊，在三二一〇室的門口遲疑了一下，然後才鼓足勇氣，走了進去。

感謝福特爺，他不是最後一個到的！圍著圓桌的十二張椅子還有三張空著。他盡可能不惹眼地溜到了最近門的椅子坐下，準備好對比他晚來的人（不管是誰）賞以白眼。

左邊的女生突然轉身問他：「你今天下午打了什麼球？是障礙高爾夫還是電磁高爾夫？」

伯納瞧她望去（福特爺，竟是摩爾娜．羅斯柴爾德！），繼而紅著臉回答說自己什麼球也沒打。摩爾娜瞪著他，滿臉錯愕，接下來是一陣尷尬的沉默。

然後她突然轉過身，找坐她左邊那個較為好動的男生閒聊去。

「這次團結禮拜真是有個好開始。」伯納可憐兮兮地想，預感到自己得「救贖」的希望將要再次落空。他剛才要是先觀察形勢而不是匆匆搶個最近門邊的座位就好！那樣的話，他就可以坐在菲菲．布拉勞芙和瓊安娜．狄塞爾中間。可他卻糊裡糊塗落在了摩爾娜旁邊。摩爾娜！我的福特爺啊！她的兩道黑眉毛真夠難看的：與其說「兩道」不如說是一道，因為它們在鼻樑上方連成了一氣。而坐他右邊的偏偏又是克拉拉．德特丁——克拉拉的眉毛固然沒連成一氣，可她卻是太肉彈彈了一點。反觀菲菲和瓊安娜則是一切恰到好處：豐滿，金髮，不太高大。這時，她們中間的座位已被大笨蛋湯姆．川口坐去。

最晚到的是沙拉金妮．恩格斯。

「妳遲到了，不要再有下次。」小組長嚴厲地說。

沙拉金妮道了歉，趕快去到吉姆．波坎諾夫斯基和赫伯特．巴枯寧中間的空位坐下。至此全員到齊，象徵團結的圓圈再無缺口。男女男女相間而坐，形成無窮無盡的循環。十二個人已準備好融為一體，合而為一，把十二個不同的人格個性銷融在更大的「大我」裡。

小組長站起來，在胸前畫了個T字聖號，然後打開合成音樂箱，播放出不知疲倦的輕柔擊鼓聲和樂器（準管樂器和超弦樂器）合奏。一號團結聖詩的簡短旋律不斷重複，迴環縈繞，讓人無處可逃。重複，再重複——漸漸，聆聽這搏動節奏的不再是人的耳朵，而是橫隔膜；不再是心靈，而是渴望同心同德的腸臟。

主席又畫了一個T字後坐下來。團結禮拜開始了。桌子正中放著獻祭用的唆麻藥片。愛之杯（裝著草莓冰淇淋唆麻）輪流傳遞，接到的人都會說一句「我為我的銷毀乾杯」，然後大喝一口，一共是十二大口。接著，大家在合成樂隊的伴奏下齊唱一號團結聖詩。

福特爺，把咱們十二人融為一，
像水滴注入社會大河；
啊，讓咱們攜手奔跑，
迅疾有如爾之T型車。

一唱便是十二遍，歌聲顯得心情迫切。「愛之杯」第二次傳遞，這一次要說出的是「我要為大我乾杯」。每個人都乾了杯。音樂不知疲倦地奏著，鼓點頻頻，和聲的泣訴和敲打不絕於耳，催人腸斷。大家開始齊唱二號團結聖詩。

來吧，大我，汝社會之友，
把十二銷融於一吧！

咱們巴望死亡，因為當咱們死亡
咱們的更大生命將得以開始。

一唱又是十二遍。這時唆麻已開始起作用。人人眼睛發亮，面頰泛紅，內心湧現的博愛綻放為快樂和友好的微笑。就連伯納都覺得自己多少融化了一些。所以，當摩爾娜・羅斯柴爾德向他轉臉微笑時，他也盡可能報以微笑。但不管怎樣努力，他仍然無法對對方的一字眉視而不見——唉，大概是他的融合火候還不到家吧！但如果換成是坐在菲菲和瓊安娜中間，情況說不定會有所不同。愛之杯第三輪傳遞。「我為祂的將臨乾杯。」摩爾娜・羅斯柴爾德唸說（這一輪的傳杯儀式由她開頭），聲音響亮而快活。她喝過一口後把杯子遞給伯納。「我為祂的將臨乾杯。」伯納唸說，誠心誠意想要感受到「大我」的將臨。但那一道一字眉卻縈繞不去，至於「將臨」則遙遠得可怕。他喝過一口唆麻後把杯子傳給克拉拉・德特丁。「看來這次又要失敗了——我就知道。」他心想，但仍然竭盡所能保持笑靨。

這一輪愛之杯傳遞完畢後，在小組長舉手示意下，三號團結聖詩的歌聲便如雷響起：

體會吧，大我正在降臨！
歡欣吧，在歡欣中死去！
融化吧，在鼓聲中融化！

因你便是我而我便是你！

聖詩一首接一首唱，歌聲愈來愈激動亢奮。「將臨」之感像是在空氣中積蓄的電壓。小組長關掉了樂曲。隨著最後樂曲的最後一個音符消失，出現了絕對的寂靜——一種由長時間期望心理所形成的寂靜，一種顫動著電力的寂靜。小組長再次按下按鈕，一個聲音開始說話（這聲音深沉雄渾，比任何人類聲音都更悅耳、更豐厚、更溫暖，更搏動著愛和慈悲），說得非常緩慢：「啊，福特爺！福特爺！福特爺！福特爺！」它的音量和音階都漸次降低。一股猶似來自太陽的溫暖之感輻射到每個人的四肢末梢：他們不禁熱淚盈眶，心肝五臟像是擁有獨立生命似的在他們體內翻騰。「福特爺！」他們軟癱了。「福特爺！」他們融化了，融化了。然後，那合成聲音突然換一種語氣呼叫起來：「聽啊！聽啊！」他們側耳傾聽。過了片刻，那合聲聲音把音調降低至耳語程度（卻比最響亮的呼號還要撼人心弦）：「是『大我』的腳步聲。」它重說了一遍：「是『大我』的腳步聲。」然後又以幾不可聞的聲音說：「『大我』正從樓梯上下來。」接下來房間重新歸於寂靜。大家的期望心理先是放鬆了一下，接著重又緊繃起來，愈繃愈緊，幾乎要繃斷了。啊，他們聽見了：聽見了「大我」的腳步聲，聽見了「大我」正從一道看不見的樓梯款款走下來，愈來愈接近。繃斷點驀然而至：只見摩爾娜．羅斯柴爾德瞪大眼睛，張大嘴巴，跳了起來。

「我聽見祂了，」她叫道，「我聽見祂了。」

「祂來了。」沙拉金妮．恩格斯叫了起來。

「對，祂來了，我聽見了。」菲菲．布拉勞芙和湯姆．川口兩人同時跳了起來。

「啊，啊，啊！」瓊安娜發出語焉不詳的聲音表示附和。

「祂來了！」吉姆．波坎諾夫斯基高叫。

小組長向前探身，按了一下開關，播放出一段囈語般的鐃鈸和銅管合奏，伴隨著的是陣陣狂熱的手鼓敲打聲。

「啊，祂來了！」克拉拉．德特丁尖叫著說，又發出「啊咿」一聲，彷彿有人在割斷她喉嚨。

伯納覺得自己也應該有所表示，便跳起來，叫道：「我聽見了，祂來了。」但這是假話。他什麼都沒聽見，也不覺得有誰來了——哪怕音樂聲儘管有那樣的音樂，儘管大家愈來愈激動。他一個勁地揮舞著雙手，跟著最激動的人一起大喊大叫。看見別人開始手舞足蹈亂蹦，他也依樣畫葫蘆。

接著大家圍成了一圈跳起舞來，每個人雙手都扶在前一人髖部，一圈又一圈地跳著，齊聲呼喊著，合著音樂節拍跺腳，一面拍打前一人的屁股。十二雙手統一地拍打，十二個屁股同時發出清脆響聲。十二合成了一，十二合成了一。「我聽見祂了。我聽見祂來了。」音樂聲愈來愈快，跺腳聲愈來愈快，拍打屁股的手也愈來愈快。然後，一個極洪亮的合成低音宣布贖罪的降臨、團結的完成和「十二合一」的到來（「十二合一」就是「大我」的道成肉身）。在手鼓的狂熱敲打聲中，那低音唱道：「爽啊爽歪歪……」

爽啊爽歪歪，福特有樂子，
吻吻女孩，讓她們合為一。
男孩與女孩，合成一體，
在爽啊爽歪歪中得釋放。

「爽啊爽歪歪，」跳舞者伴著唱了起來，「福特有樂子，吻吻女孩……」室內燈光慢慢轉暗，但同時變得更溫暖、更甜美、更紅，到最後形同胚胎庫裡的紫紅色幽光。「爽啊爽歪歪……」跳舞者在血紅色的幽暗中繼續轉了幾圈，繼續合著不知疲倦的旋律拍拍子。「爽啊爽歪歪……」最後，圓圈晃動了，潰散了，大夥捉對躺到在桌椅四周圍成一圈的睡榻上。「爽啊爽歪歪……」深沉的低音繼續溫柔地哼唱著。在紅色的幽光中，彷彿有些巨大的黑鴿子慈祥地盤旋在那些或俯臥或仰臥的身軀上。

兩人站在樓頂。「大亨利」剛報過十一點。夜幕平靜溫暖。

「好美妙，對不對？」菲菲．布拉勞芙說。她一臉快樂無比的表情望著伯納，但她的快樂裡不帶有絲毫激動或興奮——因為興奮意味的是未得滿足，而她得到的卻是生命圓足後的靜謐狂喜。她得到的平靜也不是來自空洞的饜足或無感，而是來自生命的均衡和能量的平衡分布。那是一種豐富而有生氣的平靜。因為團結禮拜既是「取」又是「予」，「汲去」只是為了「再斟滿」。菲菲充盈了，菲菲完美了，不再僅僅是她自己。「你不覺得美妙嗎？」她追問說，用閃耀著超自然光芒的眼睛盯著伯納。

「對，真是美妙極了。」他違心地說，眼睛瞥向別處。她那張經過轉化的臉對他的孤立性既是一個指控，又是一個諷刺性提醒。他現在的孤立感可憐兮兮得跟團結禮拜剛開始時沒兩樣，甚至更甚：空洞的饜足感讓他更為空虛。當別人融匯成一個大我時，他卻是個旁觀著，沒有得到救贖；即便身在摩爾娜懷抱裡時也是如此——實際上更為孤獨，比生平任何時候都更感到自己是個局外人。當他從紫紅色幽光走回到普通燈光之下時，他的自我意識強烈到了一個劇痛的程度。他透體悲涼，但這一切大概（正如菲菲那閃亮眼睛所指控他的）得歸咎他自己。「真是美妙極了。」他重複說了一遍，但唯一能想到的只有摩爾娜的一字眉。

6

第一節

怪胎，怪胎，怪胎——這是列寧娜對伯納．馬克斯的斷語。伯納的表現實在太古怪，以致接下來幾星期，列寧娜不止一次考慮收回答應到新墨西哥度假的承諾，改為隨貝尼托．胡佛到北極去。問題是她已去過北極（對上一個夏天才跟喬治．埃澤爾去過），而且發現那裡糟透了。除了無處好去，飯店還相當老舊：寢室裡沒有配備電視，沒有香味管風琴，只有最難聽的合成音樂，而且兩百多客人只能共用二十五個電扶梯壁球場。不，她決計決不要再去一次北極。何況她迄今只去過美國一次，而且是極不盡興的一次！那一次，她和尚—雅克．哈比布拉在紐約共度了一個廉價週末（是跟尚—雅克．哈比布拉去的嗎？還是波坎諾夫斯基．鍾斯？她不記得了，這問題也毫不重要）。所以，再去一次西方（而且是度一整星期的假），是很有吸引力的邀約。更棒的是，他們至少會有三天是待在野蠻人保留地——整個孵育中心只有不到六個人到過那裡。伯納因為屬於「甲上」階級，又是心理學家，所以是少數會獲批許可證的人之一。對列寧娜來說，這是個千載難逢的機會。但伯納的怪還是讓她感到猶豫。她著實考慮過要冒一冒險，跟有趣的貝尼托重遊一趟北極。貝尼托至少是正常的，而伯納卻……

范妮對每一種怪脾氣的解釋都是一樣：「他的人造血裡被誤加入酒精。」但有天晚上，當列寧娜在床上跟亨利談到她的憂慮時，亨利卻把可憐的伯納比作犀牛。

「你無法教會一頭犀牛玩把戲。」他以他一貫的格言風格解釋，「有些人近乎是犀牛，對條件反射設定不能起正常反應。可憐的怪物！伯納就是其中之一。幸好他把工作做得挺好，不然早被中心主任開除。」說完又安慰一句：「不過我想他個性還算溫和。」

大概是這樣，但伯納即便個性還算溫和，仍然叫人相當不放心。首先是他有一種怪癖：喜歡幹些私事。這意味他喜歡什麼都不幹，因為離開了人群，你還能有什麼好幹的？少得可憐（上床當然是一種例外，但人總不能老上床）。列寧娜記得，他倆第一次約會那一天，天氣特別好。她提議兩人先到托基鄉村俱樂部游個泳，再到牛津大學學生俱樂部吃晚飯。但伯納嫌這兩個地方人太多。那麼到聖安德魯打場電磁高爾夫如何？伯納仍然不同意，認為打電磁高爾夫是浪費時間！

「不然時間是幹嘛用的？」列寧娜有點不敢置信地問道。

答案顯然是到「湖區」散步——因為伯納就是這樣提議。先是在斯基多山山頂降落，然後在石楠地悠轉一兩小時。「我想跟妳單獨相處，列寧娜。」

「但我們今晚一整晚不是都會單獨相處嗎，伯納？」

伯納紅了臉，眼睛瞥向別處。「我的意思是單獨在一起聊聊。」他嘟噥著說。

「聊聊？但要聊些什麼呢？」散步和聊聊——用這種方式消磨一下午真是有夠怪的。

最後，伯納儘管十分不情願，但還是卻不過列寧娜再三勸說，同意飛到阿姆斯特丹觀看女子重量級摔角錦標賽的半準決賽。

「又是擠在一大堆人中間，就像平常一樣。」他嘀咕著說。整個下午他頑固地保持悶悶不樂，不肯跟列寧娜的朋友談話（休息時間他們在唆麻冰淇淋櫃台碰見幾十個她的朋友）。雖然很不快活，但伯納堅拒列寧娜勸他吃的覆盆子聖代（含半克份量唆麻）。「不管我有多麼不堪而別人有多麼快活，我都寧可當自己。」

「『及時一克勝過事後九克。』」利寧娜拿出「睡眠學習法」智慧寶庫的一則箴言開導他。伯納不耐煩地推開向他遞來的玻璃杯子。

「別發脾氣，」她說，「別忘了：『只消吞下一小片，十種煩惱都不見。』」

「看在福特爺的份上，讓我靜靜吧！」他叫了起來。

列寧娜聳聳肩。「『與其找罪受，不如哈唆麻。』」她滿有尊嚴地堅持立場，一個人吃光整杯聖代。

回程經過英倫海峽上空時，伯納堅持關掉推進器，讓直升機光靠螺旋槳盤旋在離海浪一百英尺高的高處。天氣正在變壞，刮起了西南風，天空陰雲密布。

「看下面。」他用命令的口氣說。

「好可怕。」列寧娜說，從窗口縮了回來。無邊的夜空、洶湧澎湃泡沫飛濺的黑浪、飛掠的烏雲和憔悴的月亮全都叫她毛骨悚然。「咱們打開收音機吧，快！」她伸手摸索儀錶板上的電台頻道旋鈕，隨手打開其中一台。

「……在你裡面天空總是一片蔚藍，」十六個假聲用顫聲唱著，「永遠風和日麗……」歌聲打了一個嗝，靜止下來——是伯納關掉了電源。

「我想靜靜看海，」他說，「鬼叫的歌聲讓人無法好好看海。」

「我倒是覺得很好聽。我不想看海。」

「但我想看，」伯納堅持立場，「它讓我感到……」他猶豫了一下，搜尋貼切的措詞。「感到我更加是**自己**。妳懂這話的意思嗎？大海讓我感到更獨立自主，不只是社會身體的一個細胞。妳有同樣感覺嗎，列寧娜？」

可列寧娜卻叫了起來。「好可怕，好可怕，」她反覆說，「你怎麼可以說你不願意當社會身體的一部分？每個人都是為所有其他人工作。社會少不了任何人。即便『戊人』……」

「是的，我知道，」伯納嗤之以鼻，「即便『戊人』也是有貢獻！我也對社會有貢獻。但我他媽的巴望我沒貢獻！」

列寧娜被這番褻瀆話語嚇呆了。「伯納！」她抗議說，聲音惶恐而沮喪。「你怎麼能夠這樣講？」

「我怎麼能夠？」他換上一種沉思的調子說，「不，真正的問題應該是：我為什麼不能夠？或者不如說（因為我非常清楚我為什麼不能夠），倘若我是個自由人，倘若我不用受條件反射的奴役，我這樣講了又如何？」

「伯納，你說的話太不堪入耳了。」

「難道妳不嚮往自由嗎，列寧娜？」

「我不懂你的意思，我本來就是自由的，有盡情享樂的自由。現在每個人都快快樂樂。」

伯納哈哈大笑。「不錯，『現在每個人都快快樂樂』。我們從五歲起就接受這樣的思想灌輸。可是，難道妳不想有自由換另一種方式獲得快樂嗎，列寧娜？比方說是以妳自己的方式，而不是以其他任何人的方式？」

「我不懂你的意思。」她說，然後轉臉求他：「我們回去吧，伯納，我好討厭這裡。」

「你不喜歡跟我在一起嗎？」

「當然喜歡，伯納。我不喜歡的是這可怕的地方。」

「我還以為在這個除大海和月亮以外什麼都沒有的地方，我倆會……會更加**接近**——比在人群裡更接近，甚至比在我的公寓裡更接近。妳明白我的意思嗎？」

「我不明白——」她堅定地說，決計要讓自己的混沌頭腦保持混沌。「什麼都不明白，一點都不明白。」接著換另一種語氣說下去：「每當你發現自己頭腦出現那些可怕觀念，你大可吃唆麻啊。那你就能把它們全忘掉，不再痛苦，只會快活——**非常的**快活。」說完展露微笑。儘管眼睛裡仍充滿困惑和焦慮，但她仍然希望以她的魅力和冶豔說服他。

他一聲不響盯著她看了一會兒，臉上非常嚴肅，沒有反應。幾秒鐘過去，列寧娜退縮了，發出一聲神經質的短笑，想找話說卻想不出來。沉默持續。

等伯納終於開口說話時，他的聲音低沉而疲倦。「罷了，我們回去吧。」他猛踩油門，讓直升機像火箭一樣直向上衝，然後在四千公尺高度打開推進器。兩人默默無聲地飛了一、兩分鐘。然後，伯納突然放聲大笑。好怪，列寧娜心想，但他總算笑了。

「覺得好些了嗎？」她鼓起勇氣問道。

做為回答，伯納從操縱系統騰出一隻手，摟住了她，開始玩弄她的乳房。

「感謝福特爺，」列寧娜心裡想，「他恢復正常了。」

半小時後兩人回到伯納的公寓。他一口氣吞下了四顆唆麻，接著打開收音機和電視，開始寬衣。

第二天下午，當兩人在樓頂會合時，列寧娜故作調皮地問他：「你覺得昨晚好玩嗎？」

伯納點點頭。兩人上了直升機，在微微顛簸後便起飛了。

「每個人都說我肉彈彈極了。」列寧娜拍拍兩條大腿，若有所思地說。

「沒錯。」伯納回答說，眼神流露出痛苦。「就像一塊肉。」他心想。

她帶著幾分焦慮抬頭看他。「但你會不會認為我太豐滿了？」

他搖搖頭。這才像塊肉。

「所以我是合乎標準的囉？」伯納點點頭。「各方面都合乎標準嗎？」

「十全十美。」他大聲回答，但心裡想的卻是：「她自視為一塊肉，不以此為意。」

列寧娜得意地笑了。但她得意得太早。

「但不管如何，」伯納在片刻之後說，「我仍然很希望昨天是換個方式結束。」

「換個方式？還能有什麼別的方式？」

「我希望不是以我倆上床的方式結束。」他解釋道。

列寧娜大吃一驚。

「我寧願我們不是立即上床，不是頭一天便上床。」

「不上床的話又能……」

伯納開始放言高論，說了許多讓人費解和危險的胡說八道。寧娜盡可能堵住自己心靈的耳朵，但難免總有那麼一句兩句會找到空隙鑽進來，例如：「……看看設法抑制自己的衝動會是什麼感覺。」那些話彷彿觸動了她心裡的一根彈簧。

「『今朝有樂今朝享，莫待明天空蹉跎。』」她正色說。

伯納應說：「從十四歲到十六歲半，每星期播放兩回，每回兩百遍。」接著繼續胡言亂語。

她聽見他說：「『我想認識什麼是激情，我想要產生強烈感受。』」

「『個人有感受，社會就晃動。』」列寧娜斷言。

「但讓社會晃動一下有什麼不好的？」

「伯納！」

但伯納不為所動。

「我們在智力和工作方面是成年人，但在感情和欲望方面卻是小孩。」

「福特爺愛小孩。」

他不理她的打岔，繼續說下去：「前些天我突然想到，要全時間保持成年人狀態不是不可能的。」

「我不明白。」列寧娜說，語氣堅決。

「我知道妳不明白，不然昨晚我們就不會像兩個小孩，馬上便上床，而是會像大人那樣願意再等一等。」

「但那很好玩，不是嗎？」列寧娜拒絕讓步。

「好玩得不得了。」他回答說。說歸說，他的聲音卻非常憂傷，表情流露出深沉痛苦，讓列寧娜的所有得色頓時煙消雲散。他大概真是嫌她太胖吧。

聽了列寧娜的傾吐，范妮指出：「我告訴過妳了，他的人造血裡被誤加了酒精。」

「沒差，」列寧娜堅持立場，「我就是喜歡他。他的手好漂亮了，扭動肩膀的樣子也非常有魅力。」說著嘆了一口氣。「他要是不那麼怪裡怪氣就好。」

第二節

伯納在中心主任辦公室門外站了片刻，吸了一口氣，挺起了胸脯，準備好面對免不了的抵觸和反對。然後他敲敲門，推門而進。

「請你簽字批准，主任。」他盡可能堆出笑容說，說著把審批表放到寫字桌台上。

中心主任不高興地望了他一眼。但是審批表上方蓋有大都督的關防，底下橫過穆斯塔法·蒙德的粗黑簽名。換言之，伯納的申請手續完備，中心主任沒有選擇的餘地。他用鉛筆在穆斯塔法·蒙德簽名下方寫上自己的姓名首字母──兩個灰溜溜的寒酸小字母。他正打算不說話，連「福特爺保佑」的客套話都不說就把審批表還給伯納，卻突然被表上兩行字攫住視線。

「你是要去新墨西哥的保留地？」他說，說話口氣和抬望伯納的臉孔都表現出極其激動和驚訝。

伯納吃了一驚，點了點頭。接下來是一陣沉默。

中心主任向椅背一靠，皺起眉頭。「多少年前的事了？」他說，與其說是對伯納說話，更像自言自語。「我看有二十年了吧。不，快二十五年了。我那時候一定就是你現在的年紀……」說著嘆了口氣，搖了搖頭。

伯納覺得非常彆扭。像中心主任那樣謹遵傳統和規行矩步的人竟會如此失態！伯納不禁想捂住自己的臉，跑出屋去。原因倒不是聽別人談遙遠往事有什麼要不得的──這是伯納早已擺脫的睡眠學習法偏見之一（至少他自己是這麼以為）。讓他尷尬的是他知道中心主任不贊成這一套——既然不贊成，何以要明知故犯呢？是什麼內在驅力在作祟嗎？伯納雖然不自在，卻深感好奇。

「那時我跟你一樣想法，」中心主任說，「想去看看野蠻人。我弄到了去新墨西哥度假的許可。與我同去的是一個『乙下』階級女孩，而我記得……」（說到這裡閉上了眼睛）「她有一頭黃髮而肉彈彈，非常的肉彈彈。總之，我們去了新墨西哥，看了野蠻人，騎馬到處跑，做了些諸如此類的事。然後，幾乎就在我們假期的最後一天……你瞧，她失蹤了。那天，我們騎馬到其中一座讓人噁心的山上玩，天氣熱得可怕，又熱又悶。午飯後我們席地而睡。至少我是睡了。她肯定是一個人散步去了。總而言之，我醒來時看不見她。偏偏這時又來了一場最可怕的暴風雨。雷聲隆隆，電光閃閃，傾盆大雨。我們的馬掙脫韁繩逃掉了。我想抓住馬，卻摔倒了，傷了膝蓋，幾乎不能走路。但我仍然一邊喊一邊找她，一邊喊一邊找她。可是什麼蹤影都沒有。我猜想她說不定一個人先回招待所了，便循原路爬下山谷。我的膝蓋痛得要命，卻又弄丟了唆麻。我走了好幾小時，直至半夜過後才回到招待所。可是她卻不在裡頭。她不在裡頭。」中心主任說到這裡沉默了一會兒，然後才再次開口。「第二天我再去找，仍然找不到。她一定是在什麼地方摔下了山溝，或是叫山獅給吃了。她為什麼會失蹤只有福特爺曉得！總之是可怕。當時我難過極了，難過得肯定超過應有的程度。因為照理說，我是不應該難過的：那種意外本來就有可能發生在任何人身上，況且，『構成社會身體的細胞容或凋謝，但社會身體本身卻萬古長青』。」但是這種睡眠學習法的安慰似乎不大起作用。他搖搖頭。「事實上，時至今日我還會有時夢見當時的情景……」中心主任換上低沉語氣說下去。「夢見被隆隆的雷聲驚醒，發現她不見了；夢見我在樹下找啊找。」他沉默了，陷入了昔日的畫面中。

「你當時一定受到了極大驚嚇。」伯納說，幾乎有一種又羨慕又嫉妒的心理。

這話讓中心主任猛然意識到自己的失態，自責起來。他瞥了伯納一眼，然後移開視線，滿臉通紅；然後又突然起了疑心，再次望向伯納，這一次表情威嚴而有怒色。「別以為我和那女孩有什麼不得體的關係，」他說，「我們的交往不牽涉情感成分，沒有拖下去的打算，完全健康而正常。」他把審批表交還伯納。「我搞不懂我為什麼會拿這件無聊陳年舊事來煩你。」他因為透露了一個不光彩的祕密而生氣，便把氣發在伯納身上。他的眼神流露出明顯惡意。他繼續說下去：「馬克斯先生，我想利用這個機會告訴你，我看了有關你工餘行為的報告，而內容讓我十分不悅。你也許會認為，你工餘做些什麼不關我的事。但你錯了，那關我的事。我必須為本中心的聲譽著想。在我手底下工作的人絕不容許有可疑之處，那些最高階層的幹部尤其如此。『甲人』階級固然沒有被設定成必須在情緒行為上表現得像小孩，但正正因為如此，他們更有必要加倍努力表現得像個小孩。不管願不願意，他們都有這個義務。所以，馬克斯先生，我要給你一個嚴正警告——」中心主任的聲音因為憤怒而顫抖起來（這憤怒已變成一種完全公正無私的憤怒，是一種代表「社會」而發的憤怒）。「若是我再聽說你有違得體的小孩行為規範，就會申請把你調到下級中心去——大有可能是冰島。再見。」他在椅子上一轉身體，再次伏案書寫。

「他應該得到教訓了。」中心主任心裡想。但他錯了，因為伯納是大搖大擺離開辦公室的。「砰」一聲甩上門之後，伯納因為想到自己膽敢單槍匹馬挑戰現存秩序而得意，又因為覺得自己不可小覷而陶醉。就連中心主任的威脅他也不當一回事，這種迫害姿態不但沒有把他嚇倒，反讓他鬥志昂揚。他覺得自己有足夠精神力量面對痛苦，甚至有足夠精神力量面對冰島。其實，他根本不相信自己真會被調職——從不曾有人是因為那樣的理由而調職。冰島只不過是一種嚇唬，一種會讓人覺得刺激和生氣勃勃的嚇唬。他在走廊裡走著走著，居然吹起口哨來。

當天晚上給赫姆霍特描述跟中心主任的交手經過時，伯納把自己形容得威風凜凜。「最後，我叫他滾回過去的無底洞裡，然後大步踏出房間。事情的經過就是這樣。」他等著赫姆霍特．華生報以肯定、鼓勵和欽佩。可對方只是默默望著地板，一語不發。

赫姆霍特喜歡伯納，也感激他，因為伯納是他所認識的人裡唯一可以聊心裡話的。不過伯納身上也有他討厭的東西，比方說愛自吹自擂（不自吹自擂時便是自悲自憐），還有他那「事後逞英雄，場外誇從容」的可鄙毛病。但赫姆霍特會討厭這類東西正是因為他喜歡伯納。時間一秒一秒過去，赫姆霍特繼續呆望著地板。伯納突然漲紅了臉，掉頭就走。

第三節

旅途無甚曲折。「藍色太平洋號」火箭比預定早兩分半鐘到達新奧爾良，經過德州上空時因為遇上龍捲風而耽誤了四分鐘，但在西經九十五度處又進入了一道有利的氣流，所以抵達聖塔菲時只晚點了四十秒。

「六小時半的飛行只遲到四十秒，不壞嘛。」列寧娜說。

他倆夜宿在聖塔菲。飯店很出色——上個夏天讓列寧娜吃盡苦頭的「極光宮」飯店根本沒得比。這裡有流暢空氣、電視、真空振動按摩器、收音機、滾燙的咖啡因溶液和最新的避孕劑。每間寢室都提供八種不同的香氣任君選擇。當他們走進門廳時，合成音箱正播放著音樂。總之應有盡有。電梯裡的告示表示，飯店裡共有有六十個電扶梯壁球場，園林裡可以玩障礙高爾夫和電磁高爾夫。

「太完美了，」列寧娜喊道，「我幾乎希望可以留在這裡不走。六十個電扶梯壁球場噯……」

「到了保留地可就一個都沒有了，」伯納提醒她，「也不會有香水，不會有電視，甚至不會有熱水。妳要是怕受不了，就留在這裡等我回來。」

列寧娜感到受辱。「我當然受得了。我只不過說這兒很好，因為……因為『進步就是美好』，不是嗎？」

「從十三歲到十七歲，每週重複播放五百遍。」伯納不耐煩地說，彷彿自言自語。

「你說什麼？」

「我是說對往昔來說，進步是美好的。正因為這緣故，除非妳真想去，否則不要到保留地去。」

「但我真想去。」

「最好是這樣。」伯納說，語氣近乎威脅。

他們的許可證須先經過保留地監管長簽名，所以第二天早上，兩人便去了監管長辦公室。一個「戊人」階級黑人門房把伯納的名片送了進去，他們倆幾乎立即獲得接見。

監管長是個金髮短頭的「甲人下」，五短身材，紅通通的臉蛋圓得像月亮，肩膀寬闊，聲如洪鐘，開口閉口都是睡眠學習法的格言，喜歡塞給人雜七雜八的資訊和多餘的忠告。他話匣子一打開便沒完沒了，共鳴腔嗡嗡響個不停。

「……面積一共是五十六萬平方公里，劃分為四塊次保留地，每塊都有高壓電網圍繞。」

伯納突然沒由來地記起他離家時忘了關浴室裡的古龍水水龍頭。

「……高壓電是由大峽谷水力發電站供應。」

「回去時我得破一筆大財了。」他從腦海裡看見度數錶指針像螞蟻一樣一圈一圈不知疲倦地走著。「得趕快打個電話請赫姆霍特幫忙。」

「……一共是五千多公里六千伏特電壓的電網。」

「當真！」列寧娜禮貌性地應說。她壓根兒沒在聽，只是每次監管長刻意停頓一下，她就會得到提示，做出反應。她在監管長的大嗓門開始嗡嗡響時就偷偷吃下半克唆麻，所以現在可以心平氣和地坐在那裡，什麼都不想，什麼都充耳不聞，光用她那雙藍色的大眼睛盯著監管長的臉，顯得一副全神貫注的樣子。

「誰碰到電網都會馬上死翹翹。」監管長肅穆地說，「在野蠻人保留地，想逃可是門都沒有。」

「逃」這個字起了暗示作用。「我看我們應該告辭了。」伯納半欠起身子說。度數錶的小黑針繼續像蟲子般飛快轉動，一分一秒蠶食著他的鈔票。

「想逃可是門都沒有。」監管長重複說了一句，揮手示意他坐回椅子去。伯納別無選擇，只好照辦——許可證畢竟還沒簽字。「凡是在在保留地裡出生的人——對了，親愛的小姐，請妳記住——」說到這裡，他不懷好意地瞟了列寧娜一眼，又換成一種鬼鬼祟祟的聲音說下去。「在保留地，孩子仍然是生下來的。是的，是生下來的，確實讓人噁心……」（他故意提這個是以為列寧娜聽了會臉紅，但是她只是一副了然於心的神情，微笑著說：「當真？」監管長失望了，繼續說下去。）「我重說一遍，凡是在保留地出生的人都注定要死在裡頭。」

注定要死……古龍水的流量是一分鐘一公合，一小時下來便是六公升。伯納再一次做出努力：「我看我們應該……」

監管長探身向前，用食指敲了敲桌面。「如果你們問我保留地裡住著多少人，那我的回答會是……」（一副得意洋洋的神情）「不知道。我們只能猜測。」

「當真？」

「真的，親愛的小姐。」

總人數是六乘以二十四——不，應該是快要接近六乘以三十六了。伯納臉色蒼白，急得直發抖，但那個「嗡嗡嗡」的聲音猶無情地持續著。

「……大約有六萬個印地安人和混血兒……全都是不折不扣的野蠻人……我們的巡視官有時會去視察……除此之外他們跟文明世界就沒有任何往來……還保留著他們那些讓人反胃的習慣和風俗……包括婚姻，如果妳知道那是什麼的話，親愛的小姐。包括家庭……沒有條件反射設定……駭人聽聞的迷信……基督教、圖騰崇拜和祖先崇拜……死去的語言，比如祖尼語、西班牙語和阿塔帕斯坎語……山獅、箭豬和其他的凶猛動物……傳染病……祭司……毒蜥蜴……」

「當真？」

終於脫身之後，伯納火速衝到電話前面。快，快！……可是光接通赫姆霍特就花了快三分鐘。「我們搞不好已經身在野蠻人中間，」他抱怨說，「真他媽的缺乏效率！」

「來一克吧。」列寧娜建議。

他拒絕了，寧可選擇生氣。最後，感謝福特爺，電話接通了。他告訴赫姆霍特是怎麼回事，對方答應馬上去幫他關掉水龍頭。對，馬上去，但先等一下：赫姆霍特要趁這機會告訴他孵育中心主任昨晚當眾說過的話。

「什麼？他在物色取代我的人選？」伯納說，聲音流露出極大痛苦。「這麼說事情已經確定了？他提到冰島沒有？提到了？冰島，我的福特爺啊！」他掛上聽筒轉身望向列寧娜。只見他臉色發白，神情沮喪之極。

「怎麼回事？」她問。

「怎麼回事？」他重重跌坐在一把椅子裡。「我要給下放到冰島去了。」

他以前常常幻想，若是哪天碰到什麼大難、痛苦或迫害，他照樣可以挺得住（不是靠唆麻而是光靠堅毅精神）。為此他甚至嚮往苦難。才一週以前，在中心主任的辦公室裡，他還把自己看成是反抗勇氣十足的鬥士，是個甘願默默承受苦難的苦行僧。主任的威脅只讓他更加得意，讓他覺得自己比實際高大許多。他至此方才明白，自己並未認真看待主任的威脅，並不相信主任會說到做到。如今，眼見那個威脅已經準備好付諸實行，伯納嚇得魂飛魄散。他幻想中的堅毅精神和紙上談兵勇氣至此蕩然無存。

他對自己大發雷霆：竟然敢跟中心主任對著幹，真是蠢才！但主任不再給他一次機會著實不公平（他至此毫不懷疑他一直相信自己會有第二次機會），太不公平了。冰島，唉！冰島，唉！

列寧娜搖搖頭，引用睡眠學習法之言開導他：「過去和未來叫人心煩，倒不如來克唆麻活在當下。」

伯納最後聽勸，吃下四顆唆麻。五分鐘後，他心裡的過去之根和未來之果全都消失不見，只剩下豔紅盛開的現在之花。門房這時捎來消息，說是一個保留地守衛奉監管長之命開來了直升機，正在飯店樓頂待命。他倆立馬上樓。一個穿「丙人」階級綠制服的八分之一混血兒[1]敬了個禮，開始簡報早上的行程。

他們會先在空中鳥瞰十來個主要的印地安村莊，然後降落在馬爾佩斯吃午飯。那裡的招待所比較舒服，而且山上的印地安村莊大概會舉行慶祝夏日的儀式。在馬爾佩斯過夜是最佳選擇。

他們上了直升機出發，幾分鐘之後便跨過了文明與野蠻的分界線。電網連綿不斷：上山下山，越過鹽漠或沙漠，穿過森林，深入峽谷的紫羅蘭色深處，遇到懸崖、山峰或平得像桌面的平頂山照樣切過去。電網始終保持一直線，洋洋得意地象徵著人類意志的不可抵抗。電網下方不時會出現一堆兩堆磷磷白骨，或一具兩具尚未腐爛的動物屍體（它們在黃褐色土地的襯托下呈黑褐色）。它們都是些鹿、小公牛、山獅、箭豬，或郊狼，還有是被腐屍氣味吸引來而罪有應得被致命電網電死的貪婪兀鷹。

「牠們從來學不乖。」穿綠制服的駕駛指著地面上的屍骨說。「從來學不乖。」他又說了一遍，笑了起來，彷彿那些被電死的動物是他一手擊斃。

伯納也笑了——先前吃過的兩克唆麻讓他覺得駕駛的笑話十足好笑。但他剛笑完便頭一低，馬上睡著。他在睡夢中飛過陶斯和特蘇基，飛過南姆和匹古里斯和波哈克，飛過西雅和柯契地，飛過拉古那和阿柯馬和魔法山，飛過祖尼和西波拉和奧霍卡連特。等他終於醒來時，直升機已在地面停定。他看見列寧娜正拎著手提箱往一間正方形的小屋走去，又看見那穿綠制服的八分之一混血兒正跟一個年輕印地安人用不知所云的語言交談。

「馬爾佩斯到了，」駕駛在伯納下直升機時向他說明，「那間就是招待所。印地安村莊今天下午會舉行一場舞蹈，由他負責帶你們去。」說著指指那個臉陰陰的年輕野蠻人。「我相信你們會覺得惹笑，」駕駛咧嘴笑著說，「他們幹的每件事都很惹笑。」說完便登上直升機，發動引擎。「我明天回來接你們。」他說，又向列寧娜保證：「別擔心，野蠻人都十足馴服，不會對你們有絲毫傷害。他們已經挨過夠多毒氣彈，不敢再玩花樣。」他仍然笑著，給螺旋槳上了檔，一踩油門便飛走了。

1 指有八分之一印地安人血統的混血兒。

7

平頂山猶如停泊在獅黃色沙海海峽裡的船。這「海峽」蜿蜒於兩片峭壁之間，斜曳著一片綠帶（由一條河流及其流域構成）。「石船」[1]位於「海峽」中央，其船艄（一塊光禿禿的山岩）凸出著一塊幾何形狀的露頭，那便是印地安人村莊馬爾佩斯的所在地。村子裡的房屋一棟疊一棟（愈高愈小棟），直往藍天伸去，整體像座砍了塔尖的階梯型金字塔。在這些高拔房屋的腳下，低矮建築雜然蔓生，圍牆縱橫交錯。村子有三邊是峭壁，垂直落下平原。幾縷白煙筆直上升，消失在無風的天空裡。

「這地方好怪，」列寧娜說，「太怪了。」「怪」字在她的用法裡有強烈貶義。「我不喜歡。我也不喜歡那個人。」說著指指在前面為他們帶路的印地安嚮導。她的感覺顯然獲得反饋：對方就連背影也透著敵意和陰沉的輕蔑。

1 指平頂山。

「他還有體臭。」她壓低聲音說。

伯納找不出理由反對。他們繼續往前走。

突然，整個空氣像是活了起來，搏動著不倦流動的血液——從馬爾佩斯傳來了陣陣鼓聲。合著這像是發自神祕心臟的節拍，他們加快步伐，沿著小徑去到懸崖底下。巨大的「石船」聳峙在他們頭上，船舷距地面有三百公尺之高。

「要是有直升機就好。」列寧娜仰望抬頭望著高峻逼人的絕壁，氣惱地說。「我討厭走路，而且走在山底讓人覺得好渺小。」

他們在平頂山投下的陰影裡走了一段路，繞過一道突岩，看見了一條被水侵蝕而成的溝壑。他們開始攀爬。山道陡峭，在山谷兩邊拐來拐去。那搏動的鼓聲有時幾乎聽不見，有時又彷彿拐過彎就能看見擊鼓者。

他們爬到半路時，一隻鵰貼近飛過，翅膀往他們臉上扇去一陣寒風。一道岩石縫隙裡堆著一堆白骨。一切都陰森古怪得有壓迫感。印地安人的氣息愈來愈濃。最後，他們終於走出溝壑，進入陽光。平頂山的山頂平得像是石頭甲板。

「就跟查令T字塔的樓頂一樣平。」列寧娜發表看法，但並未能因這個發現而欣慰多久。一陣輕軟的腳步聲引得他們轉過頭去。只見兩個印地安人迎面跑來。他們從喉嚨到肚臍都袒露著，黑褐色的身體畫著白道道（「就像瀝青網球場。」列寧娜後來形容），臉上塗滿朱紅、漆黑和黃褐顏料，已經辨不出人樣。他們的黑頭髮用狐狸毛和紅色法蘭絨紮成辮子，肩膀上撲動著火雞毛斗篷，巨大俗麗的翎冠在他們頭臉圍成一圈。每走出一步，他們手上的銀鐲子和脖上的沉重項鍊（由骨珠與綠松石珠子串成）都會「叮叮噹噹」和「喀噠喀噠」作響。兩人不吭一聲地跑著，腳上的鹿皮鞋著地無聲。一人手上拿著把羽毛刷子，另一人雙手各抓住三四條什麼東西（遠看像是粗繩），其中一條扭來扭去。列寧娜突然看出那是條蛇。

兩個印地安人愈走愈近，黑眼睛望著她，卻沒有絲毫看見她或承認她存在的表示。那條扭動的蛇這時不再扭動，像別的蛇一樣軟趴趴地垂了下來。兩人走掉了。

「我不喜歡，」列寧娜說，「不喜歡。」

有讓她更不喜歡的東西在村口等著她（嚮導把他倆扔在村口，獨自進村接受指示）。首先是東一堆西一堆的垃圾，然後是灰塵、狗和蒼蠅。她的臉因為厭惡皺成一團，又趕忙拿出手帕捂住鼻子。

「他們怎麼住在這種環境？」她憤憤地叫出聲來，難以相信（太不像話了）。

伯納聳了聳肩，饒富哲理地回答：「不管怎樣，他們已經這樣生活了五、六千年，應該早已習慣。」

「但『清潔的重要性僅次於福潔（聖潔）』[2]。」她堅持說。

---

2 原文為 cleanliness is next to fordliness，脫胎自英諺「清潔的重要性僅次於聖潔」（cleanliness is next to holiness）。

「對，『文明和消毒是同義詞』。」伯納幫她接下去，用反諷口吻背誦「基本衛生知識」第二課的內容。「但這些人從未聽過福特爺的名字，而且他們也不文明，所以這些話對他們毫無……」

「啊，看！」列寧娜驚叫起來，抓住伯納胳臂。

一個幾乎全裸的印地安人正從附近一棟房子的二樓平台順著梯子非常緩慢地往下爬——因為極度衰老，他每挪一次腿都是顫巍巍。他的臉密布深邃皺紋，漆黑得像黑曜石面具，牙齒掉光的嘴巴向裡癟。嘴角與下巴兩側各有幾根長鬍子，在黑皮膚的襯托下閃著近乎白色的光。他沒有編辮子，一頭灰髮披散開來，攏在臉的兩側。他身形佝僂，瘦骨嶙峋，幾乎沒有肉。老人非常緩慢地拾級而下，每冒險踏出一步之後都會停歇一下。

「他是怎麼了？」列寧娜低聲問，眼睛因為驚恐而瞪得大大。

「不過是老了而已。」伯納盡可能裝得若無其事（其實他自己也嚇了一大跳）。

「老了？可是中心主任也老了，許多人都老了，卻不會像他那樣。」

「那是因為我們不讓他們顯老。我們給他們保健，不讓他們生病，用人工方式把他們的內分泌維持在年輕人一樣的均衡狀態。我們不讓他們的鎂鈣比值掉到三十歲以下。我們給他們輸入年輕血液，保證他們的新陳代謝永遠活躍。當然，他們不顯老，還是因為大部分都活不到這個老怪物的年紀。他們固然青春長駐，但通常一到六十便會突然掛掉。」

但列寧娜已沒在聽。她全神貫注看著老人。他慢慢地、慢慢地往下爬，腳最終踩到了地上，然後轉過身。他的眼窩雖然深陷，眼睛卻異常明亮。他目無表情地望著了列寧娜好一會兒，毫無驚訝之色，彷彿她根本不存在。然後，老人駝著背，一拐一拐從他們身邊經過，走掉了。

「這地方好恐怖，」列寧娜低聲說，「好可怕。我們真不應該來的。」她伸手到口袋去掏唆麻，卻發現出於她從未有過的粗心大意，把唆麻瓶留在了招待所。伯納的口袋也是空的。

所以列寧娜只得孤苦無靠地面對馬爾佩斯的種種恐怖，而恐怖也確實接踵而至。看見兩個年輕婦女給孩子餵奶的情景讓她為之臉紅，轉過頭去。她一輩子也沒有見過這麼不雅的事。更糟的是，伯納對這令人作嘔的胎生場面不但沒有得體地避而不談，反而借題發揮，高談闊論起來。這是因為唆麻的效力已退，他為早上在飯店表現的軟弱感到羞恥，決定要一改常態，藉此表現自己的堅強與離經叛道。

「多美好親密的關係啊，」他故意惹人火大地說，「它可以激發出多深厚的感情啊！我常常想，我們因為沒有媽媽，也許已經損失了一些什麼。妳大概也因為沒機會當媽媽而有所損失。不信的話想像看看妳坐在那裡，懷裡抱著自己的嬰兒……」

「伯納，你怎能說這種話！」她正要發火，但心思卻被一個患結膜炎和皮膚病的老年婦女引開。

「我們回去吧，」她求他說，「我不喜歡這地方。」

但這時嚮導已經回來，示意兩人跟著他走，然後帶頭走過一條兩旁房屋林立的窄街。繞出一個街角後，他們看見一條死狗躺在垃圾堆上，看見一個甲狀腺腫大的婦人正往一個小姑娘的頭髮裡捉蝨子。嚮導在一道梯子底下停步，手垂直一舉，再水平一方向一揮。他們按照他的無言指示行事——爬上了梯子，到頂之後穿過一扇門進入一個狹長的房間。房間相當暗，散發著油煙味、油垢味和穿久未洗的髒衣服味。房間遠端是另一扇門，從那裡透進來一束陽光與陣陣鼓聲。鼓聲很響亮，近在咫尺。

他們跨過門檻，外頭是一片寬闊的露天平台，往下看便是村子的廣場。廣場裡擠滿人，四面都是高高的房屋。放眼望去是一些鮮亮的毛氈、插在黑髮裡的鳥羽、閃亮的綠松石和熱得發亮的黑皮膚。列寧娜又拿出手帕捂鼻子。廣場正中有兩個石頭和夯土築成的圓形平台，它們顯然是地下室的房頂，因為每個平台中央都有一個開口，伸出著一架梯子。有人在地下室裡吹著笛子，但大部分笛聲都被鍥而不捨的鼓聲淹沒。

列寧娜喜歡這鼓聲。她閉上眼睛，任由自己被這陣陣隱雷似的聲響充滿，任由它們愈來愈完全地侵入她的意識，到最後，除了這唯一的深沉搏動，世界便彷彿一無所有。她從這聲音得到寬慰，因為它讓她聯想起團結禮拜和福特紀念日的合成音樂。「爽啊爽歪歪……」她低聲哼唱起來。鼓聲敲著的是同樣的節奏。

突然，合唱歌聲以雷霆萬鈞之勢襲來——數以百計的男人眾口一聲嘶吼出刺耳的金屬摩擦聲。幾個長音符之後是一陣寂靜——鼓聲是停歇了，但雷聲隆隆之感猶在。接著是女人的應和，用的是比馬嘶高兩倍的尖嘯聲。接著又是鼓聲，男人們再一次用粗獷不羈的歌聲印證他們的男子漢氣概。

對，這裡一切都「怪」：不管是環境、音樂、穿著、甲狀腺腫大、皮膚病和那些老人，無一不怪。但大合唱本身看來卻沒有特別怪。

「它讓我聯想起一首低階級人唱的共同體頌歌。」列寧娜說。

可是才一下子以後，她便再也無法聯想起任何平和的物事。因為突然間，一大群猙獰的怪物從圓形地下室湧了出來。他們或是戴著恐怖面具，或是把臉塗得不像人樣，繞著廣場跳一種有氣沒力的怪舞。他們繞著圈跳，一圈又一圈，邊跳邊唱，一圈跳得比一圈快。鼓聲變了，節奏加快了，聽上去好像發燒時的脈搏跳動。圍觀者開始隨著舞者唱歌，唱得愈來愈大聲。有個女人開始尖叫，接著其他女人一個接一個也尖叫起來，就像是正在被殺。帶頭的舞者突然衝出隊伍，跑向放在廣場另一頭的一口木頭大箱子，掀起箱蓋，抓出了兩條黑蛇。人群發出一聲大吶喊，其他舞者隨即向他跑去，兩手前伸。領舞人把兩條黑蛇拋向最先抵達的兩個人，隨即轉身重又往箱子裡抓。愈來愈多的黑蛇、黃蛇和花蛇被拋出。舞蹈以另一種節奏重新開始。抓住蛇的舞者繞著圈跳舞，一圈又一圈，不斷像蛇一樣柔和地扭動膝蓋和髖部。然後，在領舞人示意下，一個個舞者輪流把一條條蛇扔向廣場中心。繼而一個老者從地下室走了出來，把玉米粉撒到蛇堆上。另一個婦女又從另一個地下室鑽出來，用一個黑罐子給蛇堆灑水。隨著老者舉起一隻手，所有聲音突然嚇人地、可怕地、絕對地靜止下來。不但鼓聲停止了，連生命本身似乎也停止了。老者朝通向地下世界的兩個洞口指了指，兩個洞口隨即各有一幅畫像慢慢升起（像是被看不見的手所舉起），一幅畫著隻鵰，一幅畫著個釘十架的赤裸男人。兩幅畫彷彿是靠自己的力量懸在那裡，正在把廣場裡的一切收入眼底。老人拍拍手，一個大約十八歲的小伙子走出人群。他除了腰上一塊白棉布，全身一絲不掛。小伙子雙手抱胸，頭低著。老者在他頭上畫了一個十字，轉身走開。然後，小伙子繞著那堆扭來扭去的蛇慢慢轉圈。繞到一圈半時，有個人走出了跳舞的人群。那人高個子，戴著郊狼面具，手持一把有結節的皮革鞭子朝小伙子走去。小伙子繼續轉圈，彷彿不知道那人的存在。郊狼人舉起鞭子，在場所有人隨即懸起一顆心，然後，在這顆心似乎懸了好一陣子之後，隨著一個猛一揮動的動作和一聲呼嘯，鞭子響亮地抽在了皮肉上。小伙子身子一抖，卻沒有出聲，繼續用緩慢穩定的步伐轉圈。郊狼人又是一鞭，再一鞭。人群在鞭子落下時都會倒抽了一口氣，繼而發出了低沉的呻吟。小伙子繼續走。第二圈，第三圈。繞到第四圈的時候，血開始流下來。第五圈，第六圈。列寧娜突然雙手掩臉，啜泣起來。「啊，叫他們停手，停手！」她哀求說。但鞭子繼續無情地揮下，一鞭又一鞭。到了第七圈，小伙子突然雙腿一軟，仆倒在地（但仍然沒有作聲）。老者向他俯身，用一根白色長羽毛蘸了蘸他的背，舉起來讓人們看：鮮紅色。然後他把羽毛在蛇堆上晃了三晃，幾滴血落了下來。這時鼓聲突然緊張匆忙地擂了起來，人們隨之大叫。舞者們紛紛向前衝，抓起地上的蛇，再跑出廣場。男人、女人、孩子一窩蜂跟在他們後面跑。一分鐘之後，廣場變得空蕩蕩，只剩下小伙子還趴在原地，一動不動。三個老女人從一間屋裡走出來，費了些力氣扶起他，帶進屋子。空蕩蕩的廣場至此只剩下鵰和十字架人還在守望。但過了片刻，他們也像看夠了，慢慢沉入地下室，回到陰間。

列寧娜還在抽泣。「太可怕了。」她反覆說，任伯納怎樣安慰都不管用。「太可怕了，那些血！」她渾身發抖。「唉，但願我有把唆麻帶著。」

這時屋內有腳步聲傳來。

列寧娜沒有動，繼續坐在那裡用手捂住臉，不看也不睬。只有伯納轉身回頭。

來者是個穿印地安服裝的小伙子，但他那編了辮子的頭髮卻是淺黃色，眼睛是淡藍色，曬成古銅色的皮膚看得出來原是白色。

「哈羅，晝安。」陌生人說，用字正腔圓但用字奇怪的英語。「你們是文明人，對不對？你們是從『那頭』來的，對不對？我是說保留地外面。」

「你究竟是……？」伯納大吃一驚，開口說話。

小伙子嘆了口氣，搖搖頭說：「是天底下最不幸的紳士[3]。」然後指著廣場中央的血跡：「看見那倒楣的地方了嗎[4]？」聲音激動得發抖。

「『與其找罪受，不如哈唆麻。』」列寧娜像背書一樣說，雙手仍然掩住臉。「但願我有帶著唆麻。」

「在那兒的人應該是我，」小伙子繼續說，「他們為什麼不讓我來犧牲？我能夠走上十圈，十二圈，甚至十五圈。帕羅提瓦只走了七圈。他們本可從我身上得到多一倍的血——足以把無邊

---

3 語出莎劇《維洛那二紳士》。
4 語出莎劇《馬克白》。

大海染成殷紅[5]。」他誇張地揮動雙臂，比出大海的樣子，但隨即洩氣地一垂雙手。「但他們偏偏不讓我去做。他們因為我的膚色不喜歡我。他們一向如此，一向如此。」小伙子眼裡噙淚，又因為難為情而轉過身子。

驚訝讓列寧娜忘了喫麻的事。她鬆開掩臉的雙手，第一次看見那小伙子。「你是說你想要挨鞭子？」

小伙子仍然別開身子，但比了個表示肯定的動作。「對，為了村子，為了求雨，為了讓莊稼生長，我想要挨鞭子。也是為了討菩公和耶穌歡喜，也是為了表現我能夠忍受痛苦，不哭不叫。對，我想要挨鞭子——」說到這裡，他的聲音突然換上一種昂揚調子。他轉過身，一挺胸脯，下巴驕傲地、桀驁不馴地翹了起來。「為了表現我是個男子漢……」他話說到一半突然停住。看見列寧娜讓他倒抽一口涼氣，因為眼前的姑娘是他平生僅見：面龐並非巧克力色或狗皮色，頭髮是紅褐色而髻曲，臉上表現出溫厚的關懷（驚人的新奇！）列寧娜朝著他微笑，心裡想：好帥的小伙子，好堅實的體格。血湧上了小伙子的臉，他低下頭，過了好一會才抬起來，卻發現列寧娜還是朝著他微笑。他激動得不知如何自處，便掉開頭，假裝凝視廣場對面的什麼東西。

伯納提出的幾個問題岔開了他的注意。他是什麼人？打哪兒來的？為什麼而來？什麼時候來的？小伙子盯著伯納的臉（他巴望看看列寧娜的笑靨，卻不敢看她），設法解釋自己的來歷。原來他和他媽媽（聽到這兩個字讓列寧娜渾身不自在）都不是保留地的原住民。琳達，也就是他媽媽，是很久以前跟一個男人從「那頭」來的，那時他還沒有出生。那男人就是他爸爸（這話讓伯納豎起耳朵）。有一天，琳達獨自在北邊的山上散步，卻意外摔下一道懸崖，傷了腦袋（「說下去，說下去。」伯納激動地催促）。幾個馬爾佩斯獵人發現了她，把她抬回村子。至於那個男人，也就是他爸爸，琳達從此再也沒有見著。那人名叫湯瑪金（沒錯，孵育中心主任的名字就是湯瑪金）。他一定是飛走了，沒帶她就回到「那頭」去了——好個無情無義的狠心漢。

「這就是我會出生在馬爾佩斯的由來。」小伙子總結說。「唉，馬爾佩斯。」他又說了句，搖了搖頭。

位於村子邊緣那小屋有夠髒有夠破！

一片滿是灰沙和垃圾的空地把這小屋跟村子分了開來。兩條餓狗在小屋門前的垃圾裡不知羞恥地嗅著。他們走進屋裡，昏暗裡臭烘烘，蒼蠅的嗡嗡聲很大。

「琳達。」小伙子喊道。

「來了。」一個女人從內屋應說，聲音相當嘶啞。

他們等著。地上放著幾大碗剩飯，說不定是好幾頓剩下的了。

門開了。一個非常肥壯的金髮印地安女人站在門裡，張大嘴巴望著兩個生客，一臉不敢置信

5《馬克白》。

的神情。列寧娜厭惡地注意到，老女人缺了兩顆門牙，還沒掉的那些也又黃又黑。列寧娜打了個哆嗦。老女人比先前看到的老頭還要不堪入目。那麼胖，臉上皮膚又鬆弛又滿是皺紋。還有那些長在鬆垮垮臉頰上淺紫色疙瘩。還有那雙充血的眼睛和鼻子上的紅色血絲。那脖子——唉，別提了！她披在頭上的毛氈又破爛又骯髒。她的棕色長罩衫像個麻布袋，但仍然遮掩不住她碩大的胸部、突出的小腹和粗腰身。比先前的老頭還要不堪入目——不堪入目多了！突然間，老東西嘴裡嘰哩呱啦說了一堆，伸出雙手向列寧娜跑過來，把她緊緊摟住（福特爺啊，福特爺啊！）。這還不止，老東西還親她（福特爺啊！）。太噁心了，再這樣下去她就要吐了。老東西嘴角流涎，滿身奇臭（顯然從不洗澡），嘴巴裡又透著一股怪味——肯定是酒精味，因為它聞起來跟加進「丁人」和「戊人」瓶子裡的東西沒兩樣（不，那個有關伯納的傳言不會是真的）。列寧娜趕緊掙脫擁抱。

逼近她眼前的是一張沾滿眼淚、鼻涕和歪扭的臉。老東西正在哭。

「啊，親愛的，親愛的……」老太婆開始語帶哽咽地嘩啦啦說不停。「妳不知道我有多麼高興！多少年了——我多少年沒見過一張文明臉孔，多少年沒見過文明衣服了。我以為這輩子再見不著一件貨真價實的人造絲衣服呢。」說著用指頭（指甲是黑色的）捻列寧娜的襯衫袖子。「還有這可愛的醋酸纖維天鵝絨短褲！妳知道嗎，親愛的，我那些老衣服還留著——我是說當初穿來這裡的那些。它們收在一個箱子裡，遲些再給妳看。當然，因為材料是醋酸纖維的關係，它們全破了洞。我那條白色的彈藥囊皮帶真的很可愛——不過我得承認妳身上的小羊皮皮帶更可愛。」

說到這裡又開始流淚。「我掂估約翰已經告訴過妳我吃過了多少苦頭——苦頭一堆而唆麻沒半顆。只能偶爾靠喝點波培帶來的龍舌蘭酒解解愁——波培是我以前一個相好。不過酒勁過後會讓人不舒服。還有一種叫烏羽玉[6]的東西吃了會讓人忘憂，但第二天卻會叫你對自己做過的丟臉事感到加倍丟臉。對，我一直覺得自己丟人現眼。想想看，我是個『乙人』卻懷孕生子。妳設身處地想想看那是什麼感覺。」（光聽到這個就讓列寧娜直哆嗦。）「但我發誓錯不在我。我至今搞不懂為什麼會發生這種事。該做的我全做了，馬爾薩斯操的一、二、三、四個步驟一個不漏。我發誓是真的，可照樣出了事。既然這兒沒有人工流產中心，我只好把孩子生下來。對了，人工流產中心還是設在切爾西嗎？」列寧娜點點頭。「每逢星期二和星期五還是有泛光照明嗎？」列寧娜又點點頭。「好漂亮的粉紅色玻璃帷幕大樓！」可憐的琳達揚起臉，閉上眼睛，狂喜地神遊在回憶裡的燦爛景象。「還有河上的夜景。」她呢喃著說，大顆大顆淚珠從緊閉的眼皮下面滲出。「晚上從斯托克波斯基飛回去，然後泡個熱水澡和來一次真空振動按摩……啊，好舒服。」她吸了一口大氣，搖了搖頭，再次張開了眼睛，擤了一兩下鼻子，再把鼻涕揩在長罩衫下襬。

她注意到列寧娜發自下意識的厭惡表情。「啊，對不起，我不該這麼做的，真對不起。但如果妳沒有手帕的話又要怎麼辦？我還記得這個一切都髒兮兮的環境讓我有多難過，一切都是未經

6 烏羽玉：一種小仙人掌，含有迷幻劑成分。

消毒殺菌的。他們剛把我抬回這村子的時候，我頭上有個可怕的大傷口。妳不可能想像得出他們用什麼來敷傷口。是糞便，真的是糞便。後來我老用『文明就是消毒』這句話教育他們，又像對待小孩那樣給他們唱：『鏈球菌兒騎馬到班布里T字，去看漂亮浴室和沖水馬桶。』[7]但他們當然不懂。他們怎麼會懂呢？最後我看來也習慣了。無論如何，要是沒有安裝熱水管，你又要怎麼保持乾淨？妳看看我這身衣服。這種醜不啦嘰的毛呢不像醋酸纖維，可以一直穿下去，那裡破了你就得補。問題是我是個『乙人』，是在受精室工作，誰也沒教過我幹這種活兒。那不是我的份內事。何況，補衣服是不對的，破了洞就應該買新的。有道是『愈補愈窮』，不是嗎？補衣服在我們是反社會行為，可在這兒就不同了。住在這裡簡直跟住在瘋子中間沒兩樣。他們幹的每一件事都是發瘋。」說到這裡，她看了看四周，發現約翰和伯納已經走出屋外。雖然沒有其他人在，她還是小心翼翼，壓低嗓門，朝列寧娜靠過去。列寧娜僵著身子向後縮，但仍感到老太婆那足以毒害胚胎的口臭味擾動著她臉上的汗毛。

「就拿這裡男女相好方式來說好了。」她用沙啞的嗓子低聲說，「簡直是發瘋，絕對地發瘋。每個人都屬於所有人——他們會這樣嗎？會嗎？」她揪著列寧娜的袖子追問，好像堅持對方非回答不可。

列寧娜點點頭，然後馬上把頭撇到一邊，呼出一口氣（她方才一直屏住呼吸），又設法吸了一口比較不受污染的空氣。

「哼，」老太婆繼續說，「在這裡，沒有人被認為應該屬於一個以上。要是妳按正常方式跟男人好，別人就會說妳壞，說妳是反社會分子，仇視你和鄙夷你。有一回，有幾個女人來我這裡大吵大鬧，原因不外是她們的男人找過我。哼，為什麼不行呢！但她們不管，朝我衝過來……不，太可怕了，我沒有勇氣回憶。」琳達雙手掩臉，簌簌發抖。「這兒的女人非常可惡，全都是瘋狗，又瘋又殘忍。她們當然不知道何謂馬爾薩斯操、孵育瓶或脫瓶，所以就像狗一樣，生個不停。好噁心。一想到我自己居然也……唉，福特爺啊，福特爺啊！話雖如此，約翰仍是我一大安慰。要是沒有他，我真不知道哪來勇氣活下去。但他因為常常有男人找我而難過……從很小便是這樣。有一回（那是約翰大了一些之後），他甚至試過要殺死可憐的瓦夫西瓦——是瓦夫西瓦還是波培？我說不準。我從未能夠教會他明白，文明人想找誰睡覺自可找誰睡覺。我猜發瘋是有傳染性的。總之，約翰似乎從印地安人那裡傳染了瘋病。這不奇怪，因為他常常跟他們在一起，哪怕他們對他很壞，總把他看成非我族類。這未嘗不是一件好事，可以讓我要為他設定條件反射時省些事。但妳不知道那有多麼困難。我不懂的事情太多了——但我本就沒義務要懂許多。我是說，比方當孩子問妳，直升機是怎樣製造出來或世界是怎麼來的，我們這些一輩子待在受精室工作的『乙人』要如何回答？」

---

7 改編自英國兒歌，原歌詞為：「騎匹公馬到班布里十字，去看騎白馬的漂亮女士。」班布里十字指班布里地方的十字架，漂亮女士指英國女王伊莉莎白一世。

8

外面，在漫漫沙塵和垃圾堆之間（現在一共有四條狗在拱垃圾），伯納和約翰緩緩來回漫步。

「這裡的一切叫我難以理解。」伯納說，「你我就像生活在不同的星球、不同的世紀。媽媽、滿地垃圾、諸神、老年和疾病……真是難以想像。」他搖搖頭。「我永遠也不會明白，除非你解釋清楚。」

「解釋什麼？」

「這個，」伯納指著村子說，然後又指著小屋說：「這個。解釋這一切。你們的生活。」

「可是該怎麼說呢？」

「從頭說起。從你有記憶以來說起。」

「從有記憶以來？」約翰皺起眉頭，良久不語。

天氣炎熱，母子倆吃了很多墨西哥薄餅和甜玉米。「過來躺下吧，寶寶。」琳達說。他們在大床上躺了下來。「我們來唱歌。」琳達說，唱起了「鏈球菌兒騎馬到班布里T字，去看漂亮浴室和沖水馬桶」和「再見吧寶貝班亭，你馬上就要脫瓶。」歌聲愈來愈微弱……

一陣響聲把小約翰驚醒。有個男人正在對琳達說什麼，引得她哈哈笑。她原本把毛毯拉高到蓋住下巴，但那人把毛毯往下全掀開了。他的頭髮像兩根黑粗繩，手臂戴著個鑲嵌藍石頭的銀鐲子。小約翰喜歡那臂鐲，可仍然害怕。他把臉藏在琳達懷裡。琳達摟住他，他感到了安全。他聽見琳達用他聽不大懂的語言說話：「不行，約翰在這裡。」那人看了看他，看了看琳達，又溫柔地說了幾句什麼。琳達說：「不行。」但那人卻彎過身子對著他。那臉大而可怕，兩根黑辮子碰在毛毯上。「不行。」琳達又說，而他感到她摟他摟得更緊了。「不行，不行。」但是那男人卻抓住了小約翰一條胳臂，抓得他生疼，他尖叫起來。男人伸出另一隻手抱起他。琳達仍然不放手，嘴巴裡說：「不行，不行。」男人短促而生氣地說了些什麼。琳達的手突然鬆開。「琳達，琳達。」小約翰又是踢腿又是掙扎。但男人把他抱到門外，放在外屋地板中央，自己走掉，在身後關上了門。他爬起來跑到門口。他踮起腳剛好搆得著木門把；他把門把往上一抬，向裡一推，但門卻打不開來。「琳達。」他大喊。沒有回答。

他又回憶起一間相當陰暗的大屋子，裡面擺著許多有絲線纏繞的木架子，四周站著一些女人——琳達說這叫織毛氈。琳達要他跟其他小朋友坐在屋角，說自己要去幫忙織毛氈。小約翰和其他小孩玩了很久。突然，大人的說話聲變得很吵，然後一票女人推著琳達，要她出去。琳達往門口走去，邊走哭邊。小約翰追上去，問她那些女人為什麼生氣。「因為我弄壞了東西。」琳達回答，跟著也生氣起來。「憑什麼我該懂她們那套可惡的編織手藝？可惡的野蠻人。」他問什麼叫野蠻人。當他們回到家時，波培已經等在門口，三人一起進屋去。波培帶著一個大葫蘆，裡面裝滿像水的液體。只不過那不是水，而是一種難聞，喝了會燒嘴巴和嗆喉嚨的東西。琳達喝了一點，波培也喝了一點。然後琳達哈哈大笑起來，高聲說話。然後她跟波培進了寢室……波培走掉後小約翰走進寢室。琳達睡得很熟，怎麼也叫不醒。

那時波培來得很勤。他說葫蘆裡的東西叫龍舌蘭，但琳達說那應該叫唆麻，只是事後會讓人很不舒服。小約翰恨波培，恨所有來找琳達的男人。有天下午（那天很冷，他記得山上有雪），他在外面玩耍完回到家，聽見寢室裡傳出憤怒的說話聲。是一些女人的聲音，說的話他聽不懂，但知道是可怕的話。然後突然「砰」的一聲，有東西翻了。他聽見跑來跑去的腳步聲。然後又是「砰」的一聲，再後是像驢子挨鞭的聲音，只是挨鞭的對象沒驢那麼瘦。琳達尖叫起來：「痛呀！別打，別打，別打！」小約翰跑進去，看見三個披著黑毛氈的女人。琳達被壓制在床上，其中一個抓住她雙手手腕，另一個壓住她雙腿不讓她踢人，第三個女人用鞭子抽她。一鞭，兩鞭，三鞭，每一鞭抽下去琳達都尖聲喊痛。小約翰拉那女人的毛氈子邊邊，哭著說：「求求妳，求求妳！」對方用空著的那一隻手把他推到一邊，鞭子再次落下。琳達又尖叫起來。小約翰用雙手手抓住那女人的褐色大手，使盡力氣咬了下去。那女人尖叫起來，掙脫了手，使勁把小約翰推倒在地上，還趁他躺在地上時抽了他三鞭子。他痛得未曾得有——就像是被火燒。鞭子又是一聲呼嘯，抽了下來。可這一次尖叫的是琳達。

那天晚上他邊哭邊問：「她們為什麼要欺負妳，琳達？」他會哭，是因為背上那些紅色鞭痕還痛得厲害，是因為那些女人太野蠻，太不公道。對，太不公道。她們是大人，卻欺負他一個小孩子。琳達也在哭。她固然是大人，但她只是一個人，打不過她們三個。這也是不公道。「她們為什麼要欺負妳，琳達？」

「我不知道。我怎麼會知道？」她的話模模糊糊，因為她是趴在床上，臉埋在枕頭裡。「她們說那些男人是她們的。」她繼續說下去，但更像是對內心裡什麼人說話，不像是對小約翰說話。她說了很多，他聽不懂。最後她哭得前所未有地大聲。

「別哭，琳達，別哭。」

他靠過去，靠得緊緊的，伸手摟住她脖子。琳達叫了起來：「痛呀，別碰！我的肩膀，痛呀！」她使勁把他推開。他的腦袋撞在了牆上。

「小白癡！」她尖聲說，然後突然開始打他耳光，打了又打……

「不要，琳達！」他叫了起來，「別打，媽媽！」

「我不是你媽媽。我不要當你媽媽。」

「可是……哎唷！」她又給了他一記耳光。

「是你害我變成野蠻人，」她吼道，「害我像野獸一樣產崽……要不是因為你，我也許就可以去找巡視官，離開這鬼地方。但帶著孩子卻不行。那太丟人了。」

見她又要一巴掌打過來，他舉起手臂擋臉。「不要，琳達，求求妳別打。」

「小畜生！」她拉下他的胳臂，讓他臉暴露在外。

「不要，琳達。」他閉上眼睛，等著挨打。

可是她沒有打。過了一會兒他睜開眼睛，看見她正望著他。他勉強擠出一個笑容。她突然雙手摟住他，開始親他，親了又親。

有時琳達會一連幾天不起床，躺在床上傷心。又或者是喝波培帶來的東西，然後老笑，笑完睡覺。她有時會生病，常常忘記給他洗臉、洗澡，常常讓家裡除冷掉的墨西哥薄餅以外沒有別的東西可吃。他記得她第一次在他的頭髮裡發現小蟲子時，驚嚇得尖叫連連。

他最快樂的時光是聽琳達給他講述「那頭」的事情。

「你們真是什麼時候想飛上天便可以飛上天？」

「真的，任何時候。」

她提到一種會放出好聽音樂的箱子，講了各種好玩的遊戲、各種好吃好喝的東西。在「那頭」，只要往牆上一按，光就會出來；還有一種不光是供人看的畫片，而是還能夠讓人聽得見、摸得到和聞得著其內容。還有一種箱子能夠發出愉快的香味。還有山一樣高的房子——有粉紅色的，有綠色的，有藍色的，有銀灰色的。那兒每個人都快快樂樂，沒有人會傷心或生氣。那兒每個人都屬於所有人。還有一種箱子可以讓你看見和聽見發生在世界另一頭的事情。還有裝在瓶子裡的可愛小嬰兒。總之，在「那頭」，一切都乾乾淨淨，沒有臭味，沒有骯髒，人們從不孤單，大家快快活活生活在一起，那光景就像馬爾佩斯這兒舉行的夏日舞會，只是要更快活，而且天天如是。……他一小時又一小時聽著媽媽回憶往事。有時，他們一群小孩玩膩了，就會跑去聽村子裡的老者講故事：「左手」與「右手」之爭的故事，「乾」與「濕」之爭的故事；阿罔內威婁納[1]如何在一個晚上光憑意念便創造出一場大霧，再從這大霧創造出全世界；「地母」和「天父」的故事；孿生子阿亥禹塔和瑪塞列螞的故事（他們分別代表「戰爭」與「機遇」）；耶穌和菩公的故事；聖母馬利亞和哀珊娜雷喜的故事（哀珊娜雷喜就是那個可以讓自己回春的女神）；「拉古納黑石頭」和「大鷹」和阿科馬聖母的故事。這些故事全都離奇古怪，引人入勝（因為是用他聽不太懂的語言講述而更引人入勝）。晚上躺在床上的時候，他常會聯想連翩：想到天堂和倫敦，想到阿科馬聖母和一排排裝在乾淨瓶子裡的嬰兒，想到飛上天的耶穌和飛上天的琳達，想到讓人敬畏的孵育中心主任和阿罔內威婁納。

許多男人來找琳達。其他小孩開始對小約翰指指點點，又用他們那種怪語言罵琳達是壞女人。他們罵她的字眼他聽不懂，但知道是壞字眼。有天他們唱了一首取笑琳達的歌，唱了又唱。小約翰對他們扔石頭。他們還以顏色，一塊尖石頭砸傷他的臉，血流不止。他滿臉是血。

琳達教他認字。她用一塊木炭在牆上畫了些畫（比方一隻蹲著的動物，一個裝在瓶子裡的嬰兒），然後寫上兩行字：**貓咪蹲蓆上，小娃娃住罐裡**。小約翰輕易便學會。待他認得出寫在牆上所有字之後，琳達打開她的大木箱，從那條她從不穿的滑稽小紅褲下面抽出一本薄薄的小書。那書他以前常看見，而琳達每次都說：「等你長大些就可以讀了。」好了，現在他長大些了（他覺得驕傲）。琳達把書交給他，說了一句：「我擔心你不會覺得它太有意思，但我只有這一本了。你要是有機會見識見識倫敦那些閱讀機就好！」他讀了起來。《胚胎的化學和細菌學設定：胚胎庫『乙人』階級工作人員實用指南》。光要讀懂這書名便花了他十五分鐘。他把書扔到地上，罵說：「可惡，可惡的書！」跟著哭了起來。

其他小孩繼續唱著那首取笑琳達的歌。有時他們又嘲笑小約翰衣衫襤褸。他著實衣衫襤褸，因為琳達不懂得補衣服。她告訴他，「那頭」的人衣服破洞就會扔掉，買新的來穿，不會費事去補。「破爛兒，破爛兒！」其他小孩向他喊。每逢這種時候，他都會心想：「但我會閱讀而他們不會。他們連什麼叫閱讀也不知道。」似乎，只要努力這樣想，他就可以假裝對別人的嘲笑滿不在乎。他可以假裝不在乎。於是他要求琳達把書還他。

其他小孩愈是指指點點，愈是唱歌罵人，小約翰就愈是努力認字。很快，他便把所有字認得很熟，包括最長的那些。但這個單字是什麼意思？他問琳達。她一般都答不上來，而即便能答得出來也是語焉不詳。

---

1 阿周內威妻納：祖尼族印地安人神話裡的創世之神。下面提到的「地母」、「天父」、阿亥禹塔和瑪塞列螞都是由他創造。

「『化學藥物』是什麼？」他問。

「這個嘛……比如鎂鹽便是化學藥物。比如可以確保『丁人』和『戊人』瘦小遲鈍的酒精，比如製造骨頭的碳酸鈣，諸如此類。」

「可你們是怎樣製造化學藥物的，琳達？它們是打哪來的？」

「我不知道。我們要用的時候都是從瓶子裡取出來，瓶子空了就打發人到倉庫去要。我猜是管理藥品倉庫的人製造的，要不就是由他們打發人到工廠去取來。我說不準。我從來沒有碰過化學，一向只負責照顧胚胎。」

問她其他問題往往也是一問三不知，反觀村子裡的老者近乎無所不知。

「人和一切受造物的種子，還有太陽、大地和天空的種子，全都是阿哂內威婁納用他的『繁衍之霧』創造出來。世界共有四個子宮，他把種子埋在子宮最深處。種子漸漸發芽、成長……」

有一天（約翰後來算出那是他十二歲生日後不久），他回家後發現寢室地上放著本他從未見過的書。那書厚厚一本，樣子非常老舊。封面已被耗子吃掉，有些書頁脫落和皺掉。他把書撿起來，看見書名頁上印著：**莎士比亞全集**。

當時琳達躺在床上，啜著一杯臭得到命的龍舌蘭。「書是波培拿來的。」她說，嗓子又濁又沙啞，彷彿是別人的聲音。「本來是放在『羚羊聖窟』一口箱子裡，據說已經放了好幾百年。我猜真的是這樣，因為我看過內容。完全是鬼扯蛋，沒半點文明氣息，不過給你用來認認字倒是不錯。」她喝完最後一口，把杯子放在床邊地面上，轉過身子，打了一兩個嗝，便睡著了。

小約翰隨手翻開一頁。

哼，只知生活在
汗漬斑斑的牙床，
讓淫邪薰蔽了心竅，
像豬圈裡調情弄愛的髒豬。[2]

這些奇怪的字句在他心裡翻騰，隆隆作響，有如夏日舞會上的擂鼓聲（這是假定鼓聲會說話的話），有如男人們合唱的玉米之歌（美得讓人想哭），有如老密瑟馬搖著他的羽翎和雕花手杖時所說的咒語：kiathla tsilu silokwe silokwe silokwe. Kiai silu silu, tsithl。但書中字句比這些咒語還要棒，因為它們是有深意的，是會對他說話。它們說的話美妙而叫人似懂非懂，猶如美麗得懾人的魔法，內容是關於琳達（躺在床上打呼的琳達，她旁邊的地板上放著個空杯子），也是關於琳達和波培——對，關於琳達和波培。

2 莎劇《哈姆雷特》中王子哈姆雷特指責母后不貞的話語。

他愈來愈恨波培。雖然波培整天掛著笑臉，但照樣是個惡賊——狠心、奸詐、淫邪、無良的惡賊[3]。這些字詞到底什麼意思？他似懂非懂。但它們卻勁道十足，老是在他腦袋裡隆隆作響。不知道為什麼，他覺得自己以前從沒未真正恨過波培；因為他從來說不清自己對他的恨有多深。可現在他已經找到字眼，一些又像鼓聲又像歌聲又像咒語的字眼。這些字詞和它們背後那個非常奇怪的故事[4]（他看不大懂那故事，但照樣覺得非常精彩）給了他恨波培的理由，讓他的恨變得更真實，甚至讓波培本人也變得更真實。

有一天，他玩耍完回到家，看見寢室的門開著，看見雪白的琳達和幾乎黑乎乎的波培一起躺在床上睡覺。波培一條胳臂穿過琳達脖子底下，另外一隻黑手放在她乳房上，其中一根長辮子纏在她喉頭，像條想要纏死她的黑蛇。波培的葫蘆和一個杯子放在床邊地上。琳達正在打呼。

小約翰的心彷彿不見了，只剩下一個空洞。他被掏空了，空而且冷，感到很噁心，很暈眩。他斜靠牆上穩住身體。「狠心、奸詐、淫邪……」這話在他的腦袋反覆響起，像是隆隆鼓聲，像是男人們在謳歌玉米，像是咒語。他突然從渾身冰涼變得滿身燥熱。他的血液在奔流，面頰在燃燒；屋子在他面前旋轉和暗下來。他咬牙切齒，不斷在心裡說：「我定要殺了他。我定要殺了他……」突然，他聽到另一段咒語：

等他酒醉熟睡或是怒不可遏之時
或是在床上亂倫淫樂之時，我定要……[5]

這咒語是在代他說話，是在對他發出命令。他退回到外屋。「等他酒醉熟睡……」切肉刀就放在火塘邊的地上。他撿起刀子踮起腳尖回到門邊。「等他酒醉熟睡……等他酒醉熟睡……」他衝入房間，向下就是一刀（啊，血！），然後又是一刀。波培驚醒了。小約翰舉起手又是一刀，但這一次手卻被抓住了（痛呀！痛呀！），扭開了。他不能動了，逃不掉了。波培的那雙黑黑的小眼睛非常逼近地盯著他的眼睛看。他把視線瞥向一邊。波培的左肩上有兩個傷口。「啊，看那血！」琳達在叫喊，「看那血！」她從來見不得血。波培舉起另一隻手——約翰以為他要打他，便僵直身子，準備挨打。但那手只是抓住他下巴，把他的臉扭了過來，使他不得不再望著波培的臉。兩人對視了很久，長得像有幾小時。最後，小約翰終於無法自持，突然哭了起來。波培哈哈大笑。「去吧，」他用印地安語說，「去吧，勇敢的阿亥禹塔。」小約翰跑到外屋隱藏他的眼淚去。

---

3 這是哈姆雷特對叔叔克勞狄的形容。克勞狄弒兄奪嫂，哈姆雷特與之有不共戴天之仇。
4 指《哈姆雷特》的故事。
5 這是哈姆雷特的自言自語，盤算著趁叔叔克勞狄疏於防備時把他一刀結果。

「你十五歲了，」老密瑟馬用印地安話說，「現在我可以教你捏陶了。」

兩人蹲在河邊，一起工作。

密瑟馬兩手抓起一團濕泥說：「首先我們來做個小月亮。」老頭把泥捏成了一個圓餅，然後又把餅邊翻起來一點，月亮於是變成了淺杯。

約翰笨手笨腳慢慢模仿老人的俐落手法。

「月亮，杯子，現在是蛇。」密瑟馬說，說著把另一團陶土搓成長條形，盤成圓圈，壓緊在杯口上。「然後又是一條蛇。再一條。再一條。」密瑟馬一圈又一圈塑出罐子的形狀：先是窄小的罐底，然後是鼓鼓的罐身，到了罐口處又再變窄。密瑟馬又捏又拍，又抹又刮，最後把成品放在地上——就是馬爾佩斯常見的那種水罐，只是顏色是奶白而非黑色，而且摸起來還是軟的。約翰把自己造出的罐子擺在密瑟馬的罐子旁邊。兩相對照，他那一個歪歪扭扭，著實是蹩腳貨。看著兩個罐子，他忍不住笑了。

「下一個一定會更好。」他說，開始潤濕另一團陶土。

不斷揉搓和捏塑讓約翰感覺自己的手愈來愈巧和愈來愈有力，帶給他非同尋常的快樂。他邊捏陶邊哼唱：「A啊B啊C啊維他命D，脂肪在肝臟，鱈魚在海裡。」密瑟馬也哼哼唱唱——唱的是一首殺熊歌。他倆工作了一整天，而這一整天都讓他充滿濃烈和陶醉的快樂。

「明年冬天我再來教你造弓。」老密瑟馬說。

約翰在屋外站了許久，最後，裡面舉行的儀式終於結束。門開處，人們走了出來。科特路首先出現。他右手伸在前面，拳頭緊握，像是握著什麼珍貴珠寶。卡基美緊隨在後，也是一手握拳前伸。他倆默默地走著，後面跟著他們的近親遠親和村中所有老者。

一行人走出村子，一直去到平頂山邊緣的懸崖，面向初升的旭日。科特路張開了手，手心裡捧著一把白森森的玉米粉。他對玉米粉吹了一口氣，喃喃地說了幾句，再把白色粉末對著太陽撒去。卡基美依樣做了。然後卡基美的父親走上前來，舉起一根裝飾著羽毛的祈禱杖，祈禱了半天，然後把祈禱杖也扔出了懸崖邊。

「結束了，」老密瑟馬大聲宣布，「他們成夫妻了。」

「不是我說，」琳達在回家途中發表議論，「他們這叫沒事找事。在文明世界，一個男生想要一個女生的話，他只消……嗳，等等，約翰，你這是要到哪裡去？」

約翰沒理她的呼喊，只管往前跑，跑得遠遠的，找一個可以獨處的所在。

結束了——老密瑟馬這句話不斷在他的腦袋裡迴響。結束了，結束了……他一直愛著卡基美——洶湧地愛著，站在遠處默默地愛著，不顧一切又不抱希望地愛著。但現在一切都結束了。那時他十六歲。

在月圓之夜，「羚羊聖窟」裡常有奧祕被道出、完成和誕生。每個男孩下聖窟時都是男孩，但出來時已轉成男人。男孩全都害怕這一天，但又迫不及待盼著它來臨[6]。約翰終於盼到這一天。太陽落下，月亮升起。他跟別人去了。一些男人站在聖窟入口，黑影幢幢；梯子往下伸到了燃亮著紅光的深處。帶頭的幾個男孩已開始往下爬。突然間，一個男人突然向前走出幾步，抓住約翰手臂把他拖出行列。他掙脫之後又回到行列裡去。這一回那人打了他，又扯他頭髮。「沒你的份，白毛子！」另一個男人接腔說：「母狗產的崽不准參加！」男孩們聽了哈哈笑。「滾！」幾個男人一起吼說。因為他仍在人群邊逗留，不肯離開，他們又吼了一次：「滾！」一個男人彎腰撿起石頭，向約翰扔去。「滾，滾，滾！」石頭如雨點飛來。他流著血逃到陰暗處。燃亮紅燈的聖窟開始傳出合唱歌聲。最後一個男孩已經爬下梯子，至此便只剩下約翰孤單一人。

在村莊外面光禿禿的平頂山荒原上，他完全孤獨了。岩石在月光照耀下像是漂洗過的白骨。谷底有幾隻郊狼朝著月亮嚎叫。他的傷口疼痛，還在流血，但他會抽泣並非因為痛，而是因為孤單，是因為他被趕了出來，得一個人進入像骷髏一樣的岩石和月光世界。他在懸崖邊背對著月光坐下，望向平頂山往下投曳的陰影——死亡的陰影。他只消向前走出一步，輕輕一跳……他把右手伸進月光。手腕上的傷口還在滲血，每幾秒便滴下一滴，在死白月光裡顯得深暗，近乎無色。一滴，兩滴，三滴。**明天，後天，大後天**[7]……

他就是這時候認識了時間、死亡和上帝。

「孤單，總是孤單。」小伙子說。

這話在伯納心裡引起悲涼迴響：孤單，孤單……「我也是，孤單得可怕。」他說，忍不住推心置腹。

「你也孤單？」約翰一臉驚訝。「我還以為在『那頭』……琳達總說那裡的人從不孤單。」

伯納忸怩地漲紅了臉。「這個嘛……」他嘟噥著說，眼睛瞥向別處。「我猜我跟大部分人很不相同。如果你脫瓶時便不巧跟別人不一樣……」

「對，就是這樣，」小伙子點點頭，「如果有了不同，你就注定孤單。別人會對你很壞。你知道嗎，我被完全排除在一切活動之外。他們打發別的小伙子到山上過夜——要這樣才能夢見自己的守護神獸是什麼動物[8]——卻不准我跟著去，又不肯把任何奧祕告訴我。所以我便自己幹。我五天不吃東西，然後一個人晚上到山上去。」他指指山的方向。

伯納像聽笑話似的微微一笑。「你夢見什麼了嗎？」

對方點點頭。「但是我不能告訴你。」沉吟半晌後又低聲說：「有一回，我做了件別人沒做過的事。一個夏日正午，我貼著一塊岩石站好，雙手左右平伸，模仿耶穌釘十字架的樣子。」

「為什麼？」

---

6 指參加成年禮。

7 在莎劇《馬克白》裡，國王馬克白聽到王后死訊後毫不驚訝，反淡定指出人終歸一死，只差是明天、後天還是大後天。

8 印地安少年有獨自在山上禁食和夜宿的習尚，以此方式尋求靈視、異象。

「我想知道釘十架的滋味，被掛在大太陽底下的滋味……」

「這又是為了什麼？」

「為了什麼？唔……」他猶豫了一下，「因為我覺得，既然耶穌受得了，我應該也受得了。而且，一個人如果做了什麼錯事，便應該……此外，我不快樂。這是另一個理由。」

「用這種辦法治療不快樂似乎有點滑稽。」伯納說，但轉心一想又覺得無可厚非。總勝過吃唆麻……

「過一陣之後我昏了過去，」小伙子說，「臉朝下仆倒在地上。看見我的傷口了嗎？」他掀起前額的厚密黃髮，露出右太陽穴上一道灰白起皺的傷疤。

伯納看了一眼，微微打了個冷顫，馬上把眼睛瞥向別處。根據他所受到的條件反射設定，目睹人類傷殘會引起的更多是厭惡而不是哀矜。疾病或傷口之類的痕跡不只會讓他覺得可怕，還會作嘔反胃。骯髒、畸形或衰老也有同樣效果。他趕緊轉換話題。

「你想不想跟我們一起回倫敦去？」他問。這是他要發起的戰役的第一步——自從在小屋裡得知野蠻人的「爸爸」大概是誰之後，他便暗暗為他的戰役籌畫戰略。「你想去嗎？」

小伙子臉上綻放出光彩。「你是說真的？」

「當然，但先要取得批准。」

「琳達也去？」

「這個嘛……」伯納猶豫了。那個讓人作嘔的老東西！不，門兒都沒有！但且慢……伯納忽然意識到，琳達的噁心樣子對他來說可能是一筆大資產。「當然可以！」他高聲回答，想用過分的熱絡來掩飾一開始的遲疑。

小伙子深深吸入一口氣。「真不敢相信，我畢生的夢想竟要成真了。你記得米蘭達[9]說過的話嗎？」

「米蘭達是誰？」

小伙子顯然沒有聽見這一問。只見他眼睛發光，面泛明亮紅暈，口中念念有詞：「啊，真是奇妙！這地方怎麼會有那樣多好看的人！多美麗的人類！」[10]唸到這裡，他臉上的紅暈加深了：原來他是想到了列寧娜——一個穿著瓶綠色醋酸纖維衣裳的天使。他想到她的光滑皮膚、她的豐腴和她的和善微笑。小伙子用顫抖的聲音繼續背下去：「好個美麗新世界……」然後忽地打住，像是受到什麼問題困擾。兩頰血色完全消退，蒼白得像紙。「你跟列寧娜結婚了嗎？」他問伯納。

「我跟她什麼？」

「結婚。在印地安語裡，結婚是『永不分離』的意思。婚姻的盟誓是不容打破的。」

---

9 米蘭達：莎劇《暴風雨》的女主角，自小與被奸人所害的父親住在一個孤島，從未見過外人。後來，其父施法把仇人引來島上，米蘭達但見他們衣飾華麗，不知道他們內心醜惡，深深被吸引，脫口讚嘆說：「啊，真是奇妙！這地方怎麼會有那樣多好看的人！多美麗的人類！好個美麗新世界，人物儀表堂堂。」

10 《暴風雨》。

「福特爺，當然沒有！」伯納回答，忍不住笑了。

約翰也笑了，但卻是因為別的緣故——因為樂陶陶。

「好個美麗新世界，」他重說了一遍，「好個美麗新世界，人物儀表堂堂。咱們立即出發吧。」

「你的說話方式有時真夠怪的，」伯納說，又迷惘又驚訝地盯著小伙子看。「不過，我看你最好是等到親眼看到那個新世界再下斷語。」

9

經歷了一天的光怪陸離和擔驚受怕以後，列寧娜認定自己有權享受一個完整和絕對的假期。所以，一回到招待所，她便吞下六顆唆麻，躺在床上，不到十分鐘便進入登仙狀態，至少得過十八小時才會重回凡間。

伯納卻躺在黑暗裡瞪著大眼想心事，直至半夜過後許久才睡著。但他的失眠沒有白失：他擬就了一個計畫。

第二天早上準十點正，穿綠制服的八分之一混血兒準時下了直升飛機。伯納已經在龍舌蘭花叢之間等著。

「克朗小姐度唆麻假期去了，」伯納解釋說，「五點以前很難回得來。所以我們有七小時可用。」

這段時間夠他飛到聖塔菲辦事綽綽有餘。等他回到馬爾佩斯，列寧娜還不會醒來。

「她一個人待在這裡安全嗎？」

「跟待在直升機上一樣安全。」混血兒保證。

兩人登上直升機，馬上出發。十點三十四分，他們到達聖塔菲郵局的樓頂。十點三十七分，伯納便已接通白廳的大都督辦公室。十點三十九分，他與大都督的第四私人秘書通上了話，又在十點四十四分向第一秘書重說了同一件事。到十點四十七分半鐘，穆斯塔法．蒙德本人深沉洪亮的聲音便從話筒另一頭傳了過來。

「我斗膽猜想，」伯納結結巴巴地說，「福座會覺得這事情充分具有科學研究價值……」

「沒錯，我確實這樣認為。」那深沉的聲音說，「把那兩個人帶回倫敦來吧。」

「福座想必知道，我需要有特別的許可……」

「必要的命令此刻正在向保留地監管長發出。你現在就可以到監管長辦公室去。再見，馬克斯先生。」

伯納掛上電話，匆匆回到樓頂。

「監管長辦公室。」他對混血兒機師說。

十點五十四分，伯納和監管長握了手。

「真高興看見您，馬克斯先生。真高興。」他嗡嗡響的嗓子透著尊敬。「我們剛剛收特別命令……」

「我知道，」伯納打斷他的話，「我方才才跟福座通過話。」說著一屁股坐進了椅子。他那不耐煩的口氣暗示他慣於每週七天都跟大都督通話。「有勞你盡快完成所有必要的程序，盡快。」他加重語氣強調。他得意極了。

到了十一點零三分，所有必要文件皆已裝在他的口袋裡。

「拜囉。」他對恭送他走到電梯的監管長說，語氣隨便。「拜囉。」

他步行去到飯店，洗了個澡，做了真空振動按摩，用電鬍刀刮了鬍子，聽了午間新聞，看了半小時電視，又慢條斯理吃了午飯，才在兩點半鐘飛回馬爾佩斯。

小伙子站在招待所門外。

「伯納，伯納！」他喊道。沒人回答。

小伙子穿著走路無聲的鹿皮鞋跑上台階，推了推門。門鎖著。

他們走了！他們走了！這是他生平遇過的最可怕的事。列寧娜邀他來看他們，可他們卻走掉了。他在台階上坐下，哭了起來。

半小時後他才想到要往窗戶裡看看。他看見的第一件東西是一個綠色手提箱，箱蓋上印著L. C.[1]字樣，內心登時燃起歡樂的火焰。他撿起一塊石頭。玻璃唏哩嘩啦地碎了一地。不消一會兒，他便到了房間裡面。他打開綠色手提箱，列寧娜的香水味隨即迎面撲來，讓他整個肺葉都被她的精粹充滿。他心臟激烈跳動，有那麼一下子幾乎要暈過去。他俯身在那寶貴的箱子上，觸摸

1 L. C.：列寧娜・克朗的縮寫。

裡面的東西，又一一拿起來就著光細看。他起初不明白那條供換穿的醋酸纖維天鵝絨短褲上的拉鍊是什麼用途，待弄明白之後便滿心歡喜。他把拉鍊拉上，拉下，拉上，拉下，為之著迷。列寧娜的綠色拖鞋是他平生見過的最美的東西。他打開一件摺起的拉鍊連褲內衣，不禁羞紅了臉，趕快放回去，但卻放膽親吻了一下香水味的醋酸纖維手帕，又把一條圍巾圍在自己脖子上。他打開一個盒子，裡面溢出一股芬芳粉霧，把他沾了滿手。他把香粉搽在胸口、肩膀和胳膊。好好聞的香味！他閉上眼睛，用臉磨蹭搽了粉的胳膊。滑膩的皮膚觸動著他的臉，香粉的麝香味深入他的鼻腔——列寧娜活靈活現。「列寧娜，列寧娜！」他低聲呢喃。

一個響聲嚇了他一跳，他心虛地回頭看了看。他把贓物塞回手提箱，蓋上箱蓋，然後聽聽動靜，看看周圍。沒有一絲動靜，沒有半個聲音。但他剛才明明聽見什麼——好像是有人嘆氣，好像是木頭吱嘎響。他踮著腳尖走到門邊，小心翼翼推開門，發現外頭是一片寬闊的梯口平台，平台對面是另一扇門——半掩著的。他走過去推開門，往內窺看。

只見列寧娜躺在一張矮床上，被子掀開，身穿粉紅拉鍊睡衣，睡得正香。她那被鬈髮襯托著的臉是那麼美麗，她那粉紅色腳趾和沉沉睡相是那麼稚氣動人，她那無力鬆垂著的玉手和軟趴趴四肢是那麼地無助，讓他不禁熱淚盈眶。

他走進房間，每一步都極盡小心謹慎（這是多此一舉，因為除非是槍響，否則任何事情都難望把列寧娜從唆麻假期的預定行程中叫回來）。他一直走到床邊，跪下，雙手合攏，盯著列寧娜看，嘴巴念念有詞：

她的眼睛、頭髮、臉頰、步態、聲音
都多麼美麗。啊，還有她那纖手！
與之相比，一切白色都是墨跡，
全是自我譴責；較諸它的柔荑一握
天鵝絨猶嫌粗糙……[2]

一隻蒼蠅圍著列寧娜嗡嗡飛舞，約翰揮手把牠趕走，心想：「蒼蠅要比我幸福。」又不由自主背誦起來：

蒼蠅卻可停在茱麗葉的皎潔玉手
並從她唇上竊取至福。
這兩片朱唇純潔貞淑，
卻又嬌羞赧顏，

2 莎劇《特洛伊羅斯與克瑞西達》。

彷彿想到彼此相吻[3]也是罪過。[4]

他非常緩慢地伸出一隻手，像是想要撫摸一隻膽小卻又頗為危險的鳥。他的手顫抖著，懸在空中，離她那些無力鬆垂著的手指不到一寸之遙，眼見就要碰到了。他敢嗎？他敢用他那隻最不配的手去褻瀆佳人嗎？不，他不敢。那鳥太危險了。他的手垂了下來。她多麼美啊！好美！

他突然發現自己心生一個念頭：想要抓住她脖子上的拉鍊扣，往下用力長長一拉……他閉上眼睛不住搖頭，直像剛游完泳猛甩耳朵的狗。可恥的念頭！他為自己感到羞恥。純潔貞淑……

又響起「嗡嗡嗡」的聲音。是來了另一隻想竊取至福的蒼蠅嗎？還是來了一隻黃蜂？他環目四顧，什麼都沒看見。嗡嗡聲愈來愈大，最後聽得出來是從落著百葉窗簾的窗戶外面傳來。是直升機！約翰一片恐慌，倉皇站起來，跑到另一間房間，跳出了敞開的窗戶。跑過兩邊長著高高龍舌蘭花叢的小徑後，他正好迎上剛從直升機下來的伯納。

3 指上下唇相吻。
4 莎劇《羅密歐與朱麗葉》。

10

在布魯姆斯伯里，孵育中心四千個房間的四千座電鐘全指著兩點二十七分。這個「勤奮的蜂箱」（中心主任喜歡這樣喊它）「嗡嗡嗡」地全速開動。每個人都在忙，事事都井井有條地進行著。顯微鏡下，精子正昂著腦袋，使勁甩著長尾巴，往卵子裡鑽；受過精的卵子則正在膨脹、分裂，若是接受過波坎諾夫斯基程序那些則在出芽，分裂為為無數個胚胎。電扶梯轆轆響著，從社會身分預定室開進地下室。在地下室的紫紅暗光裡，胚胎躺在溫暖的腹膜墊上飽餐著人造血和荷爾蒙，不斷長大（至於注定成為「戊人」那些則正在被毒物荼毒）。輸送帶繼續發出微弱的嗡嗡聲和噠噠聲，以肉眼察覺不到的速度蠕行著，一個禮拜一個禮拜周而復始地把一架架送進脫瓶室——在那裡，剛脫瓶的嬰兒會發出他們第一聲驚駭的哭喊。

下層地下室的發電機嗚嗚響著，電梯忙著上上下下。育嬰站的十一個樓層全都到了哺育時間。一千八百個嬰兒正同時從一千八百個瓶子裡吮吸著各自一品脫消過毒的外分泌液。

再往上連續十層的宿舍裡。那些年紀小得還需要午睡的小男孩和小女孩同樣忙得不可開交（不過他們自己倒是不曉得），正在上著睡眠學習法的衛生課、社交課、階級意識課和幼兒愛情生活課。再往上是遊戲室。因為外面已經開始下雨，九百個較年長的兒童改為在遊戲室裡玩疊積木、捏黏土、「找拉鍊」遊戲或性愛遊戲。

嗡嗡嗡，嗡嗡嗡，整個蜂箱快樂地忙碌著。女受精員邊照看試管邊哼歌，社會身分預定員邊工作邊吹口哨，脫瓶室裡又是有多少精彩笑話說個不停！唯獨跟亨利．福斯特一起走進受精室的中心主任一臉凝重肅殺。

「這裡最適合殺雞儆猴，」中心主任說，「因為受精室是整個中心最多高級幹部的地方。我叫了他兩點半來這裡。」

「他的工作表現挺不錯。」亨利假惺惺地代為說情。

「我知道，但正因為這樣，更加有必要嚴厲。智力愈突出的人相對要負更多道德責任。一個人愈有才能，愈容易把別人引入歧途。犧牲一個人總比許多人跟著墮落好。只要不帶感情看問題，福斯特先生，你就會明白，沒有罪過比離經叛道更可惡。謀殺只能殺死個體，而個體又算得了什麼？」他手一揮，把一排排的顯微鏡、試管和孵育器囊括起來。「我們不費吹灰之力就可以製造一個新的——要多少有多少。但離經叛道所威脅的卻不只是個體生命，而是整個社會。對，整個社會。」他重複了一句。「哈，他來了。」

伯納已經走了進來，正從一排排受精員之間向他們走來。薄薄的得意自信表情難掩他內心的緊張。「早安，主任。」他說，聲音高得荒謬。為掩飾這個錯誤，他趕緊補充一句：「聽說你要找我。」這一次聲音又輕柔得可笑，像是老鼠吱吱叫。

「不錯，馬克斯先生，」中心主任趾高氣揚地說，「我的確要是要找你。我知道你昨天晚上度完假回來了。」

「是的。」伯納回答。

「是——是的。」中心主任學著他說話，但故意把尾音拉長成蛇一樣的嘶嘶聲，又突然提高嗓門喊道：「諸位，諸位，諸位，請注意。」

工作人員的哼歌聲和口哨聲全都嘎然而止。一片鴉雀無聲，大家你看看我，我看看你。

「諸位，」中心主任又說了一遍，「抱歉打斷你們的工作。但一種痛苦的責任讓我不得不爾。社會的安全和穩定正在受到威脅。對，正在受到威脅。諸位，這個人——」說著用一根指控性的手指指著伯納。「站在諸位面前的這個人，這個『甲上人』，這個享盡好處也因此理應感恩圖報的人，這個諸位的同事或說是前同事——他大大地辜負了社會對他的信任。由於他對運動和唆麻表現出的異端觀點，由於他在性生活上可恥的離經叛道，由於他違背福特爺的教誨不肯在工餘以小孩的行為舉止行事……」說著在胸前畫了個T字。「這個人顯示出自己是社會的公敵，是一切秩序和安定的顛覆者。基於這個理由，我決定開除他，讓他不名譽地從本中心去職。我會馬上向上申報，把他調到最下級的中心，而且為了社會最大的利益計，把他調到離重要人口中心最遠的地方去。到了冰島，他就不會有多少機會用他那些不符福特精神的壞榜樣把別人引入歧途了。」說完，中心主任雙手抱胸，轉身面向伯納，威風凜凜地說：「現在，馬克斯，你提得出足以讓我收回處分成命的理由嗎？」

「是的，提得出。」伯納用非常響亮的聲音回答。

中心主任多少嚇了一跳，但仍然神氣十足。「那就請說說看吧。」

「當然，但我的理由還在外面走廊，請稍候。」伯納匆匆走到門邊，推開了門。「進來。」他命令說。那「理由」隨即現身。

人們倒抽了一口氣，錯愕和驚恐地竊竊私語起來。一個年輕女孩發出尖叫；還有個人為了看得更清楚而站到椅子上，卻打翻了兩根滿裝精蟲的試管。現場會一片騷動，是因為在舉目皆是結實青春身軀和一張張勻稱的臉孔中間，出現了一個面目浮腫、肌肉鬆弛的中年可怕怪物——是琳達走進了房間。她賣弄風情地挺出一個支離破碎和褪色的微笑，走路時刻意扭動粗腰身，以為可以表現出腰肢款擺的迷人體態。伯納走在她身邊。

「他在那兒。」伯納指著中心主任說。

「你以為我會認不出他呀？」琳達氣憤地說，然後轉身面對中心主任。「我當然認得出你，湯瑪金。我到哪兒都認得出你，在一千個人裡也認得出你。但你也許已經忘記了我。你不記得了嗎？不記得了嗎，湯瑪金？我是你的琳達。」她望著他，歪著頭微笑。可面對中心主任那嚇呆了的厭惡表情，她的微笑逐漸失去自信，為之動搖，最終消失。「你想不起來嗎，湯瑪金？」她又問了一遍，聲音顫抖。她的眼神焦急而痛苦，骯髒鬆弛的臉扭曲成了極端悲傷的苦臉。「湯瑪金！」她說，伸出雙手。有人「哧」一聲笑了出來。

「這是什麼意思？」中心主任說話了，「這種荒唐的……」

「湯馮金！」她向他跑去（毛氈拖在身後），張開雙臂摟住他脖子，把臉埋在他胸膛。受精室裡爆發出抑制不住的哄堂大笑。

「……這種荒唐的惡作劇太不像話！」中心主任怒罵道。

他滿臉通紅，想掙脫擁抱，卻被她死命摟緊不放。「可我是琳達，我是琳達。」哈哈大笑淹沒了她的聲音。「你使我有了個孩子。」她尖聲說，分貝高過了哄笑聲。剎那間，滿室一片可怕的死寂。大家目光狼狽，不知該把視線往哪裡擱。中心主任臉色一片煞白。他停止了掙扎，站在那兒，雙手握住琳達的手腕，低頭盯著她看，嚇死了。「對，我有了孩子。我當了媽媽。」這個猥褻字眼脫口而出，像個挑釁似的兜頭扔向了受到了冒犯的靜默群眾。然後她突然把手從中心主任手上抽走，用雙手掩住了面孔，因為感到羞恥而抽泣起來。「但這不是我的錯，湯瑪金。我一向把馬爾薩斯操做足，你是知道的，對不對，對不對？一向做足……我也不知道是怎麼回事……你要是知道當媽媽有多麼可怕就好了，湯瑪金……可是兒子對我仍然是一種安慰。」說到這裡，她轉身朝門口喊說：「約翰！約翰！」

約翰應聲走了進來，先是猶豫了片刻，四面張望，然後才蹬著他那走路無聲的鹿皮鞋迅速走上前，跪倒在中心主任面前，清脆地叫了一聲：「爸爸！」

這個滑稽的髒字眼破除了讓人透不過氣的緊繃氣氛（因為「爸爸」兩個字畢竟不會讓人直接聯想到可憎和道德敗壞的生小孩行為，只屬骯髒而不涉淫穢）。人們大笑起來，近乎狂笑，笑聲一波接一波，彷彿永遠不會停止。福特爺啊，福特爺啊，中心主任竟是爸爸，真是太絕了！哈哈哈的聲音周而復始，一張張臉似乎笑得就要裂開，有些人還笑出眼淚來。又有六根精蟲試管被打翻。**爸爸！**

中心主任蒼白了臉，眼神慌亂，手足無措，痛苦地承受著自己的恥辱。

爸爸！約翰又喊了一遍。原已逐漸平靜下來的笑聲再次爆發起來，比上一次更響亮。中心主任雙手捂住耳朵，衝出了受精室。

11

經過受精室那一幕之後，倫敦整個上層階級莫不躍躍於一睹約翰這號奇人，因為他開的玩笑真是太絕了（簡直不像真的）：「噗」一聲跪倒在地，喊孵育中心前主任「爸爸」（稱之為「前主任」是因為這可憐蟲事後馬上辭職，從此未再踏入孵育中心一步）。反觀琳達卻乏人問津，沒有人對她有絲毫興趣。生小孩這回事已超過開玩笑的限度，落入到傷風敗俗的程度。何況，琳達並不是真正的野蠻人，而是像其他人一樣用瓶子孵育出來和接受過條件反射設定，所以不可能有真正的奇思怪想。但讓人不想看到她的最大理由還是她的尊容：胖兮兮，一嘴爛牙，滿臉斑點，還有那身材（福特爺啊！），見了她你無法不作嘔——打心眼裡作嘔。所以，上流人士絕對不想看到琳達。但琳達自己何嘗想看見他們。對她來說，回歸文明只是意味回歸唆麻，意味可以日復一日躺在床上，享受唆麻假期，不用擔心假期結束後會頭疼或噁心想吐。唆麻不像烏羽玉，會讓人醒來後像幹了什麼反社會虧心事似的抬不起頭。唆麻不會有這些惱人的副作用。它帶來的假日是完美的，而如果說假期結束的早上會讓人不愉快的話，那也不是唆麻本身致之，只是平淡的現實與快活的唆麻假期對比的結果。補救辦法是再次度假去。所以，琳達貪婪地吵著要求增加唆麻的劑量和次數。蕭醫生起初不答應，但後來卻不過糾纏，只好順著她去。現在，她一天服下的唆麻可多至二十克。

「這樣下去，她一兩個月內便會完蛋。」醫生向伯納透露，「她的呼吸中樞遲早會癱瘓，不能呼吸，於是就完了。但未嘗不是好事。如果我們擁有回春術，事情自然另當別論，但我們沒有這種本領。」

出乎每個人意料之外，提出反對意見的人是約翰（琳達天天度唆麻假去可以讓他省不少事）。

「給她那麼大劑量不是會縮短她的命嗎？」

「某個意義下確實如此，」蕭醫生承認，「但在另一個意義下，我們實際上是在加長她的壽命。」小伙子莫名其妙，眼睛瞪得老大。醫生說下去：「唆麻讓你失去幾年壽命，但想想看它在現實時間之外給了你多悠長的歲月——悠長得難以計量。每一次唆麻假期都可以讓人嚐到一點點我們祖先所說的『永恆』。」

約翰開始懂了。「永恆存在於我們的唇和眸[1]。」他喃喃地說。

「唔？」

「沒什麼。」

「當然，」蕭醫生繼續說，「如果是有重要工作要做的人，我們當然不能讓讓他們遁入永恆狀態，但既然她有什麼重要工作……」

「不管如何，」約翰堅持立場，「我還是認為不妥。」

醫生聳聳肩。「好吧，我沒意見，如果你寧可讓她整天發瘋似的叫喊個沒完……」

約翰最終只好讓步，讓琳達想要多少唆麻便得到多少。自此她都是待在伯納三十八樓公寓的一個小房間裡，躺在床上，收音機和電視機日夜開著，廣藿香水龍頭也永遠開著，任它滴個不停。唆麻藥片就放在伸手可及之處。她身在此間又不在此間：她永遠是在一個無限遙遠之處度假，在另一個世界裡度假。在那個世界裡，收音機播出的音樂成了一座色彩嘹亮的迷宮，會讓人在經過一番美妙的迂迴曲折後去到一個絕對光明燦爛的中心；在那個世界裡，電視裡的舞蹈畫面全變成了甜美得無法形容的全歌唱觸感電影；在那個世界裡，滴下的廣藿香香水不光是香水，還是陽光，還是百萬支薩克斯風，還是波培的做愛——只是要美妙更多，而且永無止盡。

「是的，只可惜我們沒有回春術。」蕭醫生總結說，「但我很高興有機會看到一個人類衰老的樣本。非常感謝你把我找來。」他跟伯納熱烈地握手。

自此，約翰成了人們唯一追逐的對象。由於要見到約翰只能夠通過他的公認的監護人，伯納現在生平第一次發現自己不但受到正常對待，而且變得炙手可熱。那個有關他的人造血裡被誤加了酒精的傳言止息了，也不再有人嘲笑他的外表。亨利・福斯特一改常態，對他親切起

---

1 莎劇《安東尼與克麗奧佩脫拉》。

來；貝尼托・胡佛送了他六小包性激素口香糖當禮物；社會身分預定處副處長也近乎卑躬屈膝地乞求伯納邀他參加一次家裡舉行的晚會。至於女人嘛，只要伯納有一點點邀請的暗示，無不投懷送抱。

「伯納邀我星期三去見見那個野蠻人。」范妮得意地宣布。

「太好了，」列寧娜說，「現在妳得承認你看錯伯納了吧。妳不覺得他很可愛嗎？」

范妮點點頭。「而且我必須承認，他帶給我相當愉快的驚喜。」

許多要人都等著伯納邀請：裝瓶處處長、社會身分預定處處長、受精處的三位副處長、情緒工程學院觸感電影系教授、西敏共同體頌歌歌詠堂堂長、波坎諾夫斯基程序總監……這份名單長得沒完沒了。

伯納向赫姆霍特・華生透露：「上星期我享用了六個女孩。星期一一個，星期三兩個，星期五又是兩個，星期六一個。要是我有那個時間或興致，至少還有一打女孩等不及要……。」

赫姆霍特沉著臉聽他吹噓，一副不以為然的樣子。伯納感到受辱。

「你吃味嗎？」他說。

「不是，」赫姆霍特搖搖頭說，「我只是為你難過。」

伯納怒沖沖離開，發誓再也不找這朋友說話。

日子一天天過去。成功（就像任何美酒那樣）讓伯納暈陶陶，逐漸與世界達成完全的和解。先前，他一直對世界非常不滿，但現在世界既已承認他的重要性，他便也願意承認現存秩序的價值。不過，和解歸和解，他仍然拒絕放棄挑剔現存秩序的特權，因為挑剔可提高了他的身價感，讓他覺得自己偉大多了。何況他還真覺得有些東西應當批判（與此同時他又由衷喜歡當個成功的人和隨心所欲享用他想要的女人）。所以，他動輒在那些為了見野蠻人而向他獻媚的人面前發些離經叛道的議論，挑剔東挑剔西。人家當著他面有禮貌地聽他大發厥詞，背後卻搖頭。「這小子不會有好下場。」他們說，又很有把握早晚會看著他倒大楣。「那時將不會有第二個野蠻人幫他脫困。」不過，既然第一個野蠻人還在，大家就繼續對伯納保持客氣。又因為別人的客氣，伯納感到自己的身量變得非常偉岸——偉岸的同時又輕飄飄，比空氣還要輕。

「比空氣還要輕。」伯納指著天上說。

氣象局的繫索氣球高高飄在他們頭頂，在陽光裡閃著玫瑰色，像天空裡一顆珍珠。

先前伯納已宣讀過上方的指令：「……著令伯納君帶領上述的野蠻人參觀文明生活的方方面面……」

此刻，野蠻人參觀的是文明世界的全景——從查令T字塔的樓頂鳥瞰倫敦，由氣象站站長和駐站氣象專家充當嚮導。但伯納包攬了大部分說話內容。他非常自我陶醉，表現得儼然是個前來視察的世界大都督，全身輕飄飄，比空氣還要輕盈。

來自孟買的綠火箭從天而降。乘客一一下機。八個穿土黃色制服的印度裔多胞胎分從不同的舷窗往外眺望——他們是機組員。

「火箭的時速是一千二百五十公里，」氣象站站長得意地說，「你對此有何感想，野蠻人先生？」

約翰覺得很不錯。「不過，」他說，「愛麗兒[2]四十分鐘就可以環繞地球一周。」

伯納在寫給穆斯塔法·蒙德的報告裡指出：「出乎意料地，野蠻人對於文明的種種發明顯得不甚驚訝或敬畏。原因之一無疑是他早從別人嘴巴聽說過，也就是從他他媽×琳達聽說……」

（讀到這裡，穆斯塔法·蒙德蹙起眉頭，心想：「難道這蠢貨以為我太嬌氣，連『媽媽』兩個字也消受不了嗎？」）

「原因之二是他關注的是所謂的『靈魂』。他堅稱物理世界之外另有實體，哪怕我向他指出……」

大都督跳過後面的句子，正打算翻頁尋找更具體有趣的事情，眼睛卻被幾句大不尋常的話給攫住：「……不過我必須承認，我同意野蠻人的看法，文明社會的早期人生階段太過輕鬆，或者用他的話說，代價不夠昂貴。我樂於藉此機會懇請福座關注這問題……」

穆斯塔法·蒙德先是一陣怒火，隨即轉怒為笑。竟然有人敢對**他**就社會秩序的問題一本正經地說教——這種事真是有夠稀奇滑稽。這傢伙肯定是瘋了。「我該給他一點教訓。」大都督自言自語說，然後一抬頭，哈哈大笑起來。是該給他一點教訓，但還不是時候。

那是一家生產直升機照明裝置的小工廠，是「電氣設備公司」的一個分支。他們在樓頂受到了技術總監和人事經理的歡迎（那封大都督所寫的傳閱推薦信效果十分神奇）。他們一起下樓，進了工廠。

人事經理開始講解：「這裡的每道工序都是盡可能交由同一個波坎諾夫斯基群組負責。」果真如此，八十三個幾乎沒有鼻子的黑皮膚短腦袋「丁人」在從事冷壓，五十六個鷹鉤鼻薑黃皮膚的「丙人」在操作五十六部四軸卡模銑床，一百零七個接受不畏熱設定的塞內加爾「戊人」在鑄造車間工作，三十三個女「丁人」在裁切螺絲釘：她們一律長頭形、沙色頭髮、窄骨盆，身高一六九公分（誤差值為二十公釐）。裝配車間裡，兩組「丙上」階級侏儒正在裝配發電機：兩張矮工作台面對面擺著，載著零件的輸送帶從中間通過；四十七頭金髮正對著四十七頭褐髮，四十七個鷹鉤鼻正對著四十七個獅子鼻，四十七個後縮的下巴正對著四十七個前翹的下巴。組裝好的發電機由十八個一模一樣和一律穿綠色的棕髮姑娘檢驗，再由三十四個短腿的左撇子

2 愛麗兒：莎劇《暴風雨》中的小精靈。

「丁下人」打包裝箱，再由六十三個藍眼睛、亞麻色頭髮、長雀斑的半白癡「戊下人」搬上候著的卡車。

「好個美麗新世界……」出於記憶的某種惡作劇，野蠻人不知不覺背誦起米蘭達的話。「好個美麗新世界，人物儀表堂堂。」

「而且我向兩位保證，」人事經理在他們離開工廠時總結說，「我們的工人幾乎從不鬧事，總是規規……」

但是野蠻人已突然離開了他的夥伴，跑到在一叢桂樹後面劇烈嘔吐起來，彷彿他不是站在結實大地上，而是坐在一架遇上氣旋的直升機裡。

伯納在報告裡寫道：「野蠻人拒絕服用唆麻，而且似乎因為他媽×琳達老是逗留在假期裡，感到非常痛苦。值得注意的是，儘管他媽×衰老而面目可憎透頂，野蠻人仍然常去看她，對她表現出強烈的眷戀之情——此一有趣事例顯示出，早期形成的固定條件反射足以鬆動甚至抵觸人的天然衝動（在本個案裡，『天然衝動』是指迴避可厭事物的衝動）。」

他們在伊頓公學[3]高年級部的樓頂下機。隔著校園操場位於正對面是在陽光閃爍著白光的五十二層高路普頓大樓。大樓左面是校本部，右面是學校的共同體頌歌歌詠堂——這些高聳的大建築是由可敬的鋼筋水泥和維他玻璃建成。方形操場正中豎立著福特爺的鉻鋼塑像，造型古趣。

迎候他們的人是教務長嘉福尼博士和校長季特小姐。

「你們這兒的多胞胎學生多嗎？」野蠻人在參觀一開始就頗為憂心忡忡地問。

「不多，不多。」教務長回答，「伊頓是專為上層階級的男孩女孩而設[4]，每個學生都是來自單一顆卵子。當然，這教育起來要費事得多。但他們未來是要承擔重責大任和處理意想不到的緊急狀況，所以也只好這樣了。」說著嘆了口氣。

伯納這時已對季特小姐想入非非。「要是妳星期一、三、五哪天晚上有空，不妨……」說著用大拇指戳了戳野蠻人。「妳曉得，他很好玩，很怪。」

季特小姐報以微笑（伯納想：這微笑真迷人），說了聲謝謝，表示樂意參加一回伯納家裡舉行的晚會。帶路的教務長推開了一扇門。

在「甲上上人」教室參觀的那五分鐘弄得約翰糊裡糊塗。

「什麼叫基本相對論？」他悄悄問伯納。伯納設法解釋，但最後放棄，建議先到別的教室參觀再說。

在通向「乙下人」地理教室的走廊上，從一扇門後面傳來女高音似的銀鈴聲：「一、二、三、四。」跟著又說了一句：「唉，還是老樣子。」聲音裡透著倦意和不耐煩。

---

3 英國最著名的貴族學校，迄今為止共有十九位英國首相是畢業於這所中學。
4 現實中的伊頓公校至今只收女生。

「是馬爾薩斯操。」女校長解釋，「我們大部分女學生當然都是不孕女——我自己就是一個。」她對伯納笑了笑。「但還是有大約八百個女孩沒有絕育，需要不斷做操。」

約翰在「乙下人」的地理教室裡學到了這個：「野蠻人保留地是由於氣候或地理條件不佳，或天然資源缺乏，所以不值得花錢去開化。」「喀嗒」一聲，教室暗了下來。老師頭頂的螢幕突然放映出一群阿科馬懺罪者匍匐在聖母像前面的情景，然後是懺罪者匍匐在十字架前的情景，再來是懺罪者匍匐在菩公鵰像前的情景。懺罪者都是一面認罪，一面哀哭（約翰以前就聽過他們哀哭）。學生又是大笑又是鬼叫。螢幕上的懺罪者站起身子（仍然哀哭著），脫去上衣，開始用有結節的繩鞭自我鞭打，一鞭又一鞭。笑聲增加了三倍。儘管老師把音量開大，懺罪者的痛苦呻吟仍被笑聲淹沒。

「他們為什麼笑？」野蠻人問道，感到心痛和困惑。

「為什麼？」教務長向他轉過身，仍然滿臉笑意。「不就是因為太惹笑了嘛。」

靠著放電影的朦朧幽光掩護，伯納大著膽子幹了一件勾當（換成是以前，即便四周一片漆黑他也不敢這麼幹）。仗著新獲得的重要人物身分，他伸出一隻手攬住女校長的腰。那腰肢款擺了兩三下之後屈從。他正想偷吻女校長一兩下或輕輕捏她一把，百葉窗卻「喀嗒」一聲重新打開。

「我們大概應該往下一站去了。」季特小姐說，隨即往門邊移動。

一會兒之後，教務長介紹說：「這兒是睡眠學習法中控室。」

數以百計合成音樂箱（每間宿舍一個）排列在屋子三面牆的擱架上。第四面牆的鴿籠式收納架裡是一盤盤紙質錄音帶，上面錄有各種睡眠學習法的課程。

伯納打斷了嘉福尼博士的話，解釋說：「把錄音帶從這兒塞進去，再按這個按鈕……」

「不對，是那一個。」教務長不悅地糾正他說。

「好吧，那一個。然後錄音帶會轉動，而硒質光電管會把光脈衝轉化為聲波……」

「然後你這就會聽到聲音。」嘉福尼博士總結。

前往生化實驗室途中經過圖書館。野蠻人問：「這裡的學生會讀讀莎士比亞嗎？」

「當然不讀。」女校長漲紅了臉說。

「我們的圖書館只放參考書。」嘉福尼博士說，「學生有需要消遣的話可以上觸感電影院去。我們不鼓勵他們耽溺於孤獨的娛樂。」

五輛載滿男女學生的遊覽車從不遠處的玻璃化公路上開抵。學生有男有女，有些在唱歌，有些一聲不響地抱在一起。

「他們剛從羽化火葬場回來。」嘉福尼博士解釋說（此際伯納正悄聲約女校長當晚見面）。「坦然面對死亡的條件反射設定從十八個月大就開始。每個幼兒每週都得在一家臨終醫院待兩個上午。那裡有最棒的玩具，而且每次有人死掉他們便有巧克力冰淇淋可吃。這可以讓他們學會把死亡視為平常。」

「一如其他的生理過程。」女校長專業地補充一句。

約會已經敲定：八點薩伏伊飯店見。

飛回倫敦的路上，他們在「電視公司」位於賓福特的工廠停下來一下。

「我去打個電話，你在這兒等一等好嗎？」伯納問。

野蠻人等著，東張西望。大日班的工人正在下班。低階級的工人們在單軌火車站門前排隊——一共是七、八百個「丙人」、「丁人」和「戊人」階級的男男女女，但只有十來種面相和身高。售票員在給每個人車票時都另外遞上一個小紙筒。長龍緩緩向前移動。

伯納回來以後，野蠻人問他：「匣子裡裝的是什麼？」（他是想起了《威尼斯商人》[5]。）

「一天的唆麻配給量。」伯納回答說，聲音不清不楚（他嘴裡嚼著貝尼托．胡佛給他的口香糖）。「下班時就發。四顆半克的藥片，還有六顆是星期六用的。」

他熱情地抓住約翰手臂，帶著他回到直升機去。

列寧娜哼著歌走進更衣室。

「妳看來心情很好。」范妮說。

「沒錯。」她回答說，拉開夾克的拉鍊——咻！「半小時前伯納打來電話，」咻！咻！她扒掉了短褲。「說他臨時有事，問我今晚可不可以帶野蠻人去看觸感電影。我得要趕快。」說完匆匆跑向浴室。

「真是個幸運女孩。」范妮目送著列寧娜走掉，自言自語說。

忠厚的范妮只是陳述事實，語氣毫無妒忌成分。列寧娜確實幸運，因為她與伯納一起分享了野蠻人的巨大光環，從一個無名小卒成為炙手可熱的時尚人物。「福特女青年會」的秘書不是邀她去報告過經歷嗎？愛神會堂不是邀請過她參加年度晚餐會嗎？她不是已經上了觸感電影新聞片，讓全球數以億計的人不只看見她的樣子、聽見她的聲音，還摸得著她嗎？

不遑多讓的榮寵是來自顯要人物的關愛。大都督的第二秘書邀過她共進晚餐和早餐。她既跟首席法官一起共度過週末，又跟坎特伯雷大司樂共度過。「內分泌與外分泌公司」的總裁老給她打電話。她還跟歐洲銀行副行長去過一趟多維爾。

但她私底下對范妮坦承心虛：「這一切當然很美妙，但某種程度上我又覺得自己有點買空賣空。因為大家最想知道的當然是跟野蠻人做愛是什麼感覺，但碰到這個問題我只能回答不知道。」她搖搖頭，嘆了一口氣。「妳不覺得他帥極了嗎？」

「但他不是喜歡妳嗎？」范妮問。

「我有時覺得他喜歡，有時覺得他不喜歡。他總是千方百計迴避我。我一進房間他就往外走。他總不肯碰我，甚至不肯看我。但有時我突然轉過身，又會發現他在盯著我看——嗯，男人喜歡妳時會用什麼眼光瞧妳妳是知道的。」

5 莎劇《威尼斯商人》的一段重頭戲是女主角波絲亞遵父親遺命，讓幾個追求者猜三個匣子哪個放著她的畫像，猜中者可抱得美人歸。

是的，范妮知道。

「我搞不懂他。」列寧娜說。

她就是搞不懂。她感到困惑——不但困惑，還相當生氣。

「我會生氣，你瞧，范妮，是因為我喜歡他。」

她愈來愈喜歡他了。現在總算來了個機會。她洗完澡後給自己拍上香水。啪，啪，啪。來了個真正的機會。她的興奮心情洋溢成為歌聲：

摟緊我，甜心，直至我癡醉；
親吻我，直至我昏厥；
摟緊我，甜心，我的茸毛寶寶；
愛情就像唆麻銷魂。

香味管風琴正在演奏一首清新愉快的〈香草隨想曲〉。輕輕蕩漾的琶音陸續飄送出百里香、薰衣草、迷迭香、羅勒、桃金孃和龍蒿的香氣。然後是一連串大膽的變奏從香草的調子轉成廣藿香，接著再通過檀香、樟腦、雪松和新割乾草的氣味（其間偶然間雜著微妙的噪音——一點豬腰派味似有若無的豬糞味）緩緩回到樂曲開始時那些質樸的香草味。掌聲在最後的一陣百里香音符消失時響起。燈光亮了，合成音樂箱裡的錄音帶開始轉動：是一曲超高音小提琴、超級大提琴和代雙簧管的三重奏，讓空氣充滿一種怡人的懶洋洋。三、四十個小節過後，一個遠超過人類能耐的歌喉開始在器樂伴奏下婉轉歌唱，一會兒用喉音，一會兒用鼻腔共鳴，一會兒悠揚如長笛，一會兒是充滿思慕的和聲。它不費吹灰之力便從佛爾斯特締造過的最低音（低到了音域的極限）升高到蝙蝠叫的高音，比有史以來人類到達過的最高C調還要高——人類歷史上只有阿胡茄瑞一個歌唱家曾俐落唱出過這個最高C調，時為一七七〇年，地點是帕爾馬的公爵歌劇院，讓在場的莫札特大吃一驚。

列寧娜和野蠻人坐在他們的充氣座位裡邊聽邊嗅。接下來輪到視覺和觸覺享受。

放映廳的燈光熄滅下來，然後黑暗中出現一些懸浮半空的火焰字體：**《直升機裡三星期》：一齣全超級歌唱、合成對話、彩色立體觸感電影。香味管風琴同步伴奏。**

列寧娜低聲說：「要抓住椅子扶手上的金屬旋鈕，不然就會體驗不到觸覺效果。」

野蠻人照辦。

火焰字體消失後，放映聽裡有十秒鐘時間一片漆黑，然後，一個黑人和一個短頭型的金髮「乙下」女郎突然立體化地出現在觀眾眼前，兩人緊緊摟抱在一起，碩大得讓人眩目，真實得比實際的血肉之軀還要真實許多倍。

野蠻人大吃一驚：他嘴上是什麼感覺啊！當他抬手去摸嘴唇，酥麻感立刻消失；等他的手回到金屬旋鈕，那酥麻感又回來了。這時，香味管風琴奏送出純淨的麝香味。錄音帶播放出像是快斷氣的鴿聲：「咕咕，咕咕……」與之應和的是一個比非洲男低音還低的聲音（每秒只振動三十二次）：「嗚嗚，嗚嗚……」「咕咕嗚嗚」之聲不絕於耳。當兩張立體化嘴唇再次吻在一起，阿罕市拉宮電影院裡六千觀眾再次流露出欲仙欲死表情，通電般的快感幾乎叫人受不了。「咕咕」「嗚嗚」「咕咕」「嗚嗚」……

電影情節簡單至極。在起初幾分鐘的「咕咕嗚嗚」過去後（其間有一段二重唱和一場在那張著名熊皮上的短短做愛戲碼——社會身分預定處副處長說得沒錯，熊皮上每根毛都毫不含糊），那黑人遇上了直升機事故，摔傷了頭。砰！好痛！觀眾席上隨即一片「哎呀！」「喔唷！」之聲。

腦震盪徹底破壞了黑人原有的條件反射設定，並對金髮女產生出排他性的瘋狂愛情。金髮女抵死不從，黑人堅持不休，由是而引出了纏鬥、追逐和襲擊情敵的戲碼，最後是聳人聽聞的綁架。金髮女被擄到天上，連續三星期被禁錮在直升機裡，被迫沒日沒夜跟綁架者促膝長談，嚴重破壞社會善良風氣。最後，三個「甲人」帥型男見義勇為，歷經連串冒險犯難和許多空中驚險場面，救得美人歸。黑人立刻被送至「成人再設定中心」，全劇以快樂和得體的結局收傷：金髮女成了三位救星的情婦。四人交歡至一半時來了一段合成音樂的四重唱（由超級交響樂隊全面伴奏，香味管風琴放送出梔子花香）。然後熊皮最後一次出現，隨著薩克斯風的號聲在最後的立體化接吻中淡出。觀眾唇上觸電般的酥麻感也漸次減弱，有如垂死飛蛾的撲翅，愈來愈弱，愈來愈輕，最終一動不動。

但對列寧娜來說，那飛蛾並未完全死去。即便燈光亮起，他們隨著人群慢慢往電梯移動之時，那飛蛾仍陰魂不散地在她唇上撲翅，仍不斷在她肌膚上的敏感帶悄悄爬行。她面頰泛著紅暈，抓過野蠻人軟趴趴的手臂，貼在自己身側。他轉頭看了看她，表情顯得蒼白而痛苦，對自己蠢蠢欲動的欲望深感慚愧。他不配，他不配……兩人的目光相遇了片刻。她的眼光許諾著了什麼樣的珍寶呀！她的高貴氣質可以抵得上一個女皇的贖金。他趕緊望向別處，又抽回被俘擄的手臂。他也暗暗害怕，怕她不再是那個讓他覺得配不上的女皇。

「我認為這類東西不是妳該看的。」他說，急著要把過去和今後可能會玷損她完美的原因從她本人轉移到環境上去。

「哪類東西，約翰？」

「比方說方才那齣可怕的電影。」

「可怕？」列寧娜大吃一驚。「可我覺得好好看哪。」

「下流的電影，」他忿忿地說，「沒品的電影。」

列寧娜搖搖頭：「我不懂你的意思。」他怎麼這麼奇怪？他怎麼老是要跟別人不同，老愛說些掃興的話？

坐計程直升機回家途中，他幾乎沒看她一眼。就像是受到自己從未說出口的誓言所約束，就像服從著很久沒有起過作用的法則，他斜著身子而坐，一聲不響。有時，他整個身體會突然神經質地顫抖起來，就像有手指撥動了一根繃緊得快斷的弦。

計程直升機在列寧娜住處的樓頂降落。「總算……」她踏出直升機時心想，心情興奮激動。

哪怕他剛才那麼奇怪，現在總算……。她站在燈下拿出小鏡子自照，看見鼻頭有點油光。她用粉撲拍上了一點粉，不慌不忙，因為約翰還在付機資。她一面拍粉一面心想：「他真是帥。他其實用不著像伯納那樣害羞。可是……換成別的男人，老早就幹起來了。但現在總算時機成熟了。」小圓鏡裡那半張臉突然對她微笑。

「再見。」她身後一個聲音吃力地說。列寧娜急忙轉身。約翰站在直升機門口，盯著看她，顯然是從她給鼻子拍粉的一開始就盯著，等著。可他在等什麼？還是說他一直在猶豫，一直下不定決心，一直在想——她猜不透他有什麼好想。「再見，列寧娜。」他又說了一遍，努力想擠出個微笑，卻只擠出個怪臉。

「可是，約翰……我以為你會……我是說，你不是要……」

他關上機門，彎腰對駕駛說了些什麼，直升機隨即射向天空。

野蠻人從地板窗戶向下望，看見列寧娜仰著頭，在淡藍色燈光的映照下一臉蒼白。她的嘴巴張開，正在喊些什麼。她的身影隨距離快速拉遠而快速縮小，最終消失不見。漸次縮小的方形樓頂也看似正在黑暗中垮陷。

五分鐘後他回到住處。他把那本被耗子吃掉封面的書從隱蔽處取出。帶著宗教般的虔敬心情，他小心翼翼翻動髒污發皺的書頁，開始重讀《奧賽羅》。他記得，奧賽羅跟《直升機裡三星期》的男主角一樣，都是黑人。

列寧娜擦著眼睛走過樓頂。電梯往二十八樓下去途中，她掏出她的唆麻瓶子。她斷定吃一克是不夠的，因為她的苦痛不是一克嗖麻可以抵消。但如果服用兩克，她又得冒明天早上無法準時起床上班的危險。最後她決定採取折衷之道，把三顆藥片抖到掌心。

12

因為野蠻人不肯開門，伯納只好衝著上了鎖的門大叫大喊。

「大家都來了，等著看你。」

「任他們等吧。」回答聲被隔著的門消去不少音。

「你知道得很清楚，約翰，」（大聲喊著說話又要有說服力有多困難啊！）「他們是為見你而來。」

「你應該先問過**我**想不想見**他們**。」

「但以前你總是會見客的，約翰。」

「這正是我不想再見客的理由。」

「就算是看我的面子好嗎？」伯納聲嘶力竭地哄勸，「難道你就不願意給我一點面子嗎？」

「不願意。」

「你是說認真嗎？」

「對。」

「那我怎麼辦呢？」伯納因絕望而哀號了起來。

「滾！」房間裡的聲音吼著說，火氣十足。

「可坎特伯雷大司樂[1]已經來了。」伯納急得幾乎哭出來。

「Ai yaa tákwa！」野蠻人用祖尼語回答——只有祖尼語方能充分道出他對大司樂的反感。他想了想又罵了一句：「Háni！」接著意猶未足，再罵一句：「Sons éso tse-ná！」（多尖刻的嘲弄口氣！）最後還往地上啐了一口——換成是波培也會這麼做。

最終伯納只好像喪家之犬般回到他的屋子，通知一群等得不耐煩的賓客，野蠻人今晚不會露面。眾人聽了都很氣憤。男賓客會氣憤，是因為他們為了一見野蠻人而不惜在伯納這無足輕重和聲名狼藉的傢伙面前保持客氣，聽他說一堆異端邪說，如今卻落得一場空。他們之中地位愈高的那些愈是氣憤難平。

「竟然敢耍我！」大司樂說，「**我**嗳！」

在場的女賓更是生氣，認為是被一個騙子的鬼話給拐了。想到自己跟一個胚胎時期被誤加酒精而只有「丙下人」體格的矮不點上過床，每個人都覺得是奇恥大辱。她們的聲音愈來愈大。伊頓公學的女校長尤其激烈。

只有列寧娜不發一語。她臉色蒼白坐在一個角落，藍色的眸子籠罩著一層罕見的憂鬱。一種她才有的心緒把她與周圍的人隔絕開來。她來參加晚會時原抱著一種奇怪而急迫的興奮心情。「再過幾分鐘，」她剛進屋時對自己說，「我就會看見他了。我要告訴他我喜歡他（她是下了決心來的）——喜歡的程度超過我認識的任何人。那時他或許會回答說……」

他會怎麼回答呢？血液湧上了她的面頰。

「那天晚上看完觸感電影他為什麼那麼古怪？太古怪了。但我有絕對把握他是喜歡我的。我很肯定……」

正是這個時候伯納宣布野蠻人不會出席晚會。

聽到這個，列寧娜突然產生了種種一般只會在剛接受「模擬強烈激情療法」[2]時才會有的感覺——一種可怕的空虛感，一種叫人喘不過氣的恐懼，還有噁心。她的心臟彷彿停止了跳動。

「他大概是因為不喜歡我才不來。」她思忖，又馬上把這個概然命題改為斷然命題：約翰拒絕露面是因為討厭我。他不喜歡我……

「著實是太離譜了，」伊頓公學女校長對火葬與磷回收場場長說，「我一想到我竟然……」

「對，」說話的人是范妮．克朗，「酒精的傳聞千真萬確。我有個朋友認識一個當年在胚胎庫工作的人。那人向我朋友證實確有其事。」

「太不像話，太不像話了，」亨利．福斯特給大司樂敲邊鼓，「有一件事各位也許會有興趣

1 「坎特伯雷大司樂」一職相當於現實中的坎特伯雷大主教（英國國教最高階的神職人員）。

2 「美麗新世界」裡的人通常不會產生強烈激情，但為保持身體均衡，會定期以人工方式讓身體產生如同經歷強烈激情般的生理反應。

知道：他差一點就被我們中心的前主任下放到冰島去。」

每句話都像針一樣，把伯納的快活自信大氣球刺得千瘡百孔，不住漏氣。他蒼白、沮喪、激動而心慌意亂，在客人之間走來走去，前言不搭後語地囁嚅著些抱歉話，又保證野蠻人下一回準到。他求他們坐下吃一客胡蘿蔔素三文治、嚐一片維他命A肉凍或是喝一杯合成香檳。他們依言吃了也喝了，卻不給好臉色看，要麼當面怒斥他，要麼彼此議論他，聲音又大又不客氣，直把他當空氣。

「各位朋友，我看就散了吧。」大司樂用在在福特紀念日領唱的美麗嘹亮聲音說。說著站起身來，放下杯子，從他那件紫色人造絲西裝背心上撣掉許多點心碎屑，再向門口走去。

伯納衝上前想留住他。

「你真是非走不可嗎，大司樂先生？……時間還早呢。我萬萬沒有想到……」

對，當初聽到列寧娜告訴他，大司樂一定會樂於接受他的邀請時，他萬萬沒有想到事情會是以現在的方式收場。「他為人挺好的。」她說，又讓伯納看了大司樂送她的T字形金拉鍊扣——這是做為兩人在蘭柏宮共度週末的紀念品。為了炫耀他邀請到大司樂的勝利，伯納在每封請柬上都加上一句話：**敬邀閣下跟坎脫伯雷大司樂和野蠻人先生共聚一個晚上**。但野蠻人卻偏偏選這個晚上把自己關在房間裡，不只罵了句「Háni!」，還罵了「Sons éso tse-ná!」（幸好伯納不懂祖尼語）。就這樣，原該是伯納平生事業的巔峰時刻變成了他的奇恥大辱時刻。

「我本來多麼希望……」他結結巴巴地重說了一遍，用慌亂和乞求的眼光仰望眼前的大人物。

「小朋友……」大司樂說，聲音洪亮、肅穆而嚴厲，房間裡頓時鴉雀無聲。「我來給你一個忠告，以免為時太晚。」一面說一面對伯納晃動一根指頭。「我的忠告就是——」（聲音變得陰沉）「痛改前非，痛改前非。」說罷在伯納身前畫了個T字，然後轉過身，用一種不同的語氣說：「列寧娜，親愛的，跟我來。」

列寧娜順服地跟著走了，但臉上沒有笑容，毫無得寵的得意神色。其他賓客等了一會兒才離開，以示對大司樂的尊重。當最後一個客人「砰」一聲甩上門之後，便只剩下伯納一個人。像個被戳破而徹底洩了氣的氣球，他頹然坐到一把椅子裡，雙手掩面，開始哭泣。幾分鐘後，他想開了，吃了四顆唆麻。

此時野蠻人正在樓上他自己的房間裡讀著《羅密歐與茱麗葉》。

列寧娜和大司樂下了直升飛機，站在蘭柏宮的樓頂。為了看一眼月亮，列寧娜一度停下腳步。「快點，小朋友——我是說妳，列寧娜。」大司樂不耐煩地從電梯門口喊說。一聽到催促，她馬上垂下頭，匆匆趕過去。

穆斯塔法・蒙德剛讀完一篇題為〈生物學一個新理論〉的論文。他皺起眉頭沉思了片刻，然後提筆在標題頁寫下意見：「作者運用數學方法處理『目的』概念的設想富於新意而極具巧思，但內容仍屬異端，且對當前社會秩序具有潛在顛覆性。**不准予發表**。」他在最後五個字下面畫上一道橫線。「對作者保持監視。必要時不排除予以下放至聖海倫娜島[3]的生物站工作。」真是可惜，這確實是一篇傑作（大都督簽上名字時感嘆）。但一旦開始接受目的論的解釋，便後果難料。這類思想極容易破壞上等階層中思想不堅定者的條件反射設定，讓他們不再相信快樂是「最高善」的體現，轉而相信人生還有更高目的，例如深化意識和擴大知識。作者的見解很有可能是對的，但卻不是當前的環境所能容許。想到這裡，大都督再次提筆，在「不准予發表」幾個字下面畫上第二道橫線，這一次更粗更黑。「唉，」他嘆了口氣，心想：「要是不必事事都以快樂為優先考量，世界會多麼有趣！」

約翰閉著眼睛，臉上煥發出狂喜的光彩，柔情脈脈對著虛空朗誦：

啊，就連火炬還及不上她明亮。
猶如懸在夜空的明珠
猶如衣索比亞人的璀璨耳墜，
美得無所用，美得不食人間煙火……

金T字拉鍊扣在列寧娜胸前閃閃發光。大司樂色瞇瞇地抓住它，色瞇瞇地往下拉，往下拉。

許久沒說話的列寧娜突然開口：「我看我最好是先吃兩克唆麻。」

伯納此時正在熟睡，在他夢中的私人樂園裡微笑。微笑，微笑。但無可改變的是，他床頭電鐘的分針每隔三十秒便會向前跳半刻度，發出幾乎聽不見的「滴答」一聲。滴答，滴答，滴答……，終於又是早晨了。伯納回到了時間與空間裡的苦惱之中。坐計程直升機到孵育中心上班途中，他的情緒低落到了極點。成功帶來的醉醺醺已煙消雲散，他的老我清醒了。與過去幾星期暫時膨脹起來的氣球一對照，他的老我顯得前所未有的沉重。

對這個洩了氣的伯納，野蠻人表現出出人意表的同情。

聽了伯納的訴苦之後，他說：「你現在反而像你在馬爾佩斯的時候。還記得你我第一次的長談嗎？就是在小屋外面那一次。你現在就跟那時一樣。」

「因為我又不快樂了。這就是原因。」

「哼，是我的話，我寧可不快樂也不要那種你得到過的虛假快樂。」

「但我喜歡。」伯納痛苦地說，「一切都要怪你。你拒絕參加晚會，弄得他們全跟我反目！」

他明白這話不公道得荒謬，心裡也承認野蠻人言之有理：會為一些雞毛蒜皮小事與你反目成仇的朋友並不值得交往。明白歸明白，承認歸承認，又儘管野蠻人的支持和同情是他僅有的安慰，伯納仍在內心頑固地澆灌著一種對那野蠻人的怨恨之情（這與他對野蠻人發自由衷的好感並行不悖），想要給對方來一點小報復。這是因為，澆灌對大司樂的恨毫無用處，他也不可能報復得了脫瓶處處長或社會身分預定處副處長。對伯納來說，野蠻人是最好的報復對象，因為他有一個別人沒有的巨大優點：他是伯納傷得了的。朋友其中一個主要用處正在於此：供我們向他們轉嫁我們想加諸敵人卻加諸不了的懲罰（哪怕只是用溫和和象徵的方式轉嫁）。

可供伯納報復的另一個朋友是赫姆霍特。落難之後，他回過頭去找赫姆霍特取暖（方他得意之時他認為這段友誼不值得維持）。赫姆霍特沒有責備，沒有批評，徑直重新接納這個朋友，就像忘了兩人曾經爭吵過。伯納既感動又覺得赫姆霍特的寬大是一種侮辱。這種寬容愈是不尋常就愈是叫他丟臉，因為那全是出於赫姆霍特的性格，而與唆麻無關。忘卻前嫌而給予寬恕的是那個日常中活中的赫姆霍特，不是處於半克唆麻假期裡的赫姆霍特。對此，伯納當然心懷感激（重得舊友是一大欣慰），也當然心懷怨恨（所以若是能報復一下赫姆霍特的慷慨將會是樂事）。

在兩人疏遠後第一次見面時，伯納傾訴了自己的苦痛，接受了對方的安慰。要事隔幾天，他才又驚訝又萬分慚愧地得知，原來自己不是唯一遇上麻煩的人。赫姆霍特與領導之間也起了衝突。

「事情是一首押韻詩引起。」赫姆霍特訴說原委，「我在教一門大三的高階情緒工程課程。

一共是十二堂課，事情發生在第七堂，課名是『押韻詩在道德宣傳和推廣上的作用』。我一向都是用既有材料舉例，但這一次卻改為拿我新寫的一首押韻詩當例子。我當然知道此舉簡直是發瘋，但就是忍不住。」他笑了。「我很好奇，想看看學生的反應。」接著神情變得嚴肅許多。「我想給他們來一點點情緒工程，讓他們感受到我寫那押韻詩時的感受。但沒想到，福特爺，竟然引發了軒然大波！」他又笑了。「校長把我叫去，威脅說再有下次就要開除我。我從此上了黑名單。」

「什麼樣的押韻詩？」伯納問。

「是詠嘆孤獨的。」

伯納揚起了眉頭。

「想聽嗎？我給你背背。」接著背了起來：

昨天的委員會會議，
有許多鼓棍，敲一面破鼓。
城市裡的午夜，
真空裡的笛聲，
緊閉的唇，熟睡的臉，
停止了的機器，

曾經擠滿人的地方
只剩滿地垃圾。
所有這些地方，
寂靜都在歡呼，
在哭泣（或大聲或小聲），
在說話——但那聲音是誰的
我卻不知道。
沒有了（比方說）蘇珊，
沒有了伊格麗亞，
沒有了她們的手臂和傲人胸脯
沒有了她們的唇和臀，
卻有什麼東西慢慢成形。
它是誰的？我問，什麼東西
會有如此荒謬的本質？
因為它壓根兒就是無
卻能填滿空虛的黑夜，
卻比交媾還要實在——

所以何以它會被說成那麼齷齪？

「哼，我不過是拿這個給學生舉例，沒想到他們就告到校長那兒去了。」

「我不意外，」伯納說，「你這是在跟睡眠學習法唱對台戲。別忘了，學生至少接受過二十五萬次『孤獨要不得』的警告。」

「我知道，但我真的想看看效果如何。」

「好吧，你看見了。」

赫姆霍特只是笑了笑，沉默了一下後又說：「我感覺自己剛開始掌握到什麼叫值得寫的題材，開始可以把我裡面潛藏著的額外力量運用出來。我有點開了竅。」伯納有一種感覺：赫姆霍特儘管惹上許多麻煩，卻像是打心眼裡覺得快活。

赫姆霍特與野蠻人一見如故。兩人好得讓伯納產生一種尖銳的嫉妒心理。他跟野蠻人待在一起許多星期，卻沒有能培養出赫姆霍特一下子就能建立起來的親密友誼。看著他倆，聽著他們談話，伯納發現自己有時會生氣，好後悔把兩人拉到一塊。他對這種嫉妒心理感到慚愧，時而用意志力，時而用唆麻來加以抑制，但種種努力的作用都不大。而且，唆麻假期總有結束之時。他那種醜陋的心緒不斷去而復返。

與野蠻人第三次會面時，赫姆霍特背誦了他那首詠嘆孤獨的押韻詩。

「你覺得怎麼樣？」背畢他問道。

野蠻人搖搖頭。「你聽聽**這個**。」說著打開鎖著的抽屜，拿出那本被耗子啃過的大書，翻開，唸了起來：

叫那隻歌喉最嘹亮的鳥，
從那獨一棵的阿拉伯樹，
以號聲傳布訃聞……[4]

赫姆霍特聆聽著，情緒愈來愈激動。聽到「那獨一棵的阿拉伯樹」幾個字時，他吃了一驚；「你們這些刺耳的狂徒」一句讓他發出會心微笑；聽到「所有羽翼專橫的鷙鳥」一語時，血湧上他的臉頰；「死亡之曲」幾個字讓他臉色轉為蒼白，被一種從未有過的情緒充滿，顫抖起來。野蠻人繼續唸道：

彷彿物性已亂了套，
自身不再與自身同一；
一性而具二名，
既非二亦非一；

眼見異邁於同
理性為之摸不著頭腦。

「爽啊爽歪歪！」伯納忽地大聲唱了一句，打斷野蠻人的朗誦，接著以刺耳的聲音哈哈大笑。「這是一首團結禮拜聖詩的歌詞。」他說。他這麼做是要報復兩個朋友的相互喜歡超過了對他的喜歡。

接下來兩、三次碰面，伯納多次重複這個報復性小動作。這動作雖簡單卻非常有效，因為粉碎或玷污一首他們喜愛的水晶樣詩歌能給予赫姆霍特和野蠻人極大痛苦。最後赫姆霍特終於受不了，威脅說要是伯納再打岔，就把他轟出去。但說來奇怪，下一次的打岔（最沒禮貌的一次）竟是來自赫姆霍特自己。

當時野蠻人正在朗誦《羅密歐與茱麗葉》——因為總是把自己想成羅密歐，把列寧娜想成茱麗葉，他的聲音充滿熱烈激情而微微顫抖。聽著這對情侶初度會面那一幕，赫姆霍特又是微微困惑又是饒感興味。詩人對果園裡這一幕的描寫充滿詩意，讓人愉悅，但它所表現的幼稚情感卻叫

4 出自莎士比亞的寓意詩〈鳳凰與斑鳩〉。此詩寓意為何眾說紛紜，但光就文字表面而言是描述林中眾鳥為情比金堅的鳳凰、斑鳩夫妻舉行盛大喪禮（但有些鳥類被禁止參加，包括「所有羽翼專橫的鷙鳥」），又歌頌鳳凰與斑鳩是那麼深深相契，以致兩者是「二」還是「一」再難說清楚。

人發笑。為一個女孩[5]而鬧得如此不可開交寧不荒謬。然而，細細琢磨作者的遣詞用字，又不能不承認這是一篇最上乘的情緒工程之作。「這個老小子[6]把我們最優秀的宣傳專家全比了下去。」他說。野蠻人面露得意的微笑，繼續朗誦。到了第三幕最後一場（寫茱麗葉父母逼女兒嫁給派瑞斯），赫姆霍特剛開始雖然坐立不安，仍強可忍耐。然而，當聽到野蠻人模仿茱麗葉的悲傷聲音這樣哭訴時：

難道上天就沒有半點慈悲
能體諒我心底的哀傷嗎？
啊，親愛的媽媽，不要把我趕走：
把婚禮推遲一個月吧，不然一星期也好。
如若不答應，那就請把婚床
安放在提伯特[7]長躺的昏暗墓穴吧。

赫姆霍特再也按捺不住，爆發出一陣哈哈大笑。

這麼荒唐的情節讓人聽了不笑才有鬼：媽媽和爸爸（多麼古怪和猥褻的字眼）竟然逼女兒要她不願意要的人！而這女兒竟然白癡到不會說出自己另有意中人（至少是暫時的意中人）！赫姆霍特一直用英雄式努力壓抑逐漸升高的笑意，但「親愛的媽媽」一語（野蠻人是用痛苦的顫音唸出）和提到提伯特長眠一節（死了卻不火化，躺在昏暗的墓穴裡白白浪費身上的磷）都讓赫姆霍特再也克制不住。他哈哈大笑，笑個不停，最後甚至笑出眼淚。野蠻人因盛怒而臉色蒼白，打書頂上方瞧他，然後見他還在笑，便憤然闔上書本，像是把琴從牛面前端走那樣，把書鎖進了抽屜。

赫姆霍特一等稍微喘得過氣便馬上道歉，向野蠻人解釋：「我完全清楚作家需要一些荒唐瘋狂的情節才能寫出真正好的東西。那老小子為什麼可以成為頂呱呱的宣傳專家呢？就是因為他能寫出多傻乎乎、能氣死人的東西，讓讀著跳腳。除非你能夠叫讀者難受，叫讀者生氣，你的句子就不會是真正好的句子——像X光一樣有穿透力的句子。但那些『爸爸』啊『媽媽』啊——」他搖了搖頭。「試問誰聽到『爸爸』『媽媽』還會不笑死？試問誰又會管一個男孩要不要得到一個女孩？」（聽到這話，野蠻人打了個哆嗦，但赫姆霍特凝望著地板，沒有看見。）「不會有人的，不會有的。」他嘆了口氣。「這種情節不會管用。我們需要別種的瘋狂和暴力。是哪一種？要到哪裡找去？我不知道。」他搖搖頭，住了嘴。「我不知道。」

---

5 指茱麗葉。
6 指莎士比亞。
7 提伯特：茱麗葉的表哥，先前與羅密歐決鬥時被殺死。

13

亨利・福斯特的身影在胚胎倉庫的幽光裡逐漸浮現。

「今晚有興趣去看觸感電影嗎？」

列寧娜搖搖頭，沒有說話。

「約了別人？是貝尼托嗎？」亨利一向愛打聽誰誰正在約會。

列寧娜再次搖頭。

亨利從她紫色眸子裡察覺到倦怠，從她紅斑狼瘡色皮膚察覺到蒼白，從沒有笑意的紫紅嘴唇唇角察覺到憂愁。「妳不會是生病了吧？」他問，語氣帶著幾分著急。他擔心她會不會是染上迄今未消滅的少數傳染病的其中一種。

但列寧娜只是再一次搖頭。

「總之妳應該去看看醫生。別忘了：『一日一醫生，百病遠離我。』」他高高興興地說，拍了拍她肩膀，要把睡眠學習法的智慧拍進她心坎裡。「又或許妳是需接受超強的『模擬強烈激情療法』，」他建議說，「要知道，一般性的『模擬強烈激情療法』有時並不……」

「看在福特爺的份上，住嘴吧！」一直沉默的列寧娜終於開口，說完轉過身照顧被冷落了的胚胎。

「模擬強烈激情療法」？如果不是心情難過得想哭，她一定會哈哈大笑。把她害得慘兮兮的正是強烈激情。她深深嘆一口氣，重新把注射器吸滿，一面喃喃自語：「約翰啊約翰……」然後她忽然一驚。「福特爺啊，我剛才有給這個胚胎打過昏睡症預防針沒有！」她拚命回憶，但就是想不起來。最後，她決定不要冒險，寧可給胚胎少打一針而不是多打一針，於是便改為照顧下一個瓶子去。

就這樣，事隔二十二年八個月又四天之後，將會有一個在非洲姆旺札工作的年輕有為「甲下」階級行政主管因罹患昏睡症而死去——那還是半個多世紀以來的唯一病例。

列寧娜嘆了口氣，繼續工作。

一小時後，范妮在更衣室裡火力全開。「妳把自己弄成這個樣子真是荒唐——荒唐透頂。而且只是為了一個男人——**區區一個**男人。」

「可我想要的就他一個。」

「妳說得這世界的男人不是成千上萬似的。」

「其他男人我都不想要。」

「妳試都沒試過怎麼知道？」

「我試過了。」

「試過幾個？」范妮輕蔑地聳聳肩。「一個？兩個？」

「幾十個，」列寧娜說，又搖搖頭，「但毫無用處。」

「妳必須堅持試下去。」范妮以引用格言的口吻說，但對自己所開的處方顯然已經信心動搖。「人不堅持，一事無成。」

「可是……」

「別再想他。」

「我忍不住。」

「那就吃些唆麻。」

「我吃了。」

「再吃。」

「但是醒過來還是會想。我會永遠喜歡他。」

「既如此，」范妮心一橫地說，「妳何不直接去找他。別管他願不願意，要了他再說。」

「妳不知道他這個人古怪得可怕。」

「那妳就更有理由硬上。」

「說說倒容易。」

「別想東想西，只管行動。」范妮的聲音像號角——她搞不好在「福特女青年會」當過講師，給「乙下」階級少年上過課。「對，行動。馬上行動。現在就去。」

「我會怕。」列寧娜說。

「先吃半克唆麻不就得了。我要洗澡了。」說完拖著毛巾走開。

門鈴一響起野蠻人便跳了起來，往門上跑去。他等赫姆霍特已經等得不耐煩（對方說好下午會來，卻遲遲不來），因為他已下定決心，要向赫姆霍特傾吐愁腸。

「我知道是你來了——赫姆霍特。」他邊開門邊喊說。

但站在門口的卻是穿著白色醋酸綢水手裝的列寧娜。一頂白色圓帽俏皮地搭在她頭上，斜向左耳。

「啊！」野蠻人叫了出來，彷彿挨了狠狠一拳。

半克唆麻足以讓列寧娜忘記害怕和羞澀為何物。「嗨，約翰。」她微笑著說，從他旁邊走進了房間。野蠻人無意識地關上門，跟在她身後。列寧娜坐了下來。接下來是好長一陣子相對無語。

列寧娜最終打破沉默：「你見了我好像不太高興似的，約翰？」

「不高興？」野蠻人用責備的眼神望著對方，又突然跪下來，抓起她一隻手，虔敬地吻著。「啊，但願妳知道我有多高興看見妳。」他低聲說，鼓足勇氣抬頭望著她的臉。「我崇拜的列寧娜啊，」他說下去，「妳是我崇拜的顛頂，抵得上世界最珍貴的財寶[1]。」列寧娜回應以一個冶艷和柔情的微笑。「啊，妳是那麼十全十美……（她朱唇微啟，向他探身）……又十全十美又舉世無雙……（朱唇愈來愈靠近）……在一切受造物中位居首席（更近了）。」[2]野蠻人突然跳了起來。「正因為這樣……」他說，臉撇到一邊。「我才會打算先**辦成**一件事，以證明我配得上妳——不是說我真有資格，只是想表明我並非絕對不配。我想要先辦成一件事。」

「你為什麼非得要先……」列寧娜說，但說到一半卻住了口，聲音裡帶著一點點慍怒。人家微張著嘴，向你靠來，愈靠愈近，卻突然發現撲了個空，發現你這個笨蛋跳到了一邊去。就算有半克唆麻在血液裡流動，碰到這種事也絕對足以叫人生氣。

「在馬爾佩斯，」野蠻人沒頭沒腦地咕噥著說，「你得給她弄張山獅皮——我是說如果你想娶某個姑娘的話。不然弄張狼皮也行。」

「但英格蘭哪來什麼山獅。」列寧娜說，聲音幾乎像是怒吼。

聽到這話，野蠻人的語氣突然變得又是氣憤又是不屑。「即使有，只怕也會被坐直升機的人用毒氣之類的東西給殺死。我自己可是決計不會幹這種事，列寧娜。」他挺了挺胸，鼓起勇氣看著她，卻看見對方盯著他看，一臉懊惱和大惑不解，他狼狽了，更加語無倫次。「我願意做任何事，但憑妳的吩咐。妳瞧，有些遊戲是很辛苦的，但勞動帶來的喜悅足以與辛苦相抵[3]。這正是

1《暴風雨》。
2 同上。
3 同上。

我的感覺。我是說，如果妳要求我為妳掃地，我便會為妳掃地。」

列寧娜莫名其妙。「我們這裡有真空吸塵器，哪有必要掃地呀！」

「是沒有**必要**，但有些卑賤工作有高貴存於其中[4]。我樂於做些有高貴存於其中的工作。妳明白嗎？」

「但既然已經有了真空吸塵器……」

「這不是重點。」

「而且吸塵工作是由半白癡的『戊人』負責的。」她繼續說，「所以，你究竟是為了什麼？」

「為了什麼？為了**妳**啊，是為了向妳顯示……」

「另外，真空吸塵器究竟又跟山獅有什麼關係呢？」

「顯示我有多麼……」

「難道是山獅喜歡看看我嗎？」她愈發愈氣惱。

「向妳顯示我有多麼愛你，列寧娜。」他在氣急敗壞中和盤托出。

熱血湧上列寧娜的面頰，歡樂的潮水在她的內心猛烈地激蕩。「你說真的，約翰？」

「但我本來沒打算說出來。」野蠻人雙手痛苦地絞在一起。「至少要等到……列寧娜，妳聽好。在馬爾佩斯，人們是要結婚的。」

「結什麼？」怒氣又悄悄潛回她的聲音。他到底在說啥？

「就是永遠在一起。他們會發誓永遠相守。」

「好可怕的想法！」列寧娜真的嚇壞了。

「心靈比外表的美活得更久。因為心靈的再生速度快過血液的衰老[5]。」

「**什麼**？」

「莎士比亞還說過：『在未經充分和神聖的儀式授權之前，你不得解開她的處女結子……』[6]」

「看在福特爺的份上，別再語無倫次了。你的話我可是一句都不懂。先是什麼真空吸塵器，然後又是什麼結子，我快被你搞瘋了。」她跳起來，一把抓住他手腕，就像怕他除了心靈亂跑之外，連身體都會從她身邊跑掉。「回答我：你到底喜歡還是不喜歡我？」

片刻沉默之後，野蠻人以極低的聲音回答：「我愛妳勝過世上一切。」

「那你怎麼不早說！」列寧娜尖聲說，氣惱得不知不覺把尖指甲戳進了他手腕皮肉裡。「你幹嘛要扯些結子、吸塵器和山獅什麼的，又讓我心焦了好多星期。」

她放開他的手——氣沖沖地一甩扔掉。

「我要不是太喜歡你，就要對你大發雷霆了。」

---

4 同上。
5《特洛伊羅斯與克瑞西達》。
6《暴風雨》

接著她突然用雙臂摟住他脖子。他感到她柔軟的雙唇貼在了自己唇上。好柔軟，好美妙，好溫暖，像是有電流通過。他不由自主回憶起《直升機裡三星期》裡的擁抱。咕咕！嗚嗚！他想起那立體化的金髮女郎，想起那比真人還逼真的黑人。好可怕、好可怕、好可怕……他設法擺脫擁抱，但列寧娜卻只摟得更緊了。

「你為什麼不早說！」她輕聲說，抽開臉盯著他看，眼光裡是溫柔的責備。

「即使在最昏暗的洞窟，最方便的場合；」（良心的聲音正在發出詩的雷鳴）「即使有壞精靈發出最強烈的煽惑，也不能把我的廉恥化為肉欲，絕不能，絕不能！」[7]他下定決心。

「傻小子！」她說，「你知道我有多麼想要你嗎！既然你也想要我，為什麼不早點……」

「列寧娜……」他再次掙扎。這一次她立即抽回雙臂，走到離他幾步遠。有片刻時間，他還以為她已明白了他的無言暗示，並願意接受。但當看到她解開身上的白色彈藥囊皮帶小心掛到椅背時，他開始懷疑自己誤會了。

「列寧娜！」他滿懷恐懼地又喊了一次。

她把手伸到脖子，向下長長一拉，白色水手裝頓時一解到底。事情變得明明白白，再無疑義。「列寧娜，妳在幹嘛？」

咻！咻！她做出無聲的回答，接著雙腿從燈籠褲裡跨了出來。她的拉鍊連褲內衣是粉貝殼色，大司樂送的金T字架懸晃在胸前。

「粉嫩的乳頭透過窗櫺鑽入偷看男人的眼睛[8]……」這些如雷鳴聲和咒語的字句彷彿使得她

加倍危險，加倍魅惑。眼前事物真的很柔軟很柔軟，但又是何等有穿透力啊！它可以鑽穿理智，鑽穿意志。「在欲火之前，最堅定的決心不過是一蓬乾草。要更堅忍啊，否則[9]……」咻！渾圓的粉紅色像對切的蘋果般分開了。兩條胳臂一晃，右腳一抬，再左腳一抬，拉鍊連褲內衣也落到了地上，像是洩了氣，失去了生命。

至此她全身上下只剩下鞋襪和俏皮地斜搭在頭上的白色圓帽。她向他走近。「親親！親親！你要是早對我說就好了。」說著向他伸開雙臂。

但野蠻人並沒有用「親親」二字回應，也沒有伸出手臂，反倒是嚇得連忙後退，一面退一面向她亂揮亂打，好像在驅趕什麼闖入的毒蛇猛獸。他一連退了四步，直至靠在了牆壁退無可退為止。

「親親！」列寧娜說，雙手放到他肩頭，身子貼了過去。「用你雙手攬住我。」她命令說，「摟緊我，甜心，直至我癡醉。」她的命令裡也有詩，懂得哪些字眼具有咒語和鼓聲的威力。「親吻我，」她閉上眼睛，聲音降低為睡意朦朧的呢喃。「親吻我，直至我昏厥。摟緊我，甜心，我的茸毛……」

---

7 同上。
8 出自莎劇《雅典的泰門》。
9《暴風雨》。

野蠻人抓住她兩個手腕把她的手從他肩膀扯開，再粗魯地把她推到一臂距離開外。

「啊，你弄疼我了。你……哦！」她突然不作聲。驚恐讓她忘記了疼痛。因為睜開眼睛之後，她看見了他的臉孔——不，那不是**他的**臉孔，而是一張陌生人的臉孔。這臉孔凶惡、蒼白、扭曲，某些地方神經質地抽搐著，包含著不可解的狂怒。她驚呆了。「你怎麼啦，約翰？」她低聲問。他沒回答，光是用一雙瘋狂的眼睛盯住她的臉。他那握住她手腕的手在發抖。他不規則地深深喘著氣。她突然聽見他在咬牙——聲音微弱，幾乎聽不見，卻很嚇人。「怎麼回事了？」她幾乎尖叫起來。

他彷彿被尖叫聲驚醒，開始抓住她的雙肩搖晃她。「娼妓！」他吼道，「娼妓！無恥的淫婦！」

「啊，別，別~這~樣。」她抗議說，聲音隨著身體的晃動古怪地晃動起來。

「娼妓！」

「求你~別~這樣。」

「該死的娼妓！」

「與其找罪受，不如哈……」她開始說教。

野蠻人忽然猛地一推，列寧娜踉踉蹌蹌退後兩步，摔倒在地。「滾！」他吼說，氣勢洶洶地俯視著她。「滾出我的視線之外，不然我會宰掉妳。」說著雙手握成拳頭。

列寧娜抬起一根手臂擋在臉前：「求你別這樣，約翰……」

「快——快滾！」

她繼續舉著手臂，用惶恐的目光盯著野蠻人的一舉一動，最後翻身爬起（手臂繼續舉著），壓低身體往浴室跑去。

一個催促她趕快的巴掌狠狠打在她背後，聲音有如槍響。

「啊唷！」列寧娜往前一躥。

她鎖起浴室的門，這才放下心來檢查傷勢。她背對鏡子，扭過頭打左肩望去，看見有個鮮明紫紅色掌印印在她珍珠色皮膚上。她小心翼翼地揉搓傷處。

外面，野蠻人踏著大步踱來踱去，合著魔咒世界的鼓聲和音樂踱來踱去。「不只鷦鷯在幹那事，金色小蒼蠅也當著我面公然交尾。」話語瘋狂地在他耳裡震響。「連臭鼬和騷馬都及不上她淫蕩。她們上半身雖是女人，但自腰以下卻是半人半馬的妖怪。僅腰帶以上是屬於諸神，以下全由魔鬼掌管，盡是地獄，盡是黑暗，盡是硫磺，又滾燙，又臭巴巴，又要人命。啐！啐！啐！我呸！我呸！好掌櫃，給我秤一兩麝香，讓我薰薰腦袋[10]。」

「約翰，」浴室裡的列寧娜大著膽子用討好的聲音喊他。「約翰。」

「啊，妳這莠草啊！妳本容顏姣好，香味芬芳，讓人嗅了心疼。難道這麼一本最美好的書冊

10《李爾王》。

竟是為了寫上『淫婦』二字的嗎？上天見了都要掩鼻[11]……」

但她的香水味仍然瀰漫周圍，而他的外套也被撲在她天鵝絨肌膚上的香粉沾白了。「不要臉的淫婦，不要臉的淫婦，不要臉的淫婦。」這句話不能自已地一再重複。「不要臉的……」

「約翰，可以讓我穿上衣服嗎？」

他抓起燈籠褲、女罩衫和拉鍊連褲內衣。

「開門！」他踢著門命令說。

「不，我不開。」那聲音帶著畏懼和反抗。

「不然我要怎樣遞給妳！」

「從門頂的氣窗丟進來。」

他照辦了，然後再次煩躁地來回踱步。「不要臉的淫婦，不要臉的淫婦。可惡的欲魔，屁股肥嘟嘟，手指粗得像馬鈴薯[12]……」

「約翰。」

他不願意回答。「屁股肥嘟嘟，手指粗得像馬鈴薯。」

「約翰。」

「又幹什麼！」他氣沖沖地問。

「你可以把馬爾薩斯腰帶也拿給我嗎？」

列寧娜聽著外頭的腳步聲，納悶他打算那樣踱來踱去踱多久。她是不是非得要等到他離開公寓才能出去？還是說她可以等到他稍微冷靜一點便走浴室，再奪門而出？這會不會有危險？

正當她這樣惴惴不安東想西想時，電話響了起來。踱步聲猝然而止。然後她聽見野蠻人跟誰交談起來。

「喂。」

……

「我就是。」

……

「除非我是冒名頂替，不然你要找的人就是我。」

……

「你要我說幾遍！我就是野蠻人先生。」

……

「什麼？誰病倒了？廢話，我當然想知道。」

……

「真的！病情嚴重嗎？我馬上過去。」

---

11 出自《奧賽羅》，為奧賽羅懷疑妻子不忠所罵的話。

12《特洛伊羅斯與克瑞西達》。

……

「她不在她屋裡？她給送哪兒去了？」

……

「啊，老天爺！地址是？」

……

「公園徑三號，是嗎？三號。謝謝。」

列寧娜聽見掛上話筒的「喀嗟」一聲，然後急促的腳步聲。門「砰」一聲關上。一片寂靜。

他真走掉了嗎？

她極度小心翼翼推開一線門縫，往外窺看。空無一人。她受到鼓舞，把門再開大一點，整個頭往外伸，最後踮著腳尖走了出去，懷帶著狂跳的心站了幾秒鐘，聆聽動靜。見沒有動靜，她一支箭衝到門口，打開，鑽了出去，再「砰」一聲關上，發足奔跑。要直到電梯關上門和確確實實往下跑時，她才感覺自己安全了。

14

位於公園徑的臨終醫院樓高六十層，外牆鋪著櫻草色瓷磚。野蠻人一下計程直升機，便看見一隊色彩鮮豔的靈柩機隊正從樓頂「嗡嗡」起飛，要向西掠過公園前往羽化火葬場。在電梯門口，他從門房領班得到他所需的資訊。他坐電梯下到十八樓，去到八十一號病房（門房領班告訴過他，這裡是急性老化病房）。

病房大而明亮，充滿陽光，漆成黃色，一共有二十張病床，張張有人。除了有著其他等快死的人作伴，琳達還享受著各種現代化舒適設備。空氣裡永遠蕩漾著合成音樂的愉快旋律，每張床床尾都架有一台電視，正對著垂死的人，從早到晚開著，像永不關上的水龍頭。病房裡的主要香味每十五分鐘會自動變換一次。在門口負責為野蠻人引路的護士解釋說：「我們設法營造一種絕對愉快的氣氛，一種介乎第一流飯店和觸感電影院的氣氛。你明白我的意思吧？」

「她在哪兒？」野蠻人不理會這套禮貌性解釋，直接詢問。

護士覺得受到冒犯。「你很趕嘛。」

「她還有希望嗎？」他問。

「你是說救活的希望？」（他點點頭）「當然沒有，會送到這裡的病人都是……」她忽然住口，被他臉上蒼白痛苦的表情嚇了一大跳。「怎麼回事，有什麼要緊嗎？」她問。訪客的這種反應讓她很不習慣（但這裡的訪客本來就不多，也沒有理由會多。）「你該不是生病了吧？」

野蠻人搖搖頭，用幾乎聽不見的聲音回答：「病人是我媽媽。」

「媽媽」兩個字讓護士嚇一跳，先是用驚恐的眼神看了他一眼，繼而趕緊移開視線。她的臉從太陽穴一直紅到脖子。

「帶我去看她。」野蠻人努力用平常的口氣說。

仍然紅著臉的護士帶他走進病房。兩旁是一張張毫無凋謝痕跡的青春臉龐（他們因為衰老得極為快速，以致臉孔來不及跟心臟和腦子一道老化）。每張臉都目無表情，毫無好奇心，正經歷著人生的第二嬰兒期。野蠻人看見他們的樣子不禁打了個寒噤。

琳達躺在一長排病床的最後一張，床旁邊便是牆壁。她靠在幾個枕頭上，正在看電視轉播的南美黎曼曲面網球錦標賽的準決賽。兩個小人兒在發光的方形屏幕上無聲地穿梭來穿梭去，像是水族箱裡的魚。

琳達繼續看電視，讓人費解地淺淺笑著，蒼白浮腫的臉上流露出低能兒的快樂。她不時會闔上眼皮，打幾秒鐘的盹，然後因為什麼原因微微一驚，又醒了過來，重新看見水族箱裡網球員的奇怪舉動，聽見「伍麗策超音聲」唱著「摟緊我，甜心，直至我癡醉」，嗅到頭上通風口吹來的新鮮馬鞭草香氣。但與其說她是看見、聽見和嗅到這些東西，倒不如說它們是出現在她的夢裡——被她血液裡的唆麻改造和修飾過之後構成的輝煌夢境。她再次破碎而暗淡地一笑，流露出嬰兒的滿足感。

「好啦，我得走了，」護士說，「有群孩子快要來了，何況三號病床那位——」她指指病房前頭，「隨時都有可能不行。你自便吧。」說完快步走開。

野蠻人在床邊坐下。

「琳達。」他抓住她的手低聲說。

聽見有人喊她名字，病人轉過頭來，模糊的眼睛像是認出他似的亮了起來。她緊握他的手，面露微笑，嘴唇動了動，但腦袋隨即向前一傾——睡著了。他坐在那兒望著她，努力要從她疲憊的身軀尋找從前那張明亮的臉，那張在馬爾佩斯伴他走過整個童年的臉。他找到了，繼而閉上了眼，轉而回憶她的聲音、她的姿態和母子倆共度的所有時光。「鏈球菌兒騎馬到布里班T字，去看……」她那時的歌聲多美啊！還有所有那些童謠，全像咒語那麼奇怪和神祕！

A啊B啊C啊維他命D，
脂肪在肝臟，鱈魚在海裡。

回憶起這些歌詞和琳達唱它們的聲音讓他不禁熱淚盈眶。然後他回憶起他的認字課：小娃娃住罐裡，貓咪蹲蓆上。再來是《胚胎庫「乙人」階級工作人員實用指南》。再來是琳達給他講述「那頭」的事的回憶。每逢待在火塘邊取暖，或夏天在小屋房頂納涼的時候，她都會給他講述「那頭」的事。他只覺得那地方好美好美，儼如天堂，儼如至善至美的樂園。那時他還沒有來過倫敦，而他的美好想像也還沒被真實中的文明男女所玷污。

一陣突如其來的尖聲吵鬧打斷他的回憶。他睜開雙眼，匆匆擦去眼淚，環顧四周。一道看似無窮無盡的人流正湧入病房，全是長相一模一樣的八歲大男孩。他們一個接一個走進病房，來了一個又是一個，來了一個又是一個，像是夢魘。那麼多人卻只有一張臉——哈巴狗般的臉，鼻孔朝天而瞪著一雙暗淡的銅鈴大眼。每個人都是穿土黃色，嘴唇垂張著。他們唧喳鬼叫著走進來，頃刻之間病房裡就像爬滿了蛆。他們蜂擁在病床之間，有些在床上爬上爬下，有些在床下鑽，有些瞧著電視，有些朝病人做鬼臉。

琳達叫他們吃驚，或者說是叫他們害怕。一大群人擠在她的床頭，帶著驚恐和愚蠢的好奇盯著她，像野獸突然發現了從未見過的東西。

「哇，快來看，快來看！」他們用驚恐的聲音竊竊說。「她是怎麼回事？怎麼會這麼肥？」

他們從未見過一張像她那樣的臉孔——事實上是從未見過不是皮膚緊緻的年輕臉蛋和不是直挺的苗條身體。其他所有六十多歲的垂死病人莫不有著花樣年華的外表。對比之下，才四十多歲的琳達皮膚鬆弛，面容歪扭，簡直是老妖怪。

「好嘔，」有誰小聲議論說，「看看她的牙齒！」

一個哈巴狗臉小孩突然從床底鑽了出來，站在約翰的椅子和牆壁之間，直通通盯著琳達沉睡的臉看。

「我說啊……」他說，但來不及說出後面的話便發出一聲尖叫。原來方才野蠻人抓住他領子，把他拎過椅子這邊來，賞了他兩巴掌，打得他嚎叫著跑開。

護士長聞聲急急趕過來營救。

「你對他做了什麼？」她凶巴巴地質問，「我是不會讓你打孩子的。」

「那妳就叫他們離這張床遠一點。」野蠻人氣得聲音發抖。「這些骯髒小鬼跑來這兒幹什麼？真丟人！」

「丟人？你這話是什麼意思？告訴你，他們正在接受不害怕死亡的條件反射設定。你要是再干擾他們的條件反射設定，」她惡狠狠地警告說，「我就叫警衛把你轟出去。」

野蠻人站起來，向她逼近幾步，動作和表情都威風凜凜，嚇得護士長直往後退。他費了好大的勁才控制住怒氣，接著不發一語轉過身，重回到床邊坐下。

放下一顆心來之後，護士長用微微尖利的嗓門和不再那麼有把握的架勢重申：「我警告過你了，你可要記住。」不過她總算學乖了點，把幾個太好事的多胞胎帶走，讓他們去玩「找拉鍊」遊戲（她一個同事在病房另一頭負責帶遊戲）。

「親愛的，讓我來接手。妳可以去喝杯咖啡因溶液吧。」她吩咐那護士說。行使權威讓她恢復自信，心裡舒服了些。「來吧，孩子們！」她喊道。

方才琳達一度曾經不舒服地動了動，睜開過一會兒眼睛，朦朧地四面看了看，但接著又睡著了。野蠻人坐在她身邊，竭力想要重新捕捉幾分鐘前的心緒。「A啊B啊C啊維他命D……」他背誦著，就像那是可以讓死去往昔復活過來的咒語。但咒語沒起作用。美麗回憶始終頑固地拒絕復活。真正復活了的倒是涉及妒忌、醜惡和悲苦的可憎回憶：肩頭被砍傷而滴著血的波培；睡相醜陋的琳達；床前繞著打翻龍舌蘭酒「嗡嗡」飛的蒼蠅；那些看見琳達經過時用壞字眼罵她的頑童……啊，不，不！他閉上眼睛死命搖頭，竭力想否定著這些回憶。「A啊B啊C啊維他命D……」他竭力回憶坐在琳達膝蓋上而她摟著他唱歌的日子——她唱了一遍又一遍，邊唱邊搖，直至把他搖睡著為止。「A啊B啊C啊維他命D，維他命D，維他命D……」

「伍麗策超音聲」此時已升高至如泣如訴的漸強音。突然，香味循環系統不再放出馬鞭草的香味，換成了濃郁的廣藿香。琳達動了動，醒了過來，茫然地瞪著進行準決賽的網球員看了幾秒鐘，然後抬頭嗅了幾嗅剛換上的廣藿香氣味，突然笑了——童稚般的滿足笑容。

「波培！」她喃喃地說，閉上了眼睛。「啊，我好喜歡這個，我好喜歡……」然後嘆了口氣，重又沉入到枕頭裡。

「琳達，是我！妳不認得我了嗎？」野蠻人哀求說。他已經盡了最大努力，可為什麼她還是不讓他忘了波培？他近乎粗暴地用力捏緊她癱軟的手，就像想強迫她從那些淫邪快活的夢裡醒來，從那些卑賤可憎的回憶裡回來——回到現在，回到現實。沒錯，這個「現在」是恐怖的，這個「現實」是可怕的，卻又崇高而意義重大，而且恰恰是那注定即將發生的事（其為可怕的原因在此）使得它崇高和意義重大。「妳不認得我了嗎，琳達？」

他隱約感到她的手正在揑緊，似是回答。淚水湧進他眼睛。他彎下身親她。

她的嘴唇動了動，然後再次低聲喊出同一個名字：「波培！」他有一種被兜頭澆了桶大糞的感覺。

怒火突然在他心裡沸騰。第二次的受挫讓他的悲苦必須另尋出路：於是這悲苦被轉化成了劇痛攻心的悲憤。

「我不是別人！」他高聲喊道。「我是約翰啊！」盛怒之下他竟然抓住琳達一邊肩膀，搖晃起來。

琳達的眼皮動了幾下，睜了開來。她看見了他，認出了他。「約翰！」——但她又把這張真實的臉和那隻真實而粗暴的手放進一個幻想世界裡，放進那個由廣藿香、「伍麗策超音聲」、各種變了形回憶與錯了位感受所構成的夢境裡。她固然認出他是她兒子約翰，但又把他幻想成一個闖進她馬爾佩斯樂園的人，而她正在那兒跟波培一起度著唆麻假期。約翰會生氣是因為她喜歡波培，約翰會搖晃她是因為波培在她床上——約翰誤以為她這樣子是不對的，不知道所有文明人都會幹一樣的事。「每個人都屬於所有人……」她喃喃地說，但聲音突然消失，變成了一種幾乎聽不見，像是喘不過氣的咯咯聲。她的嘴巴張得大大，傾盡全力要讓空氣灌進肺裡。但她彷彿已忘了怎麼樣呼吸。她想叫喊——卻發不出聲音。只有她那雙瞪大的眼睛和恐怖眼神流露出她正受到多大折磨。她先是兩手抓住自己喉嚨，繼而伸出手拚命抓撓空氣——她再也無法呼吸到的空氣，對於她說來已不存在的空氣。

野蠻人從椅子上站起來，向她俯身。「怎麼啦，琳達？怎麼啦？」他問，語氣裡帶著乞求，就像是求她不要嚇他。

但她看他的樣子像是充滿無法形容的恐怖，似乎（在他看來）還在責備他。

她努力想要撐起身子，卻倒回到枕頭上。她的臉歪扭得可怕，嘴唇烏青。

野蠻人轉身跑去。

「來人啊！」他大叫，「快點，快點！」

站在圍成一圈玩「找拉鍊」的多胞胎中間的護士長聽到叫喊聲之後轉過頭。她先是一怔，隨即表現出不以為然的不悅神色。「別吵！為孩子們想想。」她說，皺著眉頭。「你可能會破壞了條件設置的……哎呦，你這是幹嘛呀！」他已經鑽進了圓圈。「小心點！」一個孩子尖叫起來。

「快點！快點！」他抓住護士長袖子，硬拖著她走。「出事了！我把她弄死了。」

等到他們回到病房另一頭時，琳達已經死了。

野蠻人呆住了，默默站了一會兒，然後跪倒在床前，雙手掩臉，無法抑制地嗚咽起來。

護士長站在那裡猶豫不決，時而望望跪在床前的人（好丟人的姿勢！），時而看看孩子們（他們真可憐！）。他們經已經停止了找拉鍊，從病房那頭望了過來，眼望和鼻孔都瞪著發生在二十號病床這讓人震驚的一幕。護士長還在猶豫。她是應該勸勸他，設法讓他恢復羞恥之心嗎？是應該提醒他這裡是哪裡嗎？是應該指出他的舉動也許會對一群可憐無辜小孩帶來致命危害嗎？他那種噁心的哭號會讓人誤以為死亡有什麼可怕，誤以為死亡真的值得任何人在乎！孩子看了這個也許會對死亡問題產生最錯誤的觀念，導致條件反設定被攪亂而表現出徹底的反社會行為。

護士長趨前兩步，碰碰他肩膀。「你能不能規矩點？」她低聲說，聲音裡帶著怒氣。但已經有六、七個孩子站了起來，往這邊走過來。圓圈開始晃動，眼見就要……不行，風險太大了，這樣搞下去整個群組的條件反射設定可能會被延誤六七個月。想到這裡，護士長趕快回到那群由她負責和面臨威脅的孩子那裡去。

「現在誰想吃巧克力閃電泡芙？」她用快活的口氣大聲問。

「我要！」整個波坎諾夫斯基群組異口同聲嘩啦起來。二十號病床被忘得一乾二淨。

「啊，上帝呀，上帝呀，上帝呀……」野蠻人不斷自言自語。他的心靈充滿痛苦與悔恨，一片混沌之中只有一個單字在迴響著。「上帝！」他低聲叫了出來。「上帝！」

「他究竟在說啥？」一個聲音說。這聲音離野蠻人很近，清晰分明而尖利得足以刺穿「伍麗策超音聲」的啼囀。

野蠻人猛然轉過身，放開掩臉的手，四面看了看。只見五個穿土黃色的多胞胎站成一排，用哈巴狗的銅鈴大眼瞪著他看，每人右手拿著半截閃電泡芙，一模一樣的臉上沾著形狀不同的巧克力污漬。

他們一與他眼神交會便同時咧嘴而笑。其中一個拿著吃剩的閃電泡芙指指琳達。

「她死了嗎？」他問。

野蠻人不發一語瞪了他片刻，然後默默站起來，默默而緩慢地往門口走去。

「她死了嗎？」那個多包胎不死心地小跑步跟在他旁邊，又問了一次。

野蠻人低頭望他，仍然不發一語，但隨即狠狠推了他一把。那孩子摔到地板上，立即嚎叫起來。野蠻人連頭也沒有回。

15

公園徑臨終醫院有一百六十二個雜役工，全都是「丁人」階級，分屬兩個不同的波坎諾夫斯基群組：一個群組由八十四個紅髮女生構成，另一由七十八個深色皮膚和長臉型的男生構成。每天下午六點的下班時間，兩個群組都會在醫院門廳集合，等待會計助理發每天份的唆麻。

野蠻人從電梯出來，走進人群，但他的心思還在別處——還跟死亡、憂傷和悔恨交織在一起。他只顧從人群裡往外擠，沒意識到自己在做什麼。

「你擠什麼擠啊？你以為你是在幹嘛啊？」

一大片人聲中只有兩種聲音：一種高一種低，一種尖一種沉。大家怒沖沖看著他，但舉目看去只有兩張臉孔（像是在一列鏡子裡不斷復現）：一張臉像是泛著橘色光暈的月亮，沒有毛而長著雀斑；另一張臉瘦削尖嘴，帶有留了兩天的鬍渣。罵聲和戳向他肋骨的尖手肘把野蠻人從無知無覺狀態喚醒，讓他再次回到了現實世界。他看看四周，明白了他看見的是什麼——明白了之後只覺得驚心和憎厭，一顆心直往下沉。因為眼前所見正是日日夜夜糾纏著他的夢魘，是密麻麻和千人一面的多胞胎。先前他們就像蛆一樣在琳達死亡的神祕裡褻瀆地拱來拱去。對，他面前再次是一群蛆，只是這次要多更多，而且是充分長大的，正在他的悲痛和悔恨裡爬來爬去。他停住腳步，用迷惘和惶恐的眼睛打量四周的土黃色暴民。他站在他們之間，足足比他們高出一個頭。一些如歌字句在他心裡響起，對他發出嘲弄：「這地方怎麼會有那樣多好看的人！多美麗的人類！好個美麗新世界……」

「領唆麻了，」一個聲音高喊，「排好隊。那邊的人，快一點。」

剛才有一扇門打開，一套桌椅已經搬到門廳上。說話者是個精神奕奕的年輕「甲人」，手上抱著一個黑鐵錢箱。多胞胎們懷著期望，發出一陣滿意的呢喃，把野蠻人全忘了。他們的注意力全集中在那口黑鐵箱上。會計助理把錢箱放在桌上，解開鎖。揭開箱蓋。

「嘩啊！」一百六十二個聲音同時叫了起來，像是看見了施放煙火。

年輕人取出一把小藥盒，「現在往前走，」他不容分辨地說，「一次一個，不許推擠。」

多胞胎挨次走上前，沒有推擠。先是兩個男生，然後是一個女生，接著是一個男生，接著是三個女生……

野蠻人看著這一幕。「好個美麗新世界，好個美麗新世界……」他腦子裡的如歌字句似乎已改變了調子。先前，它們都是在他的痛苦和悔恨裡嘲弄著他，語調極盡冷嘲熱諷之能事。它們像惡魔一樣哈哈大笑，用夢魘似的骯髒和叫人作嘔的醜陋來折磨他。但現在，這些字句卻突然變成了催促他拿起武器的號角聲。「好個美麗新世界！」米蘭達是在宣示獲得美好的可能，是在宣示即便是夢魘照樣可能被轉化為高貴美好的東西。「啊，好個美麗新世界！」那是一個挑戰，一個命令。

「後頭的人別擠！」會計助理大發雷霆，「砰」一聲闔上鐵箱蓋子。「再不守規矩我就不發了。」

「丁人」咕嚕了幾句，又擠了一下便不再動了。會計助理的威脅發揮了效果。領不到唆麻的後果太可怕了！

「這才像話。」會計助理說，重又打開蓋子。

琳達當過奴隸，琳達已經死去，但別的人卻理應獲得自由的生活。應該讓世界變得美麗。那是一種補救，是一種責任。野蠻人突然心裡一片雪亮，就像是打開了一扇百葉窗。他明白了自己該做些什麼。

「下一個。」會計助理說。

另一個土黃色女生走上前。

「住手！」野蠻人以洪亮震響的聲音大吼「住手！」

他往桌子的方向擠過去。所有「丁人」都大吃一驚，瞪著他看。

「福特爺，是那個野蠻人！」會計助理放低了聲音說，心裡害怕。

「諸位，請把耳朵借我一用[1]……」野蠻人懇切地喊道。他以前從未面對大眾說過話，所以

1 出自莎劇《凱撒大帝》，為安東尼演講呼籲群眾為凱撒復仇時的開場白。

此刻覺得極難表達心中的想法。「千萬別要那種可怕的東西。那是毒藥啊，是毒藥啊。」

「我的野蠻人先生啊，」會計助理抱著息事寧人的打算，陪著笑臉說。「可不可以請先讓我……」

「對肉體乃至對靈魂來說都是毒藥。」

「不錯，但可不可以請先讓我發分完畢再說，好先生？」說著就像安撫一頭出了名危險的動物那樣，小心翼翼而溫柔地拍了拍他胳膊。「你就讓我先……。」

「不可以！」野蠻人大吼。

「可是，老兄，聽我說……」

「把這些可怕的毒藥東西扔掉——全扔掉。」

「全扔掉」幾個字刺穿了「丁人」們渾渾噩噩的意識。人群中響起憤怒嘟噥聲。

「我來是要把自由帶給你們，」野蠻人轉身對著多胞胎說，「我來是要……」

會計助理並未聽見接下來的話——因為他已經溜出門廳，猛翻電話簿尋找一個號碼。

「他不在自己住處，不在你或我的公寓，」伯納歸納說，「不在愛神會堂，又不在孵育中心或情緒工程學院。他還能去哪裡呢！」

赫姆霍特聳了聳肩。他們剛下班回來，原以為野蠻人會在平常跟他們碰面的一、兩處地方等他們，可是卻連他的影子也沒見著。這很掃興，因為赫姆霍特原打算用他的四人座超跑直升機載大家一起兜風，去一趟比亞里茨[2]。野蠻人再不出現便會趕不上晚飯時間。

「我們再等五分鐘，」赫姆霍特建議說，「他若是再不出現……」

電話鈴聲打斷他的話。他拿起話筒。「喂。我就是。」他聽了很久。「**T型車裡的福特爺**啊！」他說了句，「我馬上過來。」

「怎麼回事？」伯納問。

「電話是我一個在公園徑醫院工作的熟人打來，」赫姆霍特說，「野蠻人就在那兒，好像發了瘋。總之事態緊急，你要跟我去嗎？」

兩人沿著走廊匆匆往電梯走去。

兩人走進醫院時，聽到野蠻人正在說：「難道你們甘願當奴隸嗎？」只見他滿臉通紅，眼裡閃耀著熱情和義憤。看見他打算要救的人一臉無動於衷的愚鈍表情，他生氣了，諷刺他們說：「難道你們繼續甘願只會哭哭啼啼和吐奶嗎[3]？」但這諷刺卻被人們厚重的愚蠢甲殼給彈了回來。他們瞪著他看，目無表情，但陰沉而遲鈍的眼神裡透著恨意。「是的，只會吐奶！」他理直氣壯地喊道。此刻，他身上的悲痛和悔恨不見了、慈悲心和責任感不見了，都化成了對面前這群

2 法國西南部市鎮。

3「哭哭啼啼和吐奶」一語出自莎劇《皆大歡喜》。

形同豬狗的人撲天蓋地的恨意。「難道你們不想得到自由和當個人嗎？難道你們連何謂當人或自由都不知道嗎？」憤怒讓他變得口齒伶俐，滔滔不絕。「不知道嗎？」他又問了一句，但沒有人回答。「那好，」他嚴厲地說，「我就來給你們自由，不管你們要不要。」他推開了一扇開向醫院內庭的窗，把裝著唆麻的小藥盒一把一把扔了下去。

土黃色人群看著這暴殄天物的褻瀆之舉，全都驚呆了，有片刻鴉雀無聲。

「他瘋了，」伯納悄聲說，眼睛瞪得大大。「他們會殺了他的。他們會……」話未畢便突然聽見人群大叫起來。一陣湧動隨即氣勢洶洶地把兩人推向野蠻人的方向。「福特爺保佑！」伯納說，移開視線不敢看接下來會發生的事。

「福特爺只會幫助自助者！」赫姆霍特．華生笑著說，顯得興高采烈。他推開群眾，走向前去。

「自由！自由！」野蠻人大喊，邊用一隻手把唆麻扔到內庭，邊用另一隻手回擊千人一面的襲擊者。「自由！」他繼續喊。赫姆霍特突然去到他身邊。「好樣的赫姆霍特！——赫姆霍特也在揮著拳頭——「他們終於當起人了！」赫姆霍特幫著他把毒藥一把把往外面扔。「是的，當起人了！當起人了！」等毒藥一點不剩之後，野蠻人抓起錢箱，把空空如也的黑色箱底朝前展示。「你們自由了！」

「丁人」們嚎叫起來，憤怒情緒增加了三倍。

眼見一場大戰爆發在即，伯納心裡猶豫，舉棋不定。「他們完蛋了。」他自言自語。他一度有一種衝動，想衝上前去幫助兩個朋友，但轉念一想之後又猶豫起來。他在舉棋不定中備感痛苦和羞愧。他陷入兩難：如果不上前幫忙，**兩個朋友**說不定會被殺死；但如果上前幫忙，**他自己**可能會被殺死。正在這樣左右為難之際，一批戴著豬鼻子防毒面具的警察趕來了（感謝福特爺！）。

伯納衝過去去迎接警察，向他們招手。他感到好過點了，因為他畢竟有所行動，在做著些什麼了。他連叫了幾聲「救人啊！救人啊！」，一聲比一聲響亮，以此讓自己有一種真正在幫忙的幻覺。「救人啊！救人啊！救人啊！」

警察把他推開，逕自執行任務去。三個肩上扛著噴霧器的員警向空中噴出濃濃的唆麻煙霧，另兩個則在手提合成音箱前忙碌。還有四個員警衝進人群，提著裝滿強力麻醉劑的水槍，對打得難解難分的人們按部就班地一股一股噴射麻醉劑。

「快點，快點！」伯納大喊，「再不快點他們就死定了。再不快點……」他突然住嘴是因為一個員警被他的吱吱喳喳惹惱，朝他射了一槍麻醉劑。伯納搖搖晃晃地站了一兩秒鐘，雙腿像是失去了骨頭、筋腱和肌肉，變成了兩根果凍，最後甚至變成了果凍水。他隨即倒在地上，癱軟成一堆。

突然，合成音箱開始說話。那是一個理智的聲音，一個讓人感覺良好的聲音。正在播放的是「二號（中等強度）反騷亂勸喻」，聲音直接發自一個不存在的心靈的深處。「我的朋友們，我的朋友們！」那聲音語帶無限溫柔的責備，淒切動人，以致連戴著防毒面具的員警一時都淚眼模糊了。「你們這樣是幹什麼？大家為什麼不能快樂而善良地生活在一起呢？對，快樂而善良。」那聲音重複說。「和平相處，和平相處。」說到這裡，合成聲音顫抖起來，音量降成了耳語，最後消失，過了片刻才重又響起，這一次充滿殷殷渴盼：「啊，我多麼希望你們快樂，多麼希望你們善良！求你們了，求你們善良而……」

兩分鐘之後，合成聲音和唆麻煙霧發揮了作用。所有「丁人」莫不淚流滿面和親吻擁抱——五六個或六七個地沉醉在互相諒解的擁抱裡。就連赫姆霍特和野蠻人也差點哭了出來。新一批唆麻從出納室領了出來，很快便分發完畢。多胞胎們在那男中音深情厚意的告別語中散開，每個人都哭得心為之碎。「再見，我最最親愛的朋友，福特爺保守大家！再見，我最最親親愛的朋友，福特爺保守大家。再見，我最最親愛的朋友……」

當最後幾個「丁人」都走掉之後，警察切斷合成音箱的電流。那個天使般的聲音歸於沉靜。

「你們是乖乖跟我走呢，還是要我動用麻醉劑！」警佐問道，手上舉著水槍威嚇。

「我們跟你走就是。」野蠻人回答說，一邊輕輕揉搓破了的嘴唇、挫傷的脖子和被咬傷的左手。

繼續用手帕捂住流血鼻子的赫姆霍特點頭表示同意。

伯納已經醒過來，兩條腿也恢復了行動能力，此刻正盡可能不動聲色地往大門走去。

「站住。」警佐喊道，一個戴豬鼻子面具的員警隨即快步走過去，一隻手搭在伯納肩上。

伯納轉過身，臉上表情又是憤慨又是無奈。溜？他做夢也沒想過要做這種事。他對警佐說：

「但我想不透你為什麼要把我留下來。」

「你是犯人的朋友，不是嗎？」

「唔……」伯納說，猶豫了一下。不行，這是他無法否認的。「憑什麼不是？」他問。

「那就走吧。」警佐說，帶著他們走往停在醫院門口的警車。

16

三人被領進大都督的書房。

「福座馬上就來。」丁人男管家說，說完便離開，留他們在房間裡。

赫姆霍特放聲大笑。

「這更像是請喝咖啡而不像審問。」他說，一屁股坐在一張極盡豪華的充氣沙發。瞥見他朋友一臉鐵青的不樂模樣，他勸慰說：「打起精神來，伯納。」但伯納開心不起來。他沒回應，連看也沒看赫姆霍特一眼，只管走到屋裡最不舒服的一張椅子坐下，暗暗希望這個選擇多少可減低最高領導人的怒氣。

野蠻人卻靜不下來，繞著書房走來走去。他帶著些許好奇打量書架上的書，又瞧了瞧鴿籠式收納架裡的錄音帶和閱讀機卷軸。靠窗的桌子上放著一本厚厚的書，其柔軟的黑色人造皮封面上燙著一個大大的金色T字。他把書拿起，翻了開來。**《我的人生與事業》，福特爺著**。書是底特律的福特知識傳播學會出版。野蠻人有一搭沒一搭地翻了幾頁，東看一句，西看一段。就在他正準備宣布這書讓他不感興趣時，門打開了，西歐的常駐大都督輕快地走了進來。

穆斯塔法・蒙德跟三個人一一握手，但只針對野蠻人一個說話：「看來你不是太喜歡文明世界，野蠻人先生。」

野蠻人看著大都督。他本打算要撒謊、發飆或陰著臉一言不發。但大都督和氣和睿智的臉容卻叫他放下心防，決心直截了當說真話。「對，不喜歡。」他搖搖頭說。

伯納大吃一驚，滿臉惶恐。這個人公然說他不喜歡文明世界，大都督會怎麼想呢？他自己會不會因此被牽連，落得個與反社會分子交往的罪名？太可怕了。「約翰……」他說話了。但穆斯塔法・蒙德瞄了他一眼，嚇得他趕快乖乖閉嘴。

「當然，」野蠻人繼續說，「文明世界也有一些好東西，比方說飄在空中的音樂……」

「有時有成千樂器在我耳邊叮叮咚咚，有時是歌聲[1]。」大都督說。

野蠻人的臉突然亮起了快樂光芒。「你也讀過？」他問，「我還以為英格蘭這裡沒有人知道那書呢。」

「幾乎沒有人知道，我是極少數知道的人之一。那是禁書。但這兒的法律既然是由我制定，我當然也可以不遵守，我有豁免權。」說到這裡，他轉過身面向伯納。「不過，馬克斯先生，我恐怕你不能夠不遵守。」

這話讓伯納在絕望的泥淖中沉得更深。

「但為什麼要禁掉莎士比亞呢？」野蠻人問。由於難得碰見一個讀過莎士比亞的人，他興奮得暫時忘掉別的一切。

大都督聳了聳肩。「因為莎士比亞是老骨董，這是主要理由之一。我們這裡用不著任何老骨董。」

「連它的美也用不著？」

「它的美尤其要不得。美是會吸引人的，而我們不願意世人受到老骨董的吸引。我們希望他們喜歡新事物。」

「但你們的新事物愚蠢而可怕。你們的電影裡除了有直升機飛來飛去和讓人產生接吻的感覺，什麼都沒有。」然後他扮了個鬼臉，補充一句：「山羊和猴子[2]！」只有《奧賽羅》裡的字句方足以充分表達他對觸感電影的不齒和憎惡。

「山羊和猴子可是好養和聽話的動物。」大都督喃喃自語說。

「你為什麼不改為讓他們看《奧賽羅》？」

「我說過了，《奧賽羅》是老骨董，何況他們不可能看得懂。」

這倒是，野蠻人心想。他記起赫姆霍特對《羅密歐與茱麗葉》的嘲笑。「那麼，」他接著說，「何不創作些新而像《奧賽羅》的作品，創作些像《奧賽羅》而又是人們看得懂的作品？」

一直未說話的赫姆霍特插嘴說：「我想寫的就是這種東西。」

1《暴風雨》。

2《奧賽羅》的主角奧賽羅把山羊和猴子用作好色淫亂的象徵。

「可是你絕對寫不出來。」大都督說，「因為如果那東西真的像《奧賽羅》，就不可能會有人懂——不管它有多新；而且如果它是新的，就不可能像《奧賽羅》。」

「為什麼？」

「對，為什麼？」赫姆霍特也問。他也忘掉了自己的狼狽處境。只有伯納對目前的處境牢記於心。他又著急又害怕，鐵青著臉。別的人沒有理他。

「為什麼？」

「因為我們的世界與《奧賽羅》的世界截然不同。沒有鋼你就造不出汽車，沒有社會動盪你就造不出悲劇。現在的世界是穩定的，每個人過著快樂生活，要什麼有什麼，又絕不會想要他們得不到的東西。他們富裕，他們安全，他們從不生病，也不怕死；他們快快活活，不知道激情和衰老為何物；沒有什麼爸爸媽媽來給他們添麻煩，也沒有妻室兒女和情人叫他們產生強烈情緒。他們的條件反射設定使他們無法以設定之外的方式行為。萬一出了事還有唆麻——就是你奉自由之名扔到窗外去的東西，野蠻人先生。**自由**，**哈**！」他哈哈大笑起來。「你竟然想叫『丁人』階級懂得什麼叫自由，竟然希望他們看得懂《奧賽羅》，我的好孩子！」

野蠻人沉默了一會兒。「不管怎樣，」他倔強地堅持立場，「《奧賽羅》都是好東西，比觸感電影好得多。」

「當然是如此，」大都督表示同意，「但那是為了社會穩定必須付出的代價。我們不得不在快樂和所謂的高雅藝術之間做出取捨。我們決定犧牲高雅藝術，以觸感電影和香氣管風琴取而代之。」

「這兩樣東毫無意思。」

「意思就在它們本身。它們對觀眾意味著大量怡人的感官享受。」

「但它們只是……只是一則白癡所講的故事[3]。」

大都督哈哈大笑。「你對你朋友華生先生不太禮貌啊，他可是我們最傑出的情緒工程師之一呢……」

「但他說得沒錯，」赫姆霍特憂鬱地說，「沒話找話寫確實像白癡……」

「沒話找話寫——形容得一點不錯。但只有最巨大的巧思可以在沒話中找到話寫，因為那等於是要你用少到不能再少的鋼鐵去製造汽車，用純感官感受去創造藝術作品。」

野蠻人搖搖頭。「我只覺得它們讓人倒胃透了。」

「無疑是如此。跟吃盡苦頭掙到的快樂相比，唾手可得的快樂總是顯得廉價。穩定遠不如動亂那麼熱鬧。安於現狀也不如跟不幸命運做殊死鬥爭那麼動人，不如被誘惑、激情或懷疑攫住那麼引人入勝。快樂從不宏偉。」

野蠻人沉吟了片刻。「你的話不無道理，但真有必要弄出那麼多糟透的多胞胎來嗎？」他用

3《馬克白》。

手擦了擦眼睛，像是想抹掉記憶裡的畫面：組裝桌前那兩長排一模一樣的侏儒；賓福特單軌火車站入口處大排長龍的群氓；在琳達喪床周圍擠來擠去的人蛆；醫院裡攻擊他的那些千篇一律面孔。他看著裹了繃帶的左手，感到不寒而慄。「恐怖！」

「他們的用處大著呢！我知道你不喜歡我們的波坎諾夫斯基群組，但我向你保證，他們是其他所有一切的基礎。他們猶如火箭上的陀螺儀，可以讓國家不致偏離軌道。」大都督深沉的聲音激動地振動著，又用手勢比劃出火箭穿過太空時不可阻擋的勢頭。穆斯塔法．蒙德的雄辯術幾乎不輸合成聲音勸喻家。

「我不懂你要他們來幹什麼。」野蠻人說，「既然你們有法子用瓶子弄出想要的東西，何不把每個人都製造成『甲上上人』？」

穆斯塔法．蒙德笑了幾聲。「因為我們不想被割斷喉嚨。我們信仰的是快樂和穩定。一個全是『甲人』的社會必然動盪和悲慘。不信的話不妨想像一家全是由『甲人』運作的工廠。根據他們的遺傳成分和反射條件設定，『甲人』都是些各自獨立和互不關連的個體，具有一定程度自由意志和負責能力。想想看完全由這種人運作一家工廠會有什麼後果！」

野蠻人設法想像，但想像不出什麼來。

「這種安排是荒謬的。」大都督說，「硬要那些按甲人標準脫瓶和接受過甲人條件反射設定的人去幹『戊人』的工作，他們準會發瘋——不是發瘋便是開始亂砸東西。『甲人』也是可以完全社會化的，但前提是你得讓他們幹『甲人』的活兒。戊人式的犧牲只能由『戊人』來付出，而理由很簡單：他們不覺得自己是在犧牲。他們是反抗心理最小的一群。他們的條件反射設定給他們鋪好軌道，讓他們非沿著軌道跑不可。他們命中注定要倒楣，由不了他們自己。即便是脫了瓶，他們照樣等於住在瓶子裡——被一個看不見的瓶子困著，表現出像胚胎一樣的固著行為[4]。當然，」大都督若有所思了一下子。「我們每個人的一生嚴格來說都是在瓶子裡度過。但如果我們湊巧成為『甲人』，我們的瓶子相對而言就會大得多。這時，若是把我們關在狹窄空間裡，我們就會痛苦難當，情形就像你不能把高級合成香檳酒裝在低等級的瓶子裡。這道理不只學理上明明白白，還在實踐上得到過證實。賽普勒斯實驗的結果有力地說明了一切。」

「那是怎麼樣的實驗？」野蠻人問。

穆斯塔法・蒙德面露微笑。「你不妨稱之為重新裝瓶實驗。實驗開始於福元四七三年。當時，眾大都督撤出了賽普勒斯島上所有既有居民，改為讓專為實驗準備的兩萬兩千『甲人』住進去。給了他們一切工農業設備，讓他們自己管理自己。實驗結果完全符合了事前的理論預測：土地耕種不當，工廠全鬧罷工，法紀廢弛，號令不行；那些被分派到低階工作的人不斷搞陰謀，要爭取到高階職位，而本來負責高階工作的人則不惜一切代價，死命要保住既有職位。不到六年，他們便打起最凶猛的內戰。等兩萬兩千人死了一萬九千人之後，倖存者一致同意向眾大都督遞出

4「固著」：精神分析學術語，指人幼年時對某些人事物的欲求得不到滿足，以致長大後心理沒完全隨年齡而成熟，繼續對該類人事物表現出偏執愛戀。

請願書，要求政府恢復對島嶼的統治。他們的要求獲得接納，而史上有過的唯一全甲人社會就此落幕。」

野蠻人深深嘆一口氣。

「最優的階級比例是像冰山那樣——」穆斯塔法・蒙德說，「九分之八在水線之下，九分之一在水線之上。」

「水線下的人快樂嗎？」

「比水線上的人快樂，至少比你在這兒的兩位朋友快樂。」說著指了指書房裡另外兩個人。

「幹那麼糟糕的工作照樣快樂？」

「糟糕？**他們**可不這樣覺得。正相反，他們喜歡他們的工作。這些工作清閒，簡單得像小孩玩家家酒，既不傷腦筋又不費氣力，幹完七個小時半不算繁重的勞動後便可享用配給的唆麻、遊戲、不受限制的性交和觸感電影。他們夫復何求？不錯，他們也許會想要縮短工時。我們當然能夠給他們縮短。從技術上講，要把低階級人的工時縮減為一日三或四小時一點都不難。但他們會因此更快樂嗎？不會。一個半世紀以前便已有過一次相關的實驗。全愛爾蘭的工時都被縮減為每日四小時。結果如何？動盪不安和唆麻消費的大量增加，如此而已。那多出來的三個半小時空閒不只不足以帶來快樂，反而逼他們不得不用唆麻假期去加以消磨。發明局裡塞滿各種可以節省人力的構想，為數成千上百——」說著比出一個文件疊得高高的手勢。「那我我們為什麼不實行？是為了工人的利益著想。拿過多的閒暇折磨他們簡直就是殘酷。農業也一樣。只要我們願意，每一口食物都可以用合成的方法生產出來。但我們不願意。我們寧可把三分之一的人口留在田地裡。那是為他們著想，因為從土地上生產食物比從工廠生產要慢。何況我們還得顧及穩定。我們不要變化。每一次變化都會都威脅穩定。這是我們極忌諱把新發明付諸應用的另一個原因。純科學的每一項發現都具有潛在顛覆性。就連科學有時也得被看成潛在的敵人。是的，就連科學也如此。」

科學？野蠻人皺起了眉頭。他認識這個單字，卻說不清它究竟是什麼意思。莎士比亞和印地安村莊的老者從不曾提起過科學。對於何謂科學，他只從琳達那裡歸納出了一點最模糊的印象：科學是你用來製造直升機的東西，是某種會讓你取笑求雨舞的東西，是讓你不長皺紋、不掉牙齒的東西。他竭力想弄懂大都督的意思，卻徒勞無功。

「不錯，」穆斯塔法．蒙德說，「那是為追求社會穩定所付出的又一代價。跟快樂格格不入的不光是藝術，而是還有科學。科學是危險的，我們得給它小心翼翼套上口套，拴上鎖鍊。」

「什麼！」赫姆霍特大吃一驚，「但我們不是一直被告知，科學就是一切嗎？那是『睡眠學習法』的老僧常談。」

「十三歲到十七歲，每週播放三回。」伯納插嘴說。

「還有我們在大學裡所從事的一切宣傳……」

「對，但請問我們宣傳的是什麼樣的科學？」穆斯塔法．蒙德語帶挖苦地說。「你們沒有受過科學訓練，所以無法判斷。但我年輕時卻是優秀的物理學家——優秀得足以了解所有的科學教本加起來不過是一本烹飪書。書中的正統烹飪理論不容許任何人懷疑，而且，除非得到掌廚師傅點頭同意，各種新開發出來的菜式不許加進書裡。我現在固然當上了掌廚師傅，但以前也曾經是個愛刨根問底的洗碗小工。那時，我私下搞一一點點不正統和不合法的烹調——換言之是搞一點點貨真價實的科學。」他沉默了下來。

「結果呢？」赫姆霍特．華生問。

大都督嘆了一口氣。「幾乎跟你們面臨的遭遇一樣。我差點被放逐到一個海島去。」

聽到這話讓伯納形同觸電，變得歇斯底里起來。「把我放逐到海島？」他跳起來，跑到大都督面前大動作比手畫腳。「你不能夠那樣做，我什麼都沒幹。是別人幹的。我發誓是別人幹的。」說著指指赫姆霍特和野蠻人。「啊，求求你別把我放逐到冰島。我保證以後一定會規規矩矩。再給我一次機會吧，求求你！」說到這裡連眼淚都流出來了。「聽我說，要怪得怪他們。」他抽泣著說。「我不要到冰島。求您了，福座，求您了……」出於卑屈情緒發作，他「噗」一聲跪倒在大都督腳前。穆斯塔法．蒙德想扶他起來，他卻賴在地上不動，咿咿唔唔個沒完。最後大都督只好按鈴叫來第四秘書。

「找三個人把馬克斯先生帶到一間寢室去，」他吩咐說，「給他來一劑嗖麻噴霧，讓他好好睡一覺。」

第四秘書出去了，帶回來三個穿綠色制服的多胞胎下人。被抬出去的時候，伯納繼續抽泣和鬼叫。

門關上時大都督說：「不知情的人會以為是有人要割他的喉嚨呢。但如果他的頭腦還有一點點明白，就會知道他所受到的懲罰其實是一種獎賞。被放逐到海島意味著他可以遇見世界上最有趣的其中一些男男女女。這些人全都是出於某種原因而太過有自我意識，以至於跟共同體格格不入。這些人全都對正統不滿，各有獨立的思想觀念，總而言之都算是個角色。所以，華生先生，我幾乎要羨慕你呢。」

赫姆霍特笑了。「那你後來為什麼不是待在一個海島？」

「因為最終我選擇了這兒。」大都督回答，「他們給我一個選擇：要麼是被放逐到一個海島繼續搞我的純科學，要麼是進入大都督委員會——將來有望繼任為大都督。我選擇了後者，放棄了科學。有時我會為這個選擇感到遺憾。快樂——特別是別人的快樂——是個難伺候的主子。又如果一個人沒有被特別設定成可以乖乖接受快樂而毫無好奇心，那麼快樂就比真理還要難伺候得多。」他嘆了一口氣，又沉默了。然後才以較為活潑的口氣說下去。「但沒法子，職責終歸是職責。既然有職責在身，一個人就不能任自己被喜好左右。我對真理感到興趣，我喜歡科學，但真理是一種威脅，而科學又會危害社會。它的危害性之大不下於它的裨益性。它給了我們歷史上最均衡的穩定。跟我們的穩定相比，中國的穩定也只能算是最不可靠的。即使原始的母系社會也不會比我們更穩定。我再說一句，我們要感謝科學，但是我們不能讓科學破壞它自己辦成的好事。因此我們小心翼翼地控制著它的研究範圍——正是因此我才會幾乎被放逐到海島了。除了當前最急需的問題，我們都不讓科學插手。其他一切探索也一律受到孜孜不倦的阻遏。」他沉吟了一會。「讀了福特爺時代的人所寫有關科學進步的文章會讓人覺得非常奇怪。」他停頓了一下，「他們似乎認為，應該放任科學無限制地進步下去而不必顧及其他。他們以為知識就是最高善，真理就是最高價值，其他一切都是次要和附屬。不錯，甚至在當時，觀念氣候就已經開始改變。福特爺本人便曾經盡了極大努力，要把重視真與美的風氣扭轉為重視舒適與快樂。大規模生產需要以這種扭轉為前提。全體的快樂能讓輪子穩定運轉，真與美則不行。而且，當然，只要是群眾掌握了政權，會被視為重要的就會是快樂而不是真與美。儘管如此，那時還是容許科學漫無限制地繼續發展。人們還在談著真與美，彷彿它們就是最高善——一直談到九年戰爭為止。那場戰爭讓他們徹底改變了調子。當炭疽炸彈在你周圍『砰砰』爆炸，真啊美啊知識啊對你還有什麼意義？九年戰爭之後，科學第一次受到限制。那時候人們為圖可以過上安寧生活，你哪怕要限制他們的口腹之欲也會悉隨尊便。自此我們把一切納入控制。這對真理來說固然不是太好，但對快樂卻大有好處。沒法子，有所得就有所失嘛，獲得快樂是要付出代價的。既然你對美的興趣太濃，華生先生，你就得為此付出代價。我自己也曾因為對真理興趣太濃而付出代價。」

「但你最終用不著待在一個海島。」沉默了許久的野蠻人說。

大都督笑了。「我付出的代價是：為快樂服務，為別人的而不是為我自己的快樂服務。」他停了一下才接下去。「幸而世界上有那麼多海島，不然我真不知道該怎麼辦——說不定會被迫把你們送進毒氣室。順道一問，華生先生，你喜歡熱帶氣候嗎？比方說把你放逐到馬克薩斯群島或薩摩亞群島如何？還是說你喜歡更刺激的地點？」

赫姆霍特霍地從充氣沙發站起來。「我寧可選一個氣候壞惡劣透頂的地點，比方說常常有狂風暴雨的。我相信惡劣氣候會讓人更有文思……」

大都督點頭表示讚許。「我喜歡你這種精神，華生先生。的確非常喜歡，其程度不亞於我基於職務而表現的反感。」他微笑了。「那麼福克蘭群島如何？」

「行，我想可以。」赫姆霍特回答，「如果您不介意，我現在想去看看可憐的伯納是什麼狀況。」

17

書房裡只剩下他們兩人之後，野蠻人說：「你看你為了快樂而付出了相當高昂代價：藝術，科學……還有別的嗎？」

「當然。還有宗教。」大都督回答，「在九年戰爭以前，有過一種叫上帝的東西。哈，我忘了，你對上帝應該不陌生。」

「唔……」野蠻人說，心裡猶豫著。他想談談孤獨、黑夜、月光下的蒼白平頂山、懸崖、黑暗中的縱身一跳和死亡。他想談，卻找不出話來表達。甚至用莎士比亞也無法表達。

這時大都督已走到書房另一頭，開始打開一個嵌在書架間牆壁裡的保險箱。沉重的門一晃，開了，大都督伸手在黑暗裡摸索。「宗教——」他說，「一向是我感到極大興趣的課題。」他抽出一本黑色的厚書。「我猜你沒讀過這本書吧？」

野蠻人接過書。「《聖經新舊約全書》。」他大聲唸出書名頁上的文字。

「這本也沒有讀過吧？」那是一本小書，封面已不見了。

「**《效法基督》**。」

「這書也沒有吧？」他遞給他第三本書。

「**《宗教經驗之種種》**，威廉・詹姆斯著。」

「我還有很多這類書，」穆斯塔法・蒙德說下去，「一整套猥褻的古書。保險箱裡放著上帝，書架上放著福特爺。」他指著自己的對外圖書館（書架上的書，收納架上的錄音帶和閱讀機卷軸）哈哈大笑。

「你既然認識上帝，為什麼不告訴大家呢？」野蠻人憤慨地問，「你為什麼不把這些有關上帝的書給他們讀？」

「理由和我們不給他們讀《奧賽羅》一樣：它們是老骨董。它們談的是幾百年前的上帝，不是今日的上帝。」

「上帝是不變的。」

「但人卻會變。」

「那有什麼差別？」

「天大的差別。」穆斯塔法・蒙德說，說完又站了起來，走到保險箱前。「從前有個叫紐曼的紅衣主教——紅衣主教就是大司樂一類的人物。」

「我在莎士比亞全集裡讀到過這類人：『我，潘杜爾夫，是來自美麗米蘭的紅衣主教。』[1]」

「你當然讀到過。好吧，我剛才說到，從前有個叫紐曼的紅衣主教。他寫過一本書。啊，在這裡。」他把書抽了出來。「既然拿了這本，就順便拿這本吧。這本的作者是麥因・德・比朗[2]。他是個哲學家——但願你知道什麼是哲學家。」

「那些天地間有許多事情是他們做夢也想不到的人[3]。」野蠻人立即回答。

「對極了，我待會兒會給你說一件事情是比朗做夢也想不到的。但先聽聽我們的古代大司樂是怎麼說的。」他翻到夾著張紙條的一頁，讀了起來：「我們並不比我們的財物更屬於我們自己。我們並未創造自己，也無法高於自己。我們並非自己的主人，而是上帝的財物。能這樣看待事情難道不是一種幸福嗎？反之，以為我們是屬於自己的想法能讓人得到幸福，能讓人得到安慰嗎？年輕和昌盛的人也許會認為可以。他們也許會以為光靠自己力量得到一切很了不起，樂於不考慮眼前之外的事、不依靠任何人、不禱告、不顧別人的想法。但隨著時光流轉，這些人終必會像別人一樣，發現獨立不是為人而設，發現獨立不是一種自然狀態——獨立只會在一定時間之內行得通，無法把我們安全帶到目的地。」唸到這裡，穆斯塔法．蒙德停下來，放下書本，拿起第二本書翻開。「就拿這一段為例。」他說，然後用深沉的聲音唸起來。「人是會老的。隨著年紀漸老，他會感到強烈的衰弱、倦怠和不適。初有這些感覺時，為了平伏恐懼，他想像自己只是生病了，以為種種難過處境只是某種特殊原因造成——而既然是生病，這病就理應跟別的病一樣，

---

1 出自莎劇《約翰王》。
2 十八世紀法國哲學家。
3 出自《哈姆雷特》中主角對另一位劇中人說的話：「霍雷蕭，天地間有許多事情是你的哲學做夢也想不到的。」

是治得好的。多麼白費心機的幻想啊！因為他的病不外就是衰老，而衰老是一種可怕疾病。有人說人到老年會轉向宗教，是因為恐懼死亡和擔心死後的處境[4]，但我自己的體會使我深信，宗教情懷會隨年齡增長而漸濃，跟這一類恐懼或想像無多大關係。宗教情懷會漸濃，是因為我們的激情變平靜了，幻想力和感受力變得不易激動和難以被激起，使得理智的運作變得較不受干擾，不像以往那樣老是會想像、欲望和妄想蒙蔽。這樣，上帝就會像雲開日出那樣現身。我們的靈魂感覺到了，看見了，便向這一切光明之源轉過去——自然而然和不由自主地轉過去。因為此時給予感官世界以生命和魅力的東西已逐漸從我們身上溜走，那現象性的存在[5]便不再受到內在和外在的印象所支撐。我們開始感覺有需要挨靠某種常住的東西，某種不會作虛弄假的東西——換言之是實相，是絕對和永恆的真理。是的，我們會不由自主轉向上帝，因為這種宗教情懷本質上無比純淨，無比讓人愉悅，可以彌補我們在其他方面的一切失去。」穆斯塔法．蒙德闔上書，往椅背上一靠。「天地間至少有一件事情是哲學家做夢也想不到的——」說到這裡大手一揮，「我們這個現代的世界。紐曼說過：『你只有年輕昌盛時方能不依賴上帝而獨立；獨立無法把你安全帶到目的地。』但我們現在卻可以一輩子年輕昌盛。這意味什麼？顯然是意味我們可以不依賴上帝。比朗說過：『宗教情懷可彌補我們一切的失去。』但我們現在卻沒有任何需要彌補的失去，所以宗教情懷變成是多餘的。既然如今一切欲望都可獲得滿足，那我們何必為欲望尋求代替品呢？既然我們現在可以縱情於各種樂子直至人生最後一刻，又何必為那些樂子尋求代替品呢？既然我們的身心都能在不停的活動中獲得愉悅，有什麼必要休息呢？既然我們有唆痲，還要慰藉來幹什麼？既然已經有了社會秩序，我們又何須什麼常住不變？」

「那你認為上帝是不存在的吶？」

「不，我認為十之八九有一個上帝存在。」

「那為什麼……」

穆斯塔法·蒙德打斷他的話。「但上帝對不同的人有不同的顯現方式。在現代之前，上帝的顯現方式跟比朗描寫的一樣，可現在……」

「上帝現在是怎樣顯現自己？」野蠻人問。

「以不現身的方式顯現，彷彿祂根本不存在。」

「都要怪你們。」

「要怪該怪文明。上帝跟機器、科學醫藥和全體快樂都是合不在一塊的。你必須有所取捨。我們的文明選擇了機器、醫藥和快樂。這就是我何以要把那些書鎖進保險箱。它們骯髒，會嚇壞人的……」

野蠻人打斷他的話。「但人不是會**自然而然**感受到上帝的存在嗎？」

「給褲子裝上拉鍊何嘗不是自自然然的？」大都督挖苦地說，「不過你倒是讓我想起另一個

---

4 指下地獄之類。

5「現象性的存在」指感官世界、現象世界。

叫布萊德利的老頭。他說過，哲學也者，就是為自己出於本能而相信的事情尋找蹩腳理由。哼，說得好像人只會出於本能而相信什麼似的！現在，一個人會相信什麼，都是由他的條件反射設定規定，所以倒不如說，哲學也者，就是為自己出於蹩腳理由相信的事情尋找別的蹩腳理由。人們會相信上帝，是因為他們的條件反射設定把他們規定成不得不爾。」

「無論如何，」野蠻人堅持立場，「人會相信上帝是極其自然的。當你孤單的時候，當你一個人在夜裡思考著死亡的時候，自然會想到上帝。」

「但現在的人卻絕不會孤單，」穆斯塔法・蒙德說，「我們把他們設計成仇視孤單，也把他們的生活安排得幾乎不可能有孤單存在的餘地。」

野蠻人神色暗淡地點了點頭。他想到，在馬爾佩斯，他是因為被孤立於村莊的團體活動之外感到痛苦，但到了文明的倫敦之後，他卻是因為無法逃避團體活動、無法全然獨處而痛苦。

他過了好一會兒才重新開口：「你記得《李爾王》裡的話嗎？」說著背了起來。「『諸神是公正的，他們用我們的風流罪過做為懲罰我們的工具。他[6]在黑暗淫邪之處生下了你，結果須付出一雙眼睛的代價。』聽到這裡，受了傷快要死的愛德蒙回答：『說得不錯，命運之輪已轉了整整一圈，所以我會落得如此田地。』怎麼樣？這不是很像有一個掌控萬物的上帝在獎善懲惡嗎？」

「是嗎？」大都督反問說，「但在今時今日，你大可以跟一個不孕女大搞風流罪過而用不著擔心雙眼會被兒子的情婦剜去。『命運之輪已轉了整整一圈，所以我會落得如此田地。』換成是今日，愛德蒙會是什麼情況呢？他會是坐在充氣沙發裡觀賞觸感電影，摟著一個姑娘的腰，嘴裡嚼著性激素口香糖。諸神無疑是公正的，但他們的法律終歸是由社會的組織者口授。神旨得從人類獲得暗示。」

「你確定？」野蠻人問，「你有把握這個坐在充氣沙發裡的愛德蒙不是跟那個受傷快死的愛德蒙一樣，是受到了嚴厲懲罰？諸神是公正的，他們用他的風流罪過做為使他降格的工具[7]。」

「哪裡降格了？做為一個快樂、勤奮和樂於消費的公民，這個愛德蒙十全十美。當然，如果你是採用跟我們不同的標準，情況要另當別論。但你我我應該秉持同一套標準——你不能用『離心蹦蹦球』的遊戲規則來打電磁高爾夫。」

「但價值不是由個人的愛憎決定。」野蠻人說，「一物之為貴，除了受估價者喜歡與看重，還必須自具可貴之處[8]。」

「得了，得了，」穆斯塔法．蒙德抗議說，「你這不是扯太遠了嗎！」

---

6 這個「他」指葛羅斯特伯爵，而說話人為其長子艾德加（按在莎劇《李爾王》中，葛羅斯特伯爵與人私通而生下次子愛德蒙，而愛德蒙長大後因覬覦伯爵爵位，想方設法除掉父親與兄長艾德加。在其設計下，葛羅斯特伯爵被其情婦剜去雙眼）。艾德加這番話是在弟弟受傷快死時所說，言下之意是愛德蒙就像父親一樣，是自種惡因才會自吃惡果。愛德蒙聽了後（見後引文）也承認是如此。

7 指好色淫亂會使人喪失人之尊嚴，而這本身便足以構成懲罰。

8 《特洛伊羅斯與克瑞西達》。

「如果你心裡存著上帝，就不會容許自己因風流罪過而降格，就會有耐心忍辱負重和有勇氣面對險阻。我在印地安人身上看見過這種耐心和勇氣。」

「我肯定你看見過，」穆斯塔法·蒙德說，「但我們不是印地安人，我們沒有必要讓文明人忍耐任何嚴重的磨難。至於有勇氣面對險阻一節——願福特爺禁止人們產生這種念頭。如果人人都鼓起勇氣自行其是，豈不天下大亂！」

「如果你心裡有上帝，就會有自我克制的原動力。」

「但工業文明是以取消自我克制為前提。出於生理衛生和經濟的需要，我們把自我放縱推到最大極限，否則巨輪就會停止轉動。」

「如果你心裡有上帝，就會知所貞潔！」野蠻人說，臉上微微一紅。

「貞潔是以激情為前提，是以神經衰弱為前提，而激情和神經衰弱卻意味著社會的不穩定。不穩定又意味著文明的毀滅。沒有大量的風流罪過就不可能有持久的文明。」

「但上帝是一切高貴情操和英雄氣概的原動力。如果你心裡有上帝……」

「我親愛的小朋友，」穆斯塔法·蒙德說，「文明是絕對用不著高貴情操和英雄氣概的。這兩種東西都是政治效率缺缺的徵候。在我們這樣的井然有序的社會裡，沒有人有機會表現高貴情操和英雄氣概。這種機會只能夠在秩序完全混亂之時出現。只有在戰爭之時，在派系傾軋之時，在有誘惑需要抗拒之時，在有深愛事物需要你去爭奪或保衛之時，高貴情操和英雄氣概的存在才會有點意義。可是現在不再有戰爭。我們也盡了最大努力防止人們對任何人事物愛得太深。我們這裡沒有派系這回事。你的條件反射設定會讓你忍不住要做該你做的事，而該你做的事總的來說又是非常愉快，能讓你盡情宣洩你的種種自然衝動。所以，我們這裡並不存在你有需要去抵抗的誘惑。即使你不巧真的碰上什麼不愉快的事，那好，還有唆麻可以讓你度假去，遠離煩心事。永遠有唆麻可以平息你的怒氣，讓你願意跟敵人修好，讓你願意忍耐，讓你願意長期承受痛苦。過去，要做到這些，你得付出巨大努力，花許多年時間進行艱苦的道德鍛鍊，但現在卻只消吞兩三顆半克唆麻就行。現在誰都能深具美德——一個瓶子就裝著你至少一半的美德，讓你可以隨身攜帶。簡言之，唆麻就是不需要流淚的基督教。」

「但眼淚是必要的。你還記得《奧賽羅》是怎樣說的嗎？『如若每次暴風雨之後都有這樣和煦的陽光，但願狂風恣意地直吹至把死亡喚醒。』[9]有個印地安老人給我說過一個故事。話說有一個叫瑪塔絲吉的姑娘，許多小伙子都喜歡她。但想要娶到她，得要能在她的園子裡鋤一上午的地。這聽起來很容易，但那園子裡有許多魔法蚊子和蒼蠅。大部分小伙子都受不了叮咬，半途便打退堂鼓。最後只有一個小伙子挺得住，抱得美人歸。」

「真感人！只不過，」大都督說，「在文明世界，你用不著為姑娘鋤地便可要到她們。這兒也沒有蚊或蠅會叮你——我們不知多少世紀以前便把蚊蠅消滅殆盡。」

9《奧賽羅》。

野蠻人皺著眉點點頭。「對，你們消滅了蚊蠅，這便是你們的調調。你們總是把不怡人的東西消滅掉，而不是學會忍耐它們。『究竟是默默忍受暴虐命運的矢石，還是拿起武器對抗如海恨事做個了斷，更算是英雄氣概呢？』[10]可你們既不默默忍受又不起而對抗，只直接把矢石給廢了。那太省事了。」

他突然因為想起媽媽而沉默起來。琳達在她三十八樓的房間裡曾經漂浮在一個瀰漫著歌聲、金光和香氣的海洋裡——愈漂愈遠，最終漂到了空間之外，漂到了時間之外、漂到了她的回憶、習慣和衰老臃腫身軀所構成的囚室之外。而湯瑪金（孵育中心的前主任湯瑪金）則還在度著唆麻假期，處身於一個美麗世界裡，遠離羞辱和痛苦，聽不見那些嘲弄的大笑，看不見那張奇醜的面孔，感覺不到那兩條汗淋淋和的肥趴趴的手臂摟住自己脖子……

「你們缺少的是某種**帶淚**的東西。」野蠻人繼續說，「這裡的一切都不如眼淚值錢。」（他在亨利．福斯特面前說過同樣的話，結果招來抗議：「孵育中心的造價是一千兩百五十萬——一個子兒都不少。」）

「『哪怕僅是為了一個雞蛋殼也願意挺身而出，不避不可知的命運、死亡和天大危險。』[11]這樣做不是自有道理嗎？」他抬頭看著穆斯塔法．蒙德問道。「這樣做不需要以上帝為理由——但上帝也當然可以是理由之一。不避危險地生活——這不是自有道理在嗎？」

「道理大著呢，」大都督回答，「所以我們的男男女女都得不時讓他們的腎上腺接受點刺激。」

「什麼？」野蠻人一頭霧水。

「那是維持身體完全健康的必要條件。正因為這樣我們才會把接受『V.P.S. 療法』定為強制性。」

「『V.P.S. 療法』？」

「『模擬強烈激情療法』的縮寫。每個月固定接受一次。透過『V.P.S. 療法』，腎上腺素會瀰漫一個人的整個生理系統。就生理效果來說，它跟恐懼和狂怒完全等值。它所起的滋補效果跟謀殺苔絲狄蒙娜或被奧賽羅謀殺沒兩樣[12]，但卻可省去激情迸發時會有的種種麻煩。」

「可我喜歡麻煩。」

「我們卻不，」大都督說，「我們喜歡舒服省事。」

「我不想要舒服省事。我想要上帝，想要詩，想要真正的危險，想要自由，想要善，想要罪。」

「你這等於是要求不快樂的權利。」

「那好，」野蠻人桀驁不馴地說，「我就是要求不快樂的權利。」

10《哈姆雷特》。
11《哈姆雷特》。
12 奧賽羅誤信奸人之言，認定妻子苔絲狄蒙娜不忠，將她掐死床上。

「你還等於是要求衰老、變醜和性無能的權利，等於是要求害梅毒和得癌症的權利，等於是要求吃不飽的權利，等於是要求生蝨子的權利，等於是要求老得為不可知的明日擔憂的權利，等於是要求感染傷寒的權利，等於是要求受種種可怕痛苦折磨的權利。」接下來是良久的沉默。

「這一切我都要求。」野蠻人最終開口說話。

穆斯塔法・蒙德聳聳肩。「悉隨尊便。」

18

門虛掩著，他倆走了進去。

「約翰！」

浴室傳來一種讓人不舒服的怪聲。

「出了什麼事嗎？」赫姆霍特高聲問道。

沒有回答。讓人不舒服的聲音又出現了，連續兩次。沒有聲音了。浴室門「啪」一聲大開。

野蠻人走了出來，臉色煞白。

「哎唷，」赫姆霍特擔心地叫了一聲，「你怎麼滿臉病容，約翰！」

「你是吃了什麼不該吃的嗎？」伯納問。

野蠻人點點頭，「我吃了文明。」

「什麼？」

「我中毒了，受到了污染。而且，」他放低聲音說，「我吃下了自己的邪心。」

「好吧，但到底是怎麼回事？……我是說，你方才……」

「我給自己進行淨化，」野蠻人說，「我拿芥末沖溫水喝了。」

另兩人瞠目結舌。「你是說你是故意的？」伯納問。

「印地安人都是用這種方法淨化自己。」他坐下來，嘆了口氣，用手抹了抹前額。「我需要休息幾分鐘，」他說，「好累。」

「喝了那種東西不累才怪。」赫姆霍特說，沉默了一下。「我們是來告別的。」接著換了種口氣說了下去。「明天早上便出發。」

「對，明天就要出發了。」伯納說。野蠻人注意到，伯納臉上是一副堅定的樂天安命表情，與昨日截然不同。「順帶說一句，約翰，」伯納繼續說，坐在椅子裡的身體向前傾，把一隻手搭在野蠻人膝蓋上。「我要為我昨天的一切表現道歉。」他臉紅了，但堅持用顫抖的聲音說下去。「我真丟臉，真是……」

野蠻人用手勢打斷他的話，又抓起他的手，深情地捏了捏。

「赫姆霍特幫了我大忙。」伯納說，然後停頓了一下。「要不是他開導，我真會……」

「得了，得了。」赫姆霍特抗議說。

一陣沉默。三個年輕人儘管難過，卻又快樂。事實上，正是他們的難過使他們快樂，因為這難過表示他們對彼此心中有愛。

「今天早上我求見了大都督。」野蠻人最後開口。

「去幹什麼？」

「問他是不是可以讓我跟你們一起到海島去。」

「他怎麼說？」赫姆霍特急切地問。

野蠻人搖搖頭。「他不批准。」

「為什麼？」

「他說要繼續拿我來實驗。我才他媽的不幹。」野蠻人突然火大起來，「我才不要當什麼狗屁實驗品呢。全世界十個大都督一起求我我也不幹。我也是明天早上便走人。」

「可是你要去哪裡？」兩人異口同聲問道。

野蠻人聳聳肩。「哪裡都行，我不在乎。只要能夠獨處便成。」

下行線路從吉爾福德開始，順著韋伊谷去到哥德爾明，之後再飛過密爾福德和威特利去到海塞密爾，最後是取道彼得斯菲爾德飛向樸資茅斯。上行路線大體與之平行，途中會經過華波斯頓、湯漢姆、普頓漢鎮、埃爾斯特德和格雷修特。這兩條路線在豬背山至鹿頭山之間一段路最為接近，有時甚至相距不到六、七公里。對粗心大意的駕駛人來說，這距離實在太近了——當他們進行夜間飛行又多吃了半克唆麻時尤其如此。前後發生過多起重大事故。有鑑於此，當局後來把上行路線往西挪開幾公里。就這樣，格雷修特和湯漢姆之間的四座航空燈塔便失去了用途，唯一功能只是標示出從樸資茅斯至倫敦的舊飛航路線。燈塔上的天空寂寞寥落。現在會有直升機不斷嗡嗡響或轟鳴的地點換成是塞爾波恩、波爾頓和法恩漢上空。

野蠻人選擇的隱居處是四座廢棄燈塔的其中一座，地點位於普頓漢鎮和埃爾斯特德之間的小山上。燈塔由鋼筋水泥打造，保存狀況非常良好。野蠻人第一次來這裡探勘時曾嫌燈塔太舒服，文明到了幾乎奢侈的程度。為安撫自己不安的良心，他承諾會以加倍嚴格的自我磨練和更徹底的滌罪加以彌補。來到燈塔的第一個夜晚，他刻意徹夜不眠，一小時接一小時跪地禱告：時而向罪人克勞狄[1]曾乞求饒恕的老天禱告，時而用祖尼語向阿冏內威婁納禱告，時而向耶穌和菩公禱告，時而向自己的守護神獸（鵰）禱告。他不時模仿釘十架的姿勢，左右平伸雙臂，許久許久不動，伸得胳臂生疼和汗流滿面繼續咬緊牙關。「啊，寬恕我！啊，潔淨我！啊，助我向善！」他說了一遍又一遍，一遍又一遍，每次都是痛得快昏過去才止住。

到了早上，他感覺自己終於取得住進燈塔的權利。但是，燈塔裡大部分窗子還保留著玻璃，而從平台上看出去的景色也非常優美——當初讓他選擇住在這燈塔的理由現在幾乎立即成了他應該另覓他處的理由。因為，當初他會選擇這裡，是因為它的優越位置讓它擁有絕美景觀，讓人彷彿看見神靈的聖體。但他又是哪根蔥，憑什麼配得如此慣寵，可以每時每刻欣賞美景？他是哪根蔥，憑什麼配得生活在上帝的可見臨在之中？唯一與他身分匹配的只是污穢的豬圈或地底的黑洞。他因一整夜的煎熬而身體僵硬，餘痛也猶在，但正因為如此而良心稍安。他爬樓梯走到塔頂的平台，望向旭日東升的光明世界，感覺到了重獲住在這裡的權利。往北望去是豬背山蜿蜒不斷的白堊山脊，其東端盡頭後方矗立著七座摩天大樓——那裡就是吉爾福德了。看見這些大樓讓野蠻人做了個鬼臉，但隨著日子一天天過去，他釋然了，因為到了晚上，這些大樓會快活地編織出幾何形狀的星座，或是用它們發光的手指（泛光燈光束）莊嚴地指向神祕莫測的天穹（全英格蘭只有野蠻人一個體會得到這手勢的深長意味）。

普頓漢鎮就位在把豬背山與燈塔所在的砂質小山隔開的河谷裡，是一個不起眼的小村莊。村中是一些帶穀糧倉的九層樓房子，還有一個家禽場和一間生產維他命D的小工廠。燈塔南面是長滿石南的長斜坡，地勢漸降下去，最後跟一串池沼連在一起。

在池沼再過去，樓高十四層的埃爾斯特德塔矗立著一座樹林後面。「紅鹿頭」和塞爾波恩在朦朧的英格蘭空氣裡若隱若現，很容易便會把人的目光吸引至這浪漫的藍幽幽遠處。但吸引野蠻人到他燈塔來的還不僅是這些遠景——近景一樣深具魅惑力。那樹林，那大片大片的石楠叢和黃色金雀花，那一叢叢的蘇格蘭樅樹，那些掩映著櫸樹的波光粼粼的池沼，還有池沼裡的睡蓮和一畦畦燈心草——這一切全都非常美麗，對看習慣美洲枯燥荒漠的眼睛更是驚心。當然，這地方會吸引野蠻人還是因為它夠偏僻。日子一天天過去，他沒見著過一個人影。雖然燈塔離查令T字塔只有一刻鐘的飛行距離，但這個蘇瑞郡的荒原卻比馬爾佩斯的群山還要荒涼。倫敦人每日出城只是為了去玩電磁高爾夫或是網球，但普頓漢鎮沒有高爾夫球場，而最就近的一個黎曼曲面網球場也遠在吉爾福德。這兒唯一能夠吸引人的只有花朵和風景，換言之是沒有值得倫敦人來一趟的理

---

1 克勞狄：即《哈姆雷特》一劇中哈姆雷特之叔叔，身負弒兄篡位之罪。

由。所以，在剛開始的日子，野蠻人過了一段孤獨而不受干擾的生活。

約翰初到倫敦時領到的一筆花用金已大半花在購買裝備上。離開倫敦前，他買了四條人造毛毛毯、一批粗繩和細線、釘子、膠水、幾件工具、火柴（他準備好遲些自造取火鑽）、一些鍋盤、二十四袋各類種子和十公斤麵粉。「不，不要合成澱粉和廢棉人造麵粉，」他曾堅持說，「儘管它們更營養些。」然而，他卻卻不過老闆的遊說，買了些泛腺體餅乾和維他命合成牛肉。現在，望著這些罐頭，他強烈撻伐自己的軟弱。可恨的文明產品！他鐵了心即使挨餓也不要吃它們。「這將會讓他們學到一課。」他惡狠狠地想。那同時也會讓他自己學到一課。

他數了數剩下的錢，希望所餘無幾的數目夠他撐過冬天。到明年春天，菜園裡的蔬果就會夠他吃，讓他無須再依賴外面的世界。獵物也不虞匱乏。他看見過很多兔子，池沼裡也有水鳥。他立即動手造弓和造箭。

燈塔旁邊就有造弓需要的梣樹，至於箭桿嘛，則有整林子榛樹可供使用，它們滿是漂亮直挺的枝條。他先是砍倒一棵小梣樹，鋸下一段六英尺長無枝椏的樹幹，削去樹皮，然後照老密瑟馬教他的方法，一刀一刀削去多餘的白色木頭，慢慢削出一根與自己身高等高的弓身（中間粗厚，兩端細長而富彈性）。幹活帶給他強烈樂趣。他在倫敦過了幾星期遊手好閒、無所事事的日子，凡需要什麼都是一按鈕或一拉手柄便送到面前。做些需要技巧和耐心的工作現在形同享受。

就在快要把弓身雕削成形之際，他忽然意識到自己正在哼歌，為之嚇了一大跳。**哼歌！**他是像回到家撞見自己正在幹壞事而人贓並獲那樣，羞愧得滿臉通紅。他到這兒可不是為了哼歌和享受，而是為了不讓文明生活的穢惡繼續污染他，是為了淨化和向善，是為了積極贖罪。他惶恐地意識到，全神貫注於削弓之際，他已渾忘他曾發誓要永遠記住的事情：記住可憐的琳達，記住他曾對她表現的凶惡不仁，記住那些像蝨子一樣在她死亡迷霧裡爬來爬去的可憎多胞胎（他們的出現不僅玷污了他的悲痛和悔恨，還玷污了諸神本身）。他曾發誓要永遠記住這些，曾發誓要不停贖罪，可他在削弓時卻哼起歌來，甚至唱起歌來……

他走進燈塔，打開芥末盒子，倒出一些和著水放在火上煮開。

半小時後，有三個要往埃爾斯特德去的普頓漢鎮「丁下」農人（屬於同一個波坎諾夫斯基群組）路過山下，偶然抬頭時看見山頂上廢棄的燈塔外面有個小伙子打著赤膊，正用一把有結節的繩鞭抽自己。只見他背上有一道道打橫的紫紅色鞭痕，血跡斑斑。卡車駕駛把車停在路邊，與兩個同伴一起盯著這幕奇景，看得張大了嘴。一下、兩下、三下——他們數著。八鞭子之後，小伙子住了手，跑到樹林邊激烈嘔吐起來，吐完回來抓起鞭子又是狠抽。九下、十下、十一下、十二下……

「福特爺！」卡車駕駛低聲說。他的同胞胎兄弟深有同感。

「我的福特爺啊！」他們都說。

三天後，風聞此事的記者像兀鷹撲向腐屍般趕來。

弓已經用新柴生起的文火上烤乾烤硬，可以用了。野蠻人此時正忙著造箭。三十根榛樹枝條已削好烤乾，裝上了尖利箭鏃，箭尾弦口亦已仔細刻好。因為前些天一個晚上偷襲了普頓漢鎮上的家禽場，他已準備好多得足以裝備一整座武器庫的羽毛。第一個記者找到他時，他正給箭桿安裝羽毛。那人（因為穿著氣墊鞋的緣故）悄無聲息走到他背後。

「早安，野蠻人先生，」他說，「在下是《整點廣播》記者。」

野蠻人像是被蛇咬了一口，跳了起來，箭、羽毛、膠水罐和刷子撒了一地。

「請原諒，我不是故意的……」記者說（他是真心感到過意不去），說著用手碰了碰帽緣（那是一頂鋁製煙囪帽，裝著無線電收發器）。「請原諒我不能脫帽致敬，」他繼續說，「帽子有點重。唔，我剛才在說過了，我是《整點廣播》的……」

「你想幹嘛？」野蠻人打斷他的話，怒目而視。記者報以最獻媚的微笑。

「這個嘛，我只是想請你說幾句話……」記者把腦袋偏到一邊，滿臉堆笑，近乎像賣弄風情。「讀者一定會大感興趣，野蠻人先生。」他以一連串標準動作迅速鬆開兩根電線（電線原繞在他繫在腰間的行動電源），分頭插進鋁製帽子兩側，碰了碰帽頂上一根彈簧（一根天線隨即蹦了出來）。他再碰了碰帽檐上一根彈簧，一個麥克風隨即像玩具彈簧人一樣彈出來，搖搖晃晃地懸在離他鼻尖六英寸遠。繼而，他拉下兩片受話器蓋住兩隻耳朵，按了一下左邊的按鈕——一種輕微的黃蜂般嗡嗡聲出現了；再扭了一下右邊的旋鈕，嗡嗡聲便變為像是聽診器裡聽到的打嗝聲和吱吱聲。「喂，喂，喂……」記者對著麥克風說。鈴聲突然從他帽子裡響起。「是你嗎，厄澤爾？我是普里莫．梅隆。對，我找到他了。現在野蠻人先生要接過麥克風說幾句話。請，野蠻人先生。」他看著野蠻人，臉上再次堆滿獻媚笑容。「請告訴讀者你為什麼會到這兒來，是什麼事情讓你（別掛斷，厄澤爾！）那麼突然離開倫敦，以及……這當然是讀著最想知道的：為什麼要抽自己鞭子。」（野蠻人嚇了一跳：他們怎麼會知道抽鞭子的事！）「我們都非常迫切想了解抽鞭子的事。然後再請你談談你對文明的觀感，我指的是你對文明女孩的觀感。只要說幾個字就行，就幾個字……」

野蠻人十足照辦，十足得讓人不知所措。因為他只說了五個單字便沒有下文——就是他跟伯納談起坎特伯雷大司樂時說過的那五個單字：「Sons éso tse-ná！」然後他揪住記者兩邊肩膀，把對方轉了半圈（這一轉顯示出記者裝備齊全），瞄準，以職業足球冠軍的力道和精準給了記者屁股結實一踢。

八分鐘之後，最新一期《整點廣播》在倫敦街頭發售，頭版頭條寫著：「**薩里郡轟動事件：本報記者慘遭神祕野人踢傷尾椎骨**」。

「連倫敦也轟動了。」記者回家讀到這話時心想。那也是一種很痛的「轟動」[2]：他坐下來吃午飯時得非常小心翼翼。

但其他記者沒有被那個藉他們同業尾椎骨發出的警告嚇倒，當天下午便又有四個記者（分別屬於《紐約時報》、法蘭克福《四維連續體報》、《福特科學箴言報》[3]和《丁人鏡報》）抵達燈

---

2 原字為sensation，既可指「轟動」，也可解「感覺」。

3 相當於今日美國的《基督教科學箴言報》。

塔採訪。他們受到的接待一個比一個粗暴。

「不通情理的混蛋！」《福特科學箴言報》記者搓著還痛的屁股站在安全距離外大吼。「你怎麼不吃點唆麻？」

「滾！」野蠻人握著拳頭說。

對方倒退幾步，轉身便跑，邊跑邊說：「吃兩顆唆麻你就會知道煩惱不是真的。」

「Kohakwa iyatokyai！」口氣帶著諷刺，咄咄逼人。

「痛苦是一種幻覺。」

「是嗎？」野蠻人說，拾起一根榛木條子，大踏步追了過去。

《福特科學箴言報》記者一溜煙跑回直升機去。

之後野蠻人享受了一段平靜時光。其間有幾架直升機飛來過，盤旋在燈塔四周窺探。他對飛得最靠近的煩人直升機射出一箭，射穿了機艙的鋁製地板。隨著一聲尖叫，直升機以其超級充電器能提供的最高加速度躍上了高空。自此以後，其他直升機都乖乖守在一個遠距離外。野蠻人不理會直升機討人厭的嗡嗡聲，只管繼續在菜園裡鋤地（他把自己想像為瑪塔絲吉的求婚者之一，任由有翅膀害蟲包圍仍不為所動）。過了一段時間之後，害蟲們顯然是厭倦了，全都飛走了。他頭上的天空連續幾小時都空空如也，除雲雀叫聲以外一片寧靜。

天氣熱得叫人透不過氣，雷聲隱隱。他已經鋤了一上午的地，此時他正四肢攤開躺在地板上睡覺。突然間，列寧娜栩栩如生地出現在他面前，除鞋襪外全身赤裸，全身散發著香水味，伸手可觸。只聽見她說著：「親親，用你雙手攬住我！」不要臉的淫婦！但她兩根手臂已摟住他脖子，雙乳挺起，朱唇湊了過來！啊，朱唇！永恆存在於我們的唇和眸[4]。列寧娜……不、不、不、不！他翻身躍起，光著半截身子跑出了燈塔。石楠地邊上有一叢灰白的杜松。他往杜松撲過去，把它緊緊抱住——迎向他的不是他欲念所渴望的滑膩肉體，而是無數尖利的松針。他竭力想記起可憐的琳達——記起她因喘不過氣而瘖啞、雙手緊握拳頭，眼裡有無可名狀恐懼的樣子。可憐的琳達，他發過誓要記住她的！但縈繞在他眼前的仍然是列寧娜的胴體——他發過誓要忘掉的列寧娜。即便被松針刺戳著，他那痛縮的肉體還是感覺得到她，真切得無可逃遁。「親親，親親……既然你也想要我，為什麼不早點……」

鞭子就掛在門背後的釘子上，以便記者來時方便取用。野蠻人在一陣狂亂中跑回燈塔，抓起鞭子，揮舞起來。鞭子上的結節咬進了他的皮肉裡。

「淫婦！淫婦！」他每抽一鞭便大喊一聲，好像抽的是列寧娜（他不知道自己是多麼狂熱希望他抽的真的就是她——白皙、溫暖、芬芳而下賤的的列寧娜）。「淫婦！」他說，然後又換上一種絕望的聲調說：「啊，琳達，原諒我。上帝，原諒我。我壞。我是……不，不對，不對。妳這個淫婦！妳這個淫婦！」

---

4 出自莎劇《安東尼與克麗奧佩脫拉》。

這一幕被躲在三百公尺外一個精心建造之掩體裡的達爾文．波拿巴（觸感電影公司最行的狗仔攝影師）收進眼底。他的耐心與技巧獲得了回報。他在一棵假櫟樹的樹幹裡候了三天，又花了三個晚上匍匐爬過石楠地，把麥克風藏在金雀花叢，把電線埋在灰色的軟沙裡。經過七十二小時備嘗艱辛後，偉大的時刻終於來臨——據他利用調校器材這段空閒時間所做的省思，這回肯定是繼他拍到哮聲不絕的「大猩猩婚禮」（一齣著名的立體觸感電影）後的最偉大時刻。野蠻人剛開始進行驚人的表演時，波拿巴自言自語說：「棒呆了！」他把望遠鏡頭仔細對準，緊盯著目標的一舉一動，接著急忙轉到更高倍數，好取得一個瘋癲歪扭的面部特寫畫面（妙極了！），隨即轉為半分鐘慢鏡頭（他向自己保證這一定可以產生絕妙喜劇效果），同時仔細聆聽著鞭打聲、呻吟聲和咆哮發狂的說話聲（這些聲音都被錄到底片邊緣的聲軌上）。他把錄音放出來聽了聽，再把聲音放大一點看看效果如何（對，毫無疑問好多了）。在野蠻人聲音暫停的間歇，波拿巴聽到一隻雲雀在鳴囀，只覺得十分悅耳。現在，他只希望野蠻人會轉過身，讓血痕斑斑的背部面對鏡頭，讓他可以拍到個漂亮特寫畫面——而幾乎就在他這麼想的同時，那位通情達理的傢伙（好驚人的幸運！）竟真的轉過了身，讓他拍到了十全十美的特寫畫面。

「了不起！」他在大功告成後自言自語說，「真真了不起！」他抹了抹臉上汗水。他知道，等影片拿到攝影棚配上觸覺效果之後，一定會是齣精彩之極的電影。幾乎可以媲美《抹香鯨的愛情生活》，波拿巴心想。這種相提並論足以說明一切！

《薩里郡的野蠻人》十二天後上映，在西歐任何一家一流觸感電影院都可以看見影像、聽到聲音和感同身受。

波拿巴的影片產生了即時和巨大效果。才電影首演的第二天下午，約翰的孤獨鄉居生活便突然被頭頂一窩蜂擁而至的直升機打破。

當時他正在菜園裡翻土，邊翻土邊翻著自己的內心，苦苦思索著最讓他縈繞的問題：死亡。他翻了一鏟子又一鏟子，一鏟子又一鏟子。我們的所有昨天，不過是為愚人照亮灰兮兮的死亡路[5]。一聲驚雷滾過這語句，讓它更顯說服力。他鏟起另一鍬土。琳達是為什麼死的？她為什麼任由自己愈來愈不像人樣，最終變成了……被曬得生蟲的臭肉[6]。他打了個哆嗦。他把腳踏在鐵鍬上，狠狠地往結實的土裡踩。諸神眼裡的我們不過是頑童眼裡的蒼蠅：他們弄死我們只為了好玩[7]。驚雷又響起。這些語句句句讓人覺得真，而且不知怎地比真理本身還要真。可同一個葛羅斯特[8]又說過諸神永遠仁慈。你最好的休息是睡眠，而你也常常有請睡精，可對於跟睡眠差不多的死亡，你卻又怕得要命[9]。死亡不過是長眠，眠中說不定還會有夢[10]。鐵鍬碰到了一塊石頭，

5《馬克白》。
6《哈姆雷特》。
7《李爾王》。
8《李爾王》中的人物，見註122。上引的「諸神眼裡的我們不過是頑童眼裡的蒼蠅」之語就是出自葛羅斯特之口，故說「同一個」葛羅斯特。
9 出自莎劇《惡有惡報》。這裡野蠻人是順著「諸神永遠仁慈」思路想到死亡不過是一種睡眠。
10《哈姆雷特》。

他彎腰把它撿起。在死亡之眠裡，會出現什麼樣的夢呢[11]？

頭頂的嗡嗡聲變成了轟鳴。一片陰影突然籠罩著他，有什麼東西橫在了他和陽光之間。他吃了一驚，停止了挖土和思想，抬頭看去。眼前的景象讓他頭昏眼花，大惑不解，這是因為他的心思還遊蕩在另一個世界裡（比真理還真的世界），還專注在死亡與神明的浩瀚無邊。然後他終於看清楚，離他頭頂不遠處是黑壓壓一片的直升機。它們像是過境蝗蟲，懸在空中一下子之後再紛紛降落到石楠地的各處。從每隻巨型蚱蜢的肚腹各走出來一對男女，男的一律身穿人造絲法蘭絨衣服，女的（因為天氣熱的關係）則是穿醋酸纖維山東綢睡衣，或是下身一條天鵝絨短褲、上身一件拉鍊半拉開的無袖單衫。幾分鐘之內便下來了幾十對男女，圍著燈塔站成一個大圓圈。他們瞪著他看，哈哈地笑著，不停按下照相機快門，又向他扔去（就像是扔給猿猴）花生、性激素口香糖和泛腺體餅乾。他們的人數每時每刻都在增加，因為越過豬背山而來的直升機像洪流一樣源源不絕。很快，幾十對男女便變成上百對，再變成幾百對——像是夢魘。

野蠻人往後退尋求掩護，直至背後便是燈塔退無可退為止。他像是隻被逼入絕境的動物，眼神狂亂地瞪著眼前一張張面孔，完全茫然失措。

一包扔過來的口香糖中正他的臉頰。他又吃驚又疼痛，從茫然狀態清醒過來——完全清醒且暴跳如雷。

「滾！」他吼道。

猿猴說話了！這引發起了一陣激烈笑聲和掌聲。「好可愛的野蠻人！好耶！好耶！」在一片亂七八糟的喧鬧中，他聽到有人高聲要求：「抽鞭子！抽鞭子！抽鞭子！」

這話點醒了他，他抓起門背後釘子上那把有結節的繩鞭，對著折磨他的人群揮舞起來。

沒想到這倒引來一陣喝彩之聲。

他凶巴巴地逼向人群。一個女的嚇得叫了起來。人群組成的行列開始動搖，但眼見就要潰散之際卻又停住，重新穩定下來。這些觀光客意識到自己人多勢眾，放大了膽子。這是野蠻人沒有料到的。他退後一步，站定，左右環顧。

「你們為什麼就不能讓我安靜安靜？」他問，憤怒的聲音裡有著一絲悲涼。

「吃點鎂鹽杏仁吧！」說話的男人遞出一包杏仁。野蠻人若是此時發動攻擊，他必定首當其衝。「挺好吃的，」對方帶著頗為緊張的笑容哄勸說，「鎂鹽可讓你永保青春。」

野蠻人沒理他。「你們要拿我幹什麼？」他問，輪流打量一張張掛著傻笑的面孔。「你們要究竟要拿我幹什麼？」

「鞭子，」幾百個聲音亂七八糟回答說，「抽一個鞭子。讓我們看抽鞭子。」

然後，雜亂人聲忽地變得整齊，以緩慢沉重的拍子齊聲高呼：「我—們—要—看—抽—鞭—子。」背後的人群也喊了起來：「我—們—要—看—抽—鞭—子。」

---

11 同上。

其他人紛紛加入叫喊的陣容，鸚鵡學舌般喊出同一句話，喊了一遍又一遍，聲音愈來愈大，如是者喊到第七、八遍時便再也沒有人再說其他的話。「我—們—要—看—抽—鞭—子。」

所有人全都齊聲叫喊。這喊聲、它的一致性和它可使心心合一的旋律在在叫人群迷醉，讓他們看起來不是不可能就這麼喊上幾小時——甚至無止境地一直喊下去。不過，當他們喊到大約第二十五遍時，聲音卻被突然打斷——被又一架越過豬背山飛過來的直升機打斷。直升機在人群頭上盤旋了一會兒，最後降落在離野蠻人幾碼開外，停定在觀光客陣營和燈塔間的空地上。螺旋槳的轟鳴聲暫時壓過了人群的叫喊，但待直升機著陸和關掉引擎之後，同樣堅持不懈的單調喊叫聲便再次爆響。「我—們—要—看—抽—鞭—子，我—們—要—看—抽—鞭—子。」

直升機門打開。首先跨出來的是個臉色紅潤的俊俏青年，然後是一個妙齡女郎——身穿綠色天鵝絨短褲，白襯衫，頭戴騎師小帽。

野蠻人看見女郎後大吃一驚，退縮了幾步，蒼白了臉。

女郎朝他微笑——一種沒有把握的、乞求的，近乎是卑屈的微笑。時間一秒秒過去。她的嘴唇翕動了，說著什麼。但是語聲被觀光客千篇一律的高喊聲淹沒。

「我—們—要—看—抽—鞭—子！」

妙齡女郎雙手互握貼在身體左邊，流露出一種跟她美如洋娃娃的桃紅臉蛋不協調的奇怪表情，像是正在因為渴慕而愁苦。她一雙藍眼睛似乎愈來愈大，愈來愈亮，然後，兩滴淚珠突然滾下面頰。她又說話了（仍然聽不見），然後突然激動地伸出雙臂，向著野蠻人走了過來。

「我—們—要—看—抽—鞭—子……」

他們的要求突然得到了滿足。

「淫婦！」野蠻人像瘋子般向女郎衝過去。「臭貨！」他像瘋子般把手上的細繩鞭朝她抽過去。

列寧娜嚇壞了，轉身想逃，卻絆了一跤，摔倒在石楠叢上。「亨利，亨利！」她大聲求救，但她那位臉色紅潤的男伴早已逃之夭夭，躲到直升機後面去了。

人群又興奮又快活，哇哇鬼叫起來。圓圈潰散了，人們蜂擁向著磁力中心擠去，爭相想挨鞭子。疼痛是一種充滿魅惑力的恐怖。

「下流胚！淫賤貨！下流胚[12]！」紅了眼的野蠻人又抽了一鞭子。

人們飢渴難耐地圍上前來，又推又擠，像是往食槽爭食的豬隻。

「啊！肉欲啊！」野蠻人咬著牙又是一鞭，但這次是落在自己肩膀上。「殺死肉欲！殺死肉欲！」

疼痛的恐怖讓人群眩目，加上合群慣性的驅迫（條件反射設定把對一致和合一的渴望無法抹去地深植在他們心裡），他們開始模仿野蠻人的瘋狂行為，學著他鞭打自己不聽話肉體的方式，

12《特洛伊羅斯與克瑞西達》。

或是學著他鞭打腳邊石楠叢中那抽搐著的豐腴肉體（墮落的化身）的方式，彼此互毆。

「殺死肉欲，殺死肉欲，殺死肉欲……」野蠻人繼續吶喊。

突然有人唱了一句：「爽啊爽歪歪。」頃刻之間，所有人都跟著唱起同一句單句，唱了又唱，然後又跳起舞來。爽啊爽歪歪，一圈一圈地跳著，以六八拍子彼此拍打著。爽啊爽歪歪……

最後一批直升機在時過午夜之後飛走。野蠻人躺在石楠地裡睡著了。唆麻使他迷醉，漫長而瘋狂的肉欲放縱使他筋疲力盡。他醒來時已是太陽高照。他繼續躺了一會兒，像貓頭鷹看見光那樣不解地眨了幾眨眼睛，然後突然記起自己幹了些什麼。

「啊，我的上帝，我的上帝！」他用雙手掩臉。

那天傍晚，越過豬背山飛來的直升機連綿不斷，形成一片十公里長的烏雲。有關前天晚上合一狂歡會的報導已登上了各報紙的版面。

「野蠻人！」頭一批抵達的人一下直升機便高喊，「野蠻人先生！」

沒有回答。

燈塔門半掩著。他們推開門，走進百葉窗關成的昏暗裡。透過遠端的拱門，他們可以看見燈塔樓梯的樓梯底。一雙腿在門拱的正下方晃動著。

「野蠻人先生！」

就像兩根不慌不忙的羅盤指針，那雙腿非常緩慢地向右轉：北、東北、東、東南、南、南南西，然後停了一下。過了幾秒之後，它們又不慌不忙地向左邊轉回去：南南西、南、東南、東……

Classics 1

美麗新世界

原文書名	Brave New World
作　　者	阿道斯・赫胥黎（Aldous Leonard Huxley）
譯　　者	梁永安
責任編輯	柳淑惠
校　　對	李鳳珠
封面設計	朱陳毅
總 編 輯	柳淑惠
出　　版	漫步文化／遠足文化事業股份有限公司
發　　行	遠足文化事業股份有限公司（讀書共和國出版集團） 地址：新北市新店區民權路 108-2 號 9 樓 郵撥帳號：19504465 遠足文化事業股份有限公司 電話：(02) 2218-1417　信箱：service@bookrep.com.tw
法律顧問	華洋法律事務所 蘇文生律師
印　　製	呈靖彩藝有限公司
內頁排版	宸遠彩藝
初版一刷	2024 年 6 月 26 日
定　　價	420 元
I S B N	978-626-98702-0-2　書號 3MCL0001

國家圖書館出版品預行編目資料

美麗新世界
阿道斯・赫胥黎（Aldous Leonard Huxley）著；梁永安譯.
一 初版. 一 新北市：漫步文化：遠足文化發行, 2023.06
面；公分. 一（Classics；1）
譯自：Brave New World
ISBN　978-626-98702-0-2（平裝）
1. 赫胥黎　2. 英國文學　3. 反烏托邦　4. 科幻小說

873.57　　113007306